NICHT MIT MIR!

Im Ausverkauf von „Turm & Brücke“

Roman

elbaol verlag hamburg

Rechte für diese Ausgabe:
elbaol verlag für printmedien, Hamburg
www.elbaol-verlag-hamburg.de

Titelmotiv:
E. Balsewitsch-Oldach

Umschlagdesign, Herstellung und Vertrieb:
BoD GmbH, Norderstedt

ISBN 978-3-939771-14-2
EUR 14,95

NICHT MIT MIR!

Im Ausverkauf von „Turm & Brücke“

Inhaltsverzeichnis

Vorwort

Die Handlung dieses Romans basiert auf einer tatsächlichen Begebenheit - der Schließung eines namhaften Frankfurter Unternehmens aus der Pharma-Branche im Vorfeld der Übernahme eines internationalen Konzerns. Die Schauplätze sind der größeren Lebendigkeit wegen in diesem Umfeld angesiedelt.
NICHT MIT MIR! ist aber keinesfalls ein autobiografischer Roman. Er beschreibt keine konkreten Fakten und Personen und gibt keine tatsächlich stattgefundenen Gespräche wieder. Alle beschriebenen Personen und Vorkommnisse sind frei erfunden. Jede Ähnlichkeit mit lebenden Personen und realen Ereignissen wäre rein zufällig und ist keinesfalls beabsichtigt.
Historisch allerdings sind die Verunsicherung der Betroffenen und die Verschleierung der echten Zukunftsperspektiven seitens der Unternehmensleitung: Die dargestellten Grundzüge menschlichen Verhaltens und betrieblicher Abläufe finden sich erfahrungsgemäß häufig in Unternehmen, die ähnliche Entwicklungen durchlaufen.
Sollte der eine Leser oder die andere Leserin hier gewisse Übereinstimmungen wahrnehmen, so ist dieser Hinweis auf die heute in vielen Bereichen herrschende „Mobbing-Kultur" wiederum ganz gewiss beabsichtigt.

Julius Franzot, Juli 2010

www.juliusfranzot.com

1
Nie wieder Alkohol

Morgens um vier wurde Egon wach. Die Erinnerungen an den Vorabend, als er in der Kneipe mit Zufallsbekanntschaften fleißig geprostet und geflachst hatte, waren verblasst. Sie waren aber nicht ganz aus der Welt. Im Traum, im Halbschlaf, beim Erwachen hatte er versucht, sich von jener Gemeinschaft zu distanzieren, in die er meinte, bereits hinein gewachsen zu sein und in der er, so glaubte er wenigstens, Wurzeln geschlagen hatte. In einer beliebigen Kneipe suchte Egon Zuflucht vor der Arbeit und vor der Zukunft. Die Vergangenheit - Erinnerungen an seine Familie, die damals noch einen merkbaren Schutz leistete - war immer noch die Bühne seiner Träume, während die Zukunft sich dem halbwachen Egon als Leere darstellte, just in der Übergangsphase zwischen dem Wiederauftauchen der Sorgen des Alltags und der schwindenden Erinnerung an seine Träume. Die Vergangenheit war ihm wie ein Floß, ein rettendes Holzbrett, die Zukunft aber eine Brandung mit lautem Getöse. Jede auch nur vermeintliche Veränderung des Ist-Zustandes vergrößerte die Kluft zwischen Egons krampfhaft nach Halt suchender Hand und dem rettenden Floß, womit ihm der Sturz ins kalte Wasser drohte, die erzwungene Anpassung an eine unbekannte neue Situation, die er innerlich ablehnte und sich als gefahrenträchtiges Minenfeld vorstellte.
Als ihn der Schlaf wieder überfiel, tauchten im Traum die Kletterpartien seiner Jugend auf, in den Felsen jener Berge, die Egon am liebsten von unten betrachtete, auf die er damals aber richtig hinauf musste, um nicht den Eindruck entstehen zu lassen, er sei ein Feigling, ein Eigenbrötler. Jugendliche tolerieren so etwas nicht und gehen oft hart gegen Altersgenossen vor, die sich anders verhalten, und damals, aber nicht nur damals, wäre der Verlust der Stellung in der „Kerngruppe" viel schlimmer gewesen als das Nicht-Bestehen einer Prüfung. Im halbdunklen Raum wurde sich Egon der Folgen seiner Nichtanpassung an die Regeln der Knei-

pen-Runde von gestern bewusst, jener Kneipen-Runde, die dem schläfrig Verkaterten als einziges Refugium vor der Bedrängung durch die Familie erschien und die ihn auch im Schlaf nicht losließ. Beherrschend, rechthaberisch, spannungsgeladen und menschlich enttäuschend, aber doch die Vermittlung jener Nestwärme vorgebend, die Egon immer noch als Schutzwall gegen seine bedrohliche Umgebung ansah. Die Zukunft, mit ihren Unsicherheiten und Unwägbarkeiten, war dabei das Bedrohlichste. Diese forderte von ihm, sich unwägbaren Situationen auszusetzen, über die man in der Schule nichts lernte und deren Regeln nirgends nachzulesen waren.

Die Zukunft war jene Unbekannte, die ihn zu überwältigen drohte und die seine klaren Vorstellungen von einem geordneten Leben über den Haufen warf. Er entzog sich immer wieder der Erkenntnis, dass der aufschiebbare, aber nicht vermeidbare Sprung in das Wasser der feindlichen Umwelt eher geeignet war, ihm zu helfen, sich den Herausforderungen der sich rasant verändernden Welt zu stellen als das Verharren im abbröckelnden Schutz der Familie. Die Realität, nicht die dummen Sprüche an der Theke, beschleunigte den Einmarsch jener ominösen Gestalt namens „Zukunft", die allen seinen Bemühungen zum Trotz nicht mehr aufzuhalten war. Die Zeit hatte in den letzten Jahren, in den letzten Monaten ihr Tempo stark beschleunigt, kaum hatte man sich ein Bild von einer neuen Situation gemacht, schon gehörte das „Heute" der Vergangenheit an und man musste sich mit dem „Morgen" beschäftigen.

Nur allzu lieb waren Egon solche Träume, die ihm entweder unbekümmerte Genüsse oder Frieden und Achtung vorgaukelten. Danach wachte er frisch und ausgeruht auf. Pläne für den nächsten Urlaub und Erfolgsaussichten in Beruf oder Privatleben taten ihm auch gut. Wenn er dagegen von einer unangenehmen Episode aus der Vergangenheit eingeholt und bedrängt wurde, von der er im Traum nicht wusste, ob sie in der Realität immer noch präsent war, dann begann er, sich selbst in seinem tiefsten Inneren in Frage zu stellen, sich von

allen Seiten zu durchleuchten, ohne sich zu vergegenwärtigen, dass eine gezielte Meldung seines Bewusstseins ihn sofort aus dem Albtraum befreit hätte. Wie der Zauberstab einer ihm gewogenen Fee, der ihm bewusst machte, dass er nicht mehr Schauspieler auf einer Bühne vergangener Zeiten war, sondern sich frei im Hier und Jetzt bewegen konnte. Er brauchte nur den Mut aufzubringen, festzustellen, dass er träumte. Sich wach zu schütteln hätte ihn sofort erlöst. Es hätte aber bedeutet, schmerzhafte Tatsachen im trunkenen Halbschlaf verarbeiten müssen, was er nicht wollte. Wir brauchen im Traum keine Angst vor dem Abitur zu haben, wenn wir im Leben bereits das Staatsexamen abgelegt haben. Im Traum können wir zwar um unser Leben bangen, aber es bleibt uns die Möglichkeit des Aufwachens. Im Wachzustand haben wir keine Hintertür, kein Schlupfloch, keine Notbremse. Wir stehen vor den Augen aller und müssen handeln. Auch vor unseren eigenen Augen.
Die Angst, sich bloßzustellen, verhinderte oft die Übermittlung eines entsprechenden Befehls von Egons Bewusstsein an sein träumendes Unbewusstes, mit dem Ergebnis, dass er unangenehme Träume mit Inhalten aus seiner Vergangenheit nicht willkürlich unterbrechen konnte. Er war noch nicht bereit, das rettende Floß zu verlassen, geschweige denn, seine innere Verwundbarkeit zuzugeben.
Die ungerechte und unsachliche Beurteilung seitens seines Vorgesetzten, die er am Vortag erhalten und die ihn in die Kneipe getrieben hatte, war in der Tat eine schwere Wunde gewesen, die er nicht in der Lage war, sachlich zu verarbeiten. Fünfzehn Jahre lang war Egon „kreativ“, „für Neuigkeiten aufgeschlossen“, „selbst in Stresssituationen belastbar“ gewesen, und auf einmal warf man ihm „keine Eigeninitiative“ und „Desinteresse an der Arbeit“ vor. Ohne die Spur einer Begründung, einfach so auf einem Formular dahin geschrieben. Er hatte sich geweigert, es zu unterschreiben. Was tun? Er ahnte schon, dass er sich von nun an am Anfang eines vernichtenden Strudels befinden würde, an dessen Ende der Ausschluss aus der Gemeinschaft, die Isolation und mög-

licherweise sogar der soziale Abstieg standen. Unfähig, sich mit einer solchen brachialen Meldung der Zukunft auseinander zu setzen, hatte Egon die feuchtfröhliche Gemeinschaft der Kneipe gesucht und diese hatte ihm nicht geholfen. Mit sinkendem Alkoholpegel addierte sich die Zukunftsangst zu den Schamgefühlen und ein seelisches Gewitter braute sich in seinem Schädel zusammen. Das Wissen, dass er mit seiner schlechten Beurteilung aus heiterem Himmel im Unternehmen, der Turm & Brücke AG, nicht alleine stand, half ihm herzlich wenig, es war kein geteiltes Leid, es war eine persönliche, existenzielle Bedrohung, die ihn kalt erwischt hatte.
Schon hatte es Mittag geschlagen und Egon konnte immer noch nicht aufstehen. Seine Glieder und sein Rücken waren schwer wie Blei und das Aufrichten im Bett war eine Folter. Sein Mund brannte, als ob er die ganze Nacht geraucht hätte, die Zunge war beschlagen, dringend brauchte er Zahnbürste und Kaffee. Er hätte auch eine Aufzeichnung seines Benehmens vom Vorabend in der Schneidhainer Kneipe gebraucht. Die gab es aber nicht, das war vielleicht auch besser so, hatte doch die Wahrheit am Tag danach den Geschmack der Schande. Der Schuldbeladene deutete jeden Fehler als ehrenrührige Schande und flüchtete sich in die Vorstellung, der Tod könnte ihn auf Kommando aus seiner unhaltbaren Situation erlösen. Ein verkaterter Egon neigte zu Depressionen und düsteren Vorstellungen. Die Sorgen um sein Erscheinungsbild im Kollegenkreis, das möglicherweise über seine weitere Zugehörigkeit zur „Kerngruppe“ entschied, ließen ihn nicht aufstehen, ins Auto steigen, trotz Verspätung zur Arbeit fahren, um sich damit den Blicken der Kollegen, Vorgesetzten und Sekretärinnen auszusetzen, die nur darauf aus waren, seine Schwächen aufzudecken. Im Vergleich zur Realität des Büroalltags waren die ängstigenden Bilder aus seiner Kinderzeit harmlos: 37° der fötalen Welt gegen 3° der freien Wildbahn.
Es war mühsam, sich aufzuraffen, die wohlige Wärme der Daunen zu verlassen, barfuß über den Flur zu laufen und am

Telefon mit beschlagener Stimme eine leicht zu durchschauende Lüge zu erzählen. Es war bequemer, im Bett zu bleiben, nochmals die Augen zu schließen und auf den nächsten Traum zu warten. Doch Egon war schon zu wach, um sich einen Traum auf Bestellung kommen zu lassen: Er musste auf den Zufall warten. Er drehte sich wieder um, schloss die Augen, atmete flach und hörte das schnelle Pochen seines Herzens, das ihn für seine Kühnheit und die durchzechte Nacht bestrafte. Der nächste Traum nahm ihn gefangen und entführte ihn nach Monte Carlo. In grelle Farben getaucht hielten die Croupiers wie aus Max Beckmanns „Traum von Monte Carlo“ breite, spitze Degen über seinem Kopf, während sich trügerische Weibsbilder rührend um seine bescheidenen Gewinne kümmerten. Sie versprachen ihm eine weitere Glückssträhne, die so echt war, wie die ihm im Traum erscheinenden Gestalten von Verstorbenen, die ihm genau das verhießen, was er hören wollte. Diesmal warteten sie mit Drohungen auf, die Egon im wirklichen Leben in dieser Deutlichkeit vermisste. Er befand sich im geistigen Niemandsland, von den Bildern betrübt, die er selbst heraufbeschworen hatte, und von den Vorstellungen enttäuscht, die er bereits vor geraumer Zeit als unerfüllbar erkannt hatte.

Nie wieder Alkohol. Mit diesem festen Vorsatz verließ Egon doch das Bett. Er meldete sich telefonisch in der Firma krank und zog mit kalten Schweißperlen auf der Stirn ein Resümee des vergangenen Abends. Er hätte lieber wieder geträumt. Was habe ich wirklich gesagt? Habe ich Leute angepöbelt? Wen habe ich wie angeglotzt? Wie habe ich auf die feurigen Blicke von „L“ reagiert? Waren ihre Blicke wirklich lüstern oder bloß abschätzig? Habe ich mich irgendwelcher Heldentaten gerühmt, die ich besser für mich behalten hätte? Was habe ich denn gesungen? Für wie blöd oder für wie besoffen wird man mich gehalten haben? Wird es einem jeden klar gewesen sein, dass ich eher besoffen als blöd, oder „na, Sie wissen schon“ war, und was ist, wenn mich jemand doch ernst genommen hat?

Vor Jahren schon war es fast passiert, dass man den betrunkenen Egon ernst nahm. Damals, als der Bau der Startbahn West am Frankfurter Flughafen Stadtgespräch war und die Situation sich täglich zuspitzte, trank Egon in einem Sachsenhäuser Ebbelwoi-Lokal mit Freunden aus dem Ruhrgebiet, die ein Wochenende am Main verbringen wollten. In einem jener Lokale, in denen die „Ebbelwoi-Schickeria" verkehrte, die, ihrer Stellung verpflichtet, die Baumaßnahme unbesehen befürworten musste. Die Duisburger hatten in Frankfurt zwar eine gewisse Unruhe, Plakate und auch Demos bemerkt, waren sich aber nicht darüber im Klaren, weshalb man sich wegen einer Startbahn so aufregte. Egon, der dem Alkohol schon kräftig zugesprochen hatte, versuchte mühsam, den Sachverhalt zu vermitteln. Da er aber mit der Ratio nicht weiterkam, stand er auf und stieg auf einen Tisch um laut seinen Standpunkt zu verkünden, der in aller Kürze und idiotensicher lautete: „Keine Startbahn-West!". Da war es plötzlich still und musternde Blicke richteten sich auf ihn. Unversehens war er nun im Zentrum der Aufmerksamkeit. Die Schickeria hatte sich schnell gefangen und begann zu murmeln, es war überdeutlich, dass Egon schwer in Gefahr lief, *persona non grata* zu werden. Das Lispeln der Lippen drängte nun sogar das Poltern der Stühle und das Geklapper des Geschirrs und der Bestecke in den Hintergrund. Missbilligende Blicke bahnten sich ihren Weg durch den Zigarrenqualm. Unverhofft erschien die Rettung im Türrahmen: Zwei Rosenverkäufer dunkler Hautfarbe betraten das Wirtshaus. Egon, der zu torkeln begann und damit Gläser und Bembel in Gefahr brachte, stierte die Verkäufer an und registrierte langsam ihre „Andersartigkeit", die die Schickeria sofort und mit großer Selbstverständigkeit zur Kenntnis genommen hatte. Er trommelte belustigt auf den Holztisch und schrie laut: „Helau! Helau! Helau!". Die Lage entspannte sich. Es war Sommer und es duftete nach „Stöffsche", frisch gekeltert und in hohen Gläsern serviert.

Immer hat man nicht soviel Glück. Was sich am Vorabend in Schneidhain abgespielt hatte, war in seinem Brummschädel alles andere als klar. Egon könnte sich nie wieder in dieser

Gaststätte blicken lassen. Er war nicht mit der Gruppe geschwommen, hatte aber auch nicht die Chuzpe für eine gute Solo-Nummer gehabt. In der Tat gehörte er nicht jener Gruppe an, die sich allabendlich dort einfand, er war immer nur eine Randfigur geblieben, die gelegentlich erschien, die gelegentlich wahrgenommen wurde, aber bisher keine Signale für eine mögliche Einweihung in die „Kerngruppe" hatte erkennen können. Sie waren in absehbarer Zukunft auch nicht zu erwarten. Einem echten Mitglied der Kerngruppe hätte man jeden Ausrutscher verziehen. Wie konnte man aber dort nur hineinkommen?
Je wacher und spazierfreudiger Egon wurde, desto mehr relativierte sich das Unwohlsein wegen eines möglichen Gesichtsverlustes im Büro infolge seiner Montagskrankmeldung. Er erinnerte sich an die vielen alkoholbedingten Krankmeldungen des Kollegen Bock, der trotzdem als kompetenter Fachmann galt. Bock war in den Augen seiner Kollegen ein Akzeptierter. Bock lachte laut in der Kantine, und seine Tischgenossen lachten mit. Bock war ein ehrenwerter Mann. Bock, der sein Studium vor vielen Jahren abbrechen musste, weil seine damalige Freundin ein Kind von ihm erwartete, war in der „Kerngruppe" der akademischen Bürohengste geduldet, vor allem weil sie seine Storys gut fanden und weil sie sich, wenn der harte Kern der Gruppe hinter verschlossenen Türen zusammenkam, über ihn lustig machen konnten. Bock war auch anerkannt, weil er sich traute, in der diskreten Öffentlichkeit der Kantine einschlägige Gedanken über Patriotismus, Vergangenheitsbewältigung und Einwanderung zu äußern, die zwar überall und quer durch alle „Kerngruppen" herum geisterten, aber zumindest in der Öffentlichkeit als peinlich galten.
Da um halb vier ein Anfall von Arbeitslust sowieso nichts mehr gebracht hätte, gab sich Egon einen Ruck und ging an die frische Luft. Die klirrende Kälte der Vortage hatte nachgelassen, Tauwetter hatte eingesetzt. Der zunehmend schwindende Schneestreifen auf den schwarzen, nassen Ästen schien zu schwimmen. Durch den Schneeregen der letz-

ten Nacht war der Schnee fast durchsichtig. Die Burg, durch die Egons Wohnung das zuschlagspflichtige Prädikat „mit Burgblick“ erhalten hatte, zeichnete sich immer deutlicher ab, als die spät winterliche Sonne jetzt gerade ihre letzten Strahlen warf und damit die Reste des Tagesdunstes vertrieb, ehe die Dunkelheit der Nacht alles einhüllen würde. Im Winter erstarrte Königstein jeden Abend um halb sieben, wenn Tengelmann schloss, und taute gegen sieben Uhr morgens wieder auf, wenn die Blechlawine in Richtung B 8 rollte. Man spürte, dass der Frühling nicht mehr weit sein konnte, der Winter kränkelte allerorts. Die Krähen aus dem Kurpark, in den sich Egon zum Spaziergang begeben hatte, schrien ihre Verzweiflung darüber heraus, die trockene Winterluft verloren und sie gegen das laue, traurige Tauwetter eingetauscht zu haben. Die ungleichmäßige, hier dickere und dort dünnere, nur noch stellenweise weiße Eisdecke des Weihers schmolz langsam dahin, von den Bäumen fielen nasse Schneeklumpen. In ihrem steten Fallen gaben sie dem allgemeinen Tauen den Takt vor und kündigten damit das nahe Ende des Winters an. Egon sah, dass der Himmel kurz vor Sonnenuntergang fast milchig geworden war und für den nächsten Tag Regen versprach. Da er einiges auf der Post zu erledigen hatte, musste er noch eine Stunde in der Altstadt aushalten, bis ihn die Abgase der Fahrzeuge seiner Kollegen vertreiben würden. Dann war es so weit. Am Kreisel lief nichts mehr. Die Abgaswolken schoben sich bis zum überfüllten Parkplatz, auf dem man an dem Tag Wurstwaren und Fische verkaufte, so dass Parklücken rar waren. Die Straßen, die zum Hallenbad führten, hatten sich in matschige Pisten verwandelt. Die bodenständigen Königsteiner Hausfrauen verließen grüppchenweise das Café Kreiner, um nach Hause zu gehen. Die wenigen winterlichen Kurgäste, Handelsvertreter und Außenstehende aller Art, hatten sich im Parkcafé versammelt und betrachteten von dort aus die ersten Lichter in der Rhein-Main-Ebene. Drinnen duftete es nach Schokolade und Kuchen, nach älteren Herrschaften, aber auch nach der jugendlichen Frische einer Kellnerin mit kurzem schwarzem Rock und langen wohlgeformten Beinen, die sich rhythmisch in schwarzen Stöckelschuhen bewegten. Warum war sie die einzige Kellnerin auf der Welt, die Stöckelschuhe trug? Vielleicht war es nur Eitelkeit, vielleicht auch das Verlangen nach unschicklicher Freiheit in einem Land, das sie bisher nur vom Fernsehen her kannte und das ein Ausspielen aller weiblichen Reize ohne Rücksicht auf die Bequemlichkeit herausforderte. Keiner wusste genau, woher sie kam. Ihr rötlich gefärbtes, ursprünglich schwarzes, mittellanges Haar und ihre harten Gesichtszüge ließen auf Osteuropa schließen. Keiner hatte sich getraut, sie direkt danach zu fragen. Sie war höflich, aber wortkarg, ihre kurzen und hart ausgesprochenen Sätze vermittelten eine Aura der Strenge. Ihre Augen ertrugen selten den direkten Blick eines Gegenübers, sie schaute gleich weg wie eine scheue Gazelle. Auch Egon genierte sich, Fragen zu stellen. Als sie vor seinem Tisch erschien, um die Bestellung entgegen zu nehmen, deckte er prüde die „Praline“ ab. Als sie sich umdrehte, versenkte er sich nicht nur in die Betrachtung der Körperteile, die gebückte Frauen in Rückenansicht so attraktiv machen. Er schaute tiefer. Sein schwärmerischer Geist war vom Kontrast zwischen den wohlgeformten, ländlich anmutenden Füßen und dem immer schwächer werdenden Licht der untergehenden Sonne fasziniert, vor allem von den rhythmischen und oft zackig wirkenden Bewegungen dieser Füße, die das Schwingen der Hüften bestimmten. Wie mochte sie wohl heißen? Egon, der sich an einen Fernsehfilm erinnerte, entschied sich kurzerhand für „Piroschka“. An dem Tag, an dem er geschworen hatte, nie wieder Alkohol zu trinken, kam ihm der Geistesblitz, Piroschkas Füße seien einfach der Ersatz für das Getränk, das er sich nie wieder genehmigen wollte. Er verglich das runde, volle, betörende Aroma des Cognacs mit seinen imaginären Wahrnehmungen des unbekannten, vermutlich warmen, strengen, hochweiblichen Duftes von Piroschkas Füßen. Und er begann erneut zu träumen.

Szenen aus der Vergangenheit vermischten sich im Tagtraum mit parallelen Handlungen in der Gegenwart. Egon, Licht-

jahre von der Wirklichkeit entfernt, war gleichzeitig Darsteller in mehreren Telenovelas, die er nur anfangs sauber voneinander zu trennen vermochte. Die Erinnerungen an die erste Folge einer jeden waren präzise bis ins Detail. Selbst der Schatten, den die Linde auf den Rasen warf, der Duft der Lindenblüten in Mai, das morgendliche Landleben mit dem aufdringlichen Aroma von Tomaten und Basilikum und die beschauliche Abendstimmung nach dem Spaziergang in der Waldlichtung traten klar vor sein Auge. Bis die nächste Geschichte begann, deren Handlung von Anfang an vertraut war, nur die Konturen waren noch verschwommen. Als Egon versuchte, eine bewusste Note in den unbewussten Zustand zu bringen, den Film anzuhalten und zu fokussieren, dann riss der Film und das Geschehen glitt schrittweise ins Reale. Zuletzt entstand das unscharfe Bild einer erzwungenen Sachlichkeit, die eher von Gedanken als von Erinnerungen überlagert war, die Egon nicht als Wirklichkeit, aber auch nicht mehr als Traum empfinden konnte.
Egon war ein kleiner Junge gewesen, der seine Schulfreunde immer dann verprügelte, wenn diese schon zu raufen aufgehört hatten, weil der Lehrer in Sicht war. Regelmäßig wurde dann der an sich friedliche Egon bestraft. Der „böse" Egon, der eigentlich nur zu langsam reagierte und noch am Ort des Geschehens verharrte, wenn die „Kerngruppe" sich bereits längst in Sicherheit gebracht hatte. Das Schuljahr war zu Ende und die Ferien hatten begonnen, die Tage waren lang und heiß, die Nächte lau. Nachmittags, am langen und faulen Ende eines hellen Tages, roch die aufgeheizte Luft, die ihre Schwaden bis zum Balkon empor steigen ließ, nach dem in einer benachbarten Rösterei hergestellten Kaffee. Morgens wurde man vom Vogelgezwitscher geweckt, während die ersten Stadtbusse die Straße flott herunter rollten. Auf dem Boot vermischte sich salzige Meeresluft mit Düften von Pinien und Zypressen. Auf der Mole vor dem Strand duftete es besonders intensiv, nach feuchter Erde, nach Blumen und nach Sonnencreme. Frisch gebackene Liebespaare hielten Händchen auf dem Weg von der Mole zum Strand und

tauschten im Park die ersten Zärtlichkeiten aus. Egon schaute nur flüchtig hin, er zwang sich mühsam, die Paare nicht direkt zu beobachten. Er wäre gerne etwas älter gewesen, hätte gerne selbst entdeckt, wie weibliche Lippen sich auf seinem Mund anfühlten. Egon wollte sich endlich von seinem sich lang hinziehenden Kind-Sein befreien, er wollte dazu gehören.

Egon war von einer inbrünstigen Bewunderung, die er damals mit „Liebe" verwechselte, für ein Mädchen besessen, das fünf Jahre älter war als er. Sie war die Tochter einer Cousine seiner Mutter, die in einer entfernten Stadt wohnte und den Sommer am Strand an der Adria verbrachte. Egon wagte kaum, sie anzusprechen, denn in jenem Alter sind fünf Jahre so lang wie der Abstand von einer Generation zur nächsten. Sie waren eine Kluft, die den Gedankenaustausch und die unbeschwerte Kommunikation verhinderte. Es wäre außerdem anrüchig gewesen, wenn sie sich allzu sehr miteinander angefreundet hätten. Er hätte sich bekennen müssen, was das Mädchen wohl achselzuckend als Schwärmerei eines verwöhnten Kindes abgetan hätte. Nein, er kannte den Druck von Mädchenlippen auf den seinen noch nicht, die möglichen Reaktionen eines reiferen Mädchens auf unerwünschtes Verhalten konnte er dagegen aber schon gut abschätzen.

Sabine, so hieß das Mädchen, war die erste Frau, die Egon in sehnsuchtsvolle Unruhe versetzte. Schlank, blauäugig und hellblond, trug sie eine dunkelgrüne Sonnenbrille, die sie selten ablegte. Während Egon und seine gleichaltrigen Freunde Tischtennis oder Volleyball spielten, räkelte sich Sabine stundenlang in der Sonne, ohne ein Wort verlauten zu lassen, in Gedanken vertieft. Ihre Sonnenbrille schirmte sie von der Außenwelt ab. Der erwachsene Egon konnte sich nun ziemlich genau die Gedanken einer geistesabwesenden Sechzehnjährigen vorstellen, der junge Egon vermochte es damals nicht. Er phantasierte in wilder Romantik über magische Kräfte, über die Fleisch gewordene Schönheit, die er damals logischerweise anders nannte, letztendlich über sein

doppeltes Glück, eine so phantastische Frau wie Sabine zu kennen und gute Gründe zu haben, seine Gefühle für sich behalten zu müssen. Auch das Unvermögen des Kindesalters, abstrakte Begriffe mit Worten exakt zu definieren, trug zur schwärmerischen Schimärenbildung bei, die für Stunden der stillen Exaltierung sorgte und für Egons erste schlaflose Nächte.
Egons Schwärmerei blieb Sabine natürlich nicht verborgen. Sie genoss ihren alters- und geschlechtsbedingten Vorteil und sondierte immer öfter mit zweideutigen Anspielungen. Die dunkle Sonnenbrille ließ Egon nie wissen, ob Sabine ihn dabei direkt anschaute. Da Egon etwas reifer aussah als er tatsächlich war, wurde eine keusche Annäherung möglich, die in der beim Ballspiel im Wasser gestellten Fangfrage gipfelte: „Egon, weißt du schon, wen du heiraten wirst?“. Im Wasser trug Sabine keine Sonnenbrille und Egon merkte, dass ihre großen blauen Augen ihn herausfordernd ansahen. Egon zeigte sich schlagfertig wie selten und brachte gleich die passende Antwort über die Lippen, nämlich die, dass man in seinem Alter wohl andere Sorgen habe.
Jetzt, viele Jahre später, waren Egons Sorgen tatsächlich andere geworden. In der plüschigen Atmosphäre des Cafés aber wurde aus heiterem Himmel Egons Kindheit wieder lebendig, mit ihren Enttäuschungen und zaghaften Hoffnungen, die Egon allzu gerne als Vergangenheit abgetan hätte, die ihn aber ständig heimsuchten und sein Tun und Handeln nicht immer zu seinen Gunsten beeinflussten. Die aufkommenden Erinnerungen überschlugen sich in seinem Kopf und versetzten ihn in einen fast seligen Zustand. Er war jetzt fast dabei, über seinen Schatten zu springen und Piroschka direkt anzusprechen. Unerwartet verwandelten sich im neblig gewordenen Salon Piroschkas Füße in Sabines Sonnenbrille. Die Bilder wechselten blitzartig. Unscharfe Konturen in einer erstarrten Aura. All das vollzog sich unter den Augen der älteren Herrschaften, die mit strengen Blicken die wundersame Verwandlung in Egons Gesichtsausdruck registrierten. Er befand sich, oder kam sich wenigstens so vor, auf einer

Theaterbühne, im Mittelpunkt des Geschehens, wie ein Held, hoch zu Ross mit spitzem Degen und langem rotem Mantel.
Wie die Kollegen in der Firma, so verhielten sich auch die Kurgäste im Café. Egon war ständig der Beobachtung ausgesetzt, überall, wo er sich befand. Die Beobachter waren selten wohlwollend. Die Ritter schauten mutig drein, die (wenigen) Schönen in den Schoß und erwarteten mit gedämpfter Spannung die zaghaften Versuche des Helden, seine holde Braut zu erkämpfen. Hinter dem blauen Dunst einer Zigarre lauerten leicht hochgezogene Augenbrauen und Mundwinkel, um Egons Scheitern zu beobachten und es mit einem leisen Husten zu quittieren. Die drei Damen am Ecktisch bei der Säule, die sich hinter den Resten ihrer Sahnekuchen verschanzt hatten, unterbrachen ihre Unterhaltung und begannen ebenfalls, das sich anbahnende Gefecht neugierig zu verfolgen. Der Raum glich einer stehen gebliebenen Zeitmaschine. Eine unwirkliche Stille hatte die übliche Betriebsamkeit des „Parkcafés" abgelöst. Piroschka schmollte in einer Ecke und hielt ein leeres Tablett in der Hand. Nur Egon wusste, dass die erwartete Annäherung jetzt unmöglich geworden war, er sagte sie in aller Stille ab. Die Gäste, die ihr Eintrittsgeld bezahlt hatten, wussten von nichts und warteten beharrlich auf das Vorspiel. Der Ritter hatte sich ins Nichts aufgelöst. Der Bajazzo hatte versagt, war nicht aufgetreten, hatte die versprochene Nummer nicht geliefert.
„Ich und ein Bajazzo?" Dieser Einfall ging Egon dann doch zu weit. Er wurde plötzlich hellwach, stand hastig auf, warf seinen Stuhl mit einer ungeschickten Bewegung um, weswegen er streng beäugt wurde, bezahlte wortkarg und mit tollpatschigen Händen an der Kasse, schlüpfte in seinen schwarzen Mantel und verließ verlegen das Lokal. Er schlug den Weg nach Hause ein, nachdem er sich vergewissert hatte, auf dem Heimweg von keiner der prüfenden Gestalten verfolgt zu werden. Als er Tchibos Bäckerei erreichte, bemerkte er, dass sich der nächtliche Himmel gelichtet hatte und wie hell der abnehmende Mond und die vielen Sterne

strahlten. Ein milder Schein breitete sich zwischen Burg und Kreisel aus. Vom Schnee waren nur Reste übriggeblieben. Vom Alkohol und den guten Vorsätzen auch. Selbst die dummen Sprüche des Vorabends gegenüber „L”, an die er sich nicht mehr so genau erinnern konnte, hatten weitgehend ihre Dramatik verloren, so wie es ihm langsam dämmerte, dass er in der Kneipe bloß „Lili Marlen“ gesungen hatte. Egon zog den Schlüssel, öffnete die Tür, legte sich mit seinem Mantel auf die Couch und atmete auf.

Piroschkas Füße waren vorerst vergessen, verdrängt, nebensächlich geworden, Sabines Sonnenbrille stand jetzt für die Schwierigkeiten eines erwachsenen Menschen, sich selbst im Spiegelbild seiner Artgenossen zu erkennen. Die Kälte der Sterne am dunkelblauen Himmel ließ auf einen sonnigen Morgen hoffen.

Egon hatte den Sonntagabend in Gedanken vertieft verbracht. Kaum vorstellbar, wie schnell das Wochenende vergangen war. Einkaufen im Main-Taunus-Zentrum, gehetzten Kollegen in die Arme laufen, die Einkaufsliste abhaken, das Auto durch die Waschstraße fahren … Als all diese Besorgungen erledigt waren, stand Egon plötzlich vor dem Nichts. Wozu das ziellose umher Hetzen, wozu die wilde Raserei? Wozu hatte er sich gewünscht, sich an jedem Montagmorgen eine Morphiumspritze verpassen zu können, um ausschließlich das Wochenende bei Bewusstsein zu erleben? Das Wochenende? Ein Frust. Die Bestätigung des eigenen Unvermögens, das lange Ersehnte auszukosten und sich einfach den schönen Dingen des Lebens hinzugeben. Aus seiner Jugend tauchten Erinnerungen auf, aus der Zeit, als der Sonnabend noch ein Werktag war. Giacomo Leopardi hatte geschrieben: *Ed al travaglio usato, ognuno in suo pensier farà ritorno* („Und morgen wird jeder im Gedanken an die gewohnte Arbeit zurückkehren“). Das waren Gedanken eines Sonnabends, eines Tages der Hoffnung und der Vorfreude, dem sonntäglichen Tag der Langeweile entgegen gesetzt.

Oft bereiten wir uns hoffnungsvoll auf eine rosige Zukunft vor und holen zum großen Schlag aus. Wir versuchen zuzu-

schlagen und erleben einen Schlag ins Wasser. Was übrig bleibt, ist das undefinierbare Gefühl, uns trotz aller mehr oder minder objektiven Sicherheiten in ein Land des Unbekannten, des unüberschaubaren Risikos hinein zu bewegen.
Wie oft hatte Egon gehofft, in solchen Lebenslagen den Trost des Glaubens zu finden! Den Glauben an was? An das ewige Leben, die Wiederauferstehung des Fleisches, das Jüngste Gericht? Waren das vielleicht nichts anderes als fromme, liebenswürdige Sprüche, die die Ur-Angst der Menschen vor dem Auslöschen der eigenen Persönlichkeit, des individuellen Bewusstseins ausdrückten? Die Angst vor dem Tod, vor dem Ende, vor dem Nichts.
Als Schüler hatte Egon ein Werk Marlowes gelesen, die englische Brutalversion von „Faust“. Jede Sekunde Leben war Faust angesichts seines unmittelbar bevorstehenden Todes willkommen. Er wollte nicht sterben, er wollte seine Individualität und sein erworbenes Wissen nicht aufgeben. Er wollte sicher sein, dass er seinen Tod und die darauf folgenden Ereignisse bei Bewusstsein erleben würde, ohne Gefahr zu laufen, ungewollt zum Teil eines kollektiven Ganzen zu werden, gedächtnis- und willenlos dem Rhythmus der Jahreszeiten ausgesetzt. Für Faust war das die Hölle, nicht die flammende unterirdische Höhle mit geißelnden Teufeln. Faust bettelte deshalb Mephistopheles um jede Minute an. Ohne irdisches Leben kein *cogito*, ohne *cogito*, kein *sum*. So Egons Deutung jener Passage.
Wo liegt der eigentliche Unterschied zwischen Mensch und Tier?, sinnierte Egon. Und der zwischen Tier und Pflanze? Was hat ausgerechnet uns Menschen auserkoren, Träger einer höheren Botschaft zu sein? Ist der Mensch einfach ein von der Natur selektiertes Wesen, das sich grundlegend von tierischen und pflanzlichen Wesen abhebt, oder eher das Ergebnis der bewussten und zielgerichteten Schöpfung durch eine höhere Intelligenz, deren Funken der Mensch in sich trägt? Wann wurde uns der Reisepass in die Ewigkeit eingehaucht? Als Kinder Adams und Evas oder als besonders hoch entwickelte Affen? Schöpfer oder Darwin? Verdienst

oder Gnade? Papst oder Luther? Diese Fragen hatte sich Egon jahrelang während seiner schlaflosen Nächte in ihren kompliziertesten Varianten gestellt, so wie sie - erwartungsgemäß - an jenem Sonntagabend von selbst aufkamen. Egons Nächte waren in letzten Zeiten häufig schlaflos gewesen. Von einem schier unlösbaren, existentiellen Problem bedroht, hatte Egon den Widerstand geprobt. Er verbannte es aus seinem Bewusstsein, redete sich ein, ein Problem könne nicht existieren, wenn man ihm keinen Namen geben konnte. Er versuchte, mit Gewalt einzuschlafen, seinen unwilligen Körper zu zwingen, den ansonsten natürlichen Zustand des Schlafes durch Befehl anzunehmen. Fehlanzeige! Je intensiver er versuchte, früh einzuschlafen, um am nächsten Morgen wieder fit zu sein, desto mehr wälzte er sich rastlos im Bett, wohl wissend, dass der erlösende Schlaf erst dann kommen würde, wenn er nichts mehr nutzen und nur das das Aufstehen noch schwieriger gestalten würde.
Depressive Stimmung, eine labile Gemütslage und unüberlegte Handlungen konnten die Folgen einer so verbrachten Nacht sein, die den Ablauf des nächsten Tages bestimmte. Ausgerechnet jenes Tages, an dem er sich wünschte, im Büro frisch und ausgeruht wichtige Aufgaben erledigen zu können (insgeheim hoffte er auf solche Aufgaben, die in letzter Zeit jedoch rar geworden waren). Stattdessen saß er unruhig wie ein gefesselter Zappelphilipp an seinem Schreibtisch, starrte geistesabwesend ins Leere und packte keine Arbeit an, weil er wusste, dass alles schief gehen würde. Wer nichts tut, macht keine Fehler.
Auch diesmal verlief Egons Sonntagabend entsprechend. Die schlimme Nacht, welche die Versäumnisse des Wochenendes mit den „Herausforderungen" der kommenden Arbeitswoche verband. Jede Woche wieder, immer anders und doch ähnlich wiederholte sich die Qual der Nacht zum Montag.
Einige Monate zuvor, ebenfalls an einem Sonntagabend, hatte Egon wieder zu tief ins Glas geschaut und stand plötzlich vor der unzähmbaren Begierde, jenen seligen Zustand mit

Sex zu krönen, es „denen“ zu zeigen. Nach dem kargen Abendessen, das er sich genehmigte, wenn er allein war, hatte er liebevoll seine Zigarre angezündet und sich in seinen bequemen Ohrensessel gesetzt. Aus dem Plattenspieler ertönte Mahlers „Lied der Erde“. Alles schien eine wohl inszenierte Anbahnung zum tröstenden Schlaf zu sein. Altbekannte Gedankengänge suchten sich langsam ihren Weg aus der Tiefe von Egons Psyche, brachten allmählich Unruhe ins Gefüge seiner Neuronen, die sich ganz entspannen und auf die Nachtruhe vorbereiten wollten, Phantasien und Gelüste wurden wieder lebendig. Egon kannte das und stellte sich gleich die Frage, ob er gehen oder bleiben sollte. Er wusste sehr genau, dass eine solche Frage bereits die Antwort in sich barg, nämlich zu gehen. Es hatte wenig Sinn, weiter den Helden spielen zu wollen, der Geist mochte stark gewesen, das Fleisch war mit Sicherheit schwach. Mit jedem Zug der Zigarre steigerte sich die Unruhe in Egons Hirn und, als Folge, in seinen Lenden. Oder war es umgekehrt? Es war ein unwiderstehlicher Drang, um jeden Preis das nachzuholen, was ihm an jenem Wochenende, wie an den meisten Wochenenden, entgangen war. Die Zigarre rauchte sich zu langsam, Egon zog kräftiger und verbrannte sich fast die Zunge bei der Anstrengung, dem ansonsten willkommenen Genuss des Rauschmittels, das ihm oft zum stillen Philosophieren verhalf, ein jähes Ende zu bereiten. Zigarre verrecke, du hast mich nicht verdient! Mit einem Mix aus Wut und Ungeduld drückte Egon die halb gerauchte Zigarre in den Aschenbecher, bis die letzte Rauchwolke verschwunden war. Die Zigarre sollte elendiglich verenden, so elendiglich wie Egon sein Wochenende verbracht hatte. Nach erfolgter Bestrafung der unschuldigen Zigarre stand Egon aus seinem Lieblingssessel auf. Er legte hastig die Platte weg und überlegte mit Ungeduld, was er anziehen konnte, um so schnell wie möglich aus dem Haus zu kommen. Ruhelos rannte er von Zimmer zu Zimmer. Kein Hemd schien ihm zu passen, jede Hose war entweder zu weit oder zu eng. Nur irgendwas musste er doch anziehen. Das „Irgendwas“ musste aber verführerisch aussehen, schnell signalisieren, dass er ohne Umschweife das Eine wollte. Die Dusche war ohnehin hinfällig geworden, dafür reichte ein Duft aus der Flasche. Casanova hatte seinerzeit damit auch Erfolg gehabt. Im gefährlichen Promillebereich steuerte Egon Casanova die „WunderBar" in Höchst an, wo sich abends ebensolche unruhigen Geister wie er selbst einfanden. Die nasse B 8 leuchtete und glitzerte unter dem kalten Schein der Sterne, nachdem ein Sommergewitter für klare und frische Luft gesorgt hatte. Egon suchte einen Parkplatz. Wenn man es eilig hat, findet man keinen. Ein Daimler passt eben nicht in jede Lücke. Es muss schon ein anständiger Parkplatz mit Stern sein. So breit bitte, dass man sogar betrunken einparken kann. Ist im Kaufpreis inbegriffen. Egon fand keinen. Alle Parkplätze waren zu kurz, zu eng, zu schräg. Er verdammte seinen Wunsch, endlich einmal einen Daimler zu fahren, um damit im Kollegenkreis aufzutrumpfen. Geerntet hatte er nur Neid. Links abbiegen, Fehlanzeige, nochmals links, Behindertenparkplatz. Die können früher in die Rente gehen, die haben es gut. Besonderen Kündigungsschutz obendrein. Eine schlimme Irrfahrt. Egon war dem Ziel seiner Wanderung so nah und konnte nicht anhalten. Endlich besann er sich, dass die Volksbank, die einen Kundenparkplatz hatte, nachts geschlossen war. Egon vertraute seinem Beschützer Bacchus, dem Gott der Betrunkenen und der Seligen, und parkte in der Einfahrt zum Parkplatz der VoBa, nur ein Paar Schritte von der „WunderBar" entfernt. Von seinen Trieben geschubst, betrat Egon, jetzt eigentlich unwillig, das Lokal. Die innere Unruhe sah man ihm sicher am Gesicht an. Die Schweißperlen auf der Stirn waren sichtbar nicht nur eine Begleiterscheinung der Sommerhitze. Die Luft im Lokal war stickig und roch nach Schnitzel Wiener Art, Pommes und kalten Marlboros. Vielleicht auch nach Gras. Mit gleichgültigen Blicken starrten sich die letzten Sonntagsgäste gegenseitig an und wollten nicht zugeben, selbst wohl auch das letzte Wochenende verpufft zu haben. Jeder war der Größte und hatte die tollsten Nächte hinter sich. Es war nicht wichtig, ob es Spaß gemacht hatte. Wichtig war, zu wissen, dass man „es“ gemacht hatte. Für manche war es noch wichtiger, dass man in der Kneipe wusste, dass man „es“ auch an jenem Wochenende gemacht hatte. Mindestens, dass man es in der Kneipe annahm, ohne viel zu fragen. Als die Fragen der Nachbarn zu unverschämt neugierig wurden, fing das große Schweigen an. Die Plakate über das Programm der alternativen Szene für die kommende Woche sorgten stets für unverbindlichen Gesprächsstoff. Reiki, Shiatsu, Nosferatu, Blockflöte, Seminare über den Umgang mit Naturfarben, Fisch sucht Fahrrad ... Es gab kein Tantra-Fest, auf das sich Egon so gefreut hätte. Selbst ist der Mann und braucht keine Krücken. Nach ein paar Runden Bier hatte er den Rest der Nacht fest im Griff: Eine etwas untersetzte, aber kurvenreiche Dame, die tagsüber Tankstellen reparierte und genau so angetrunken war wie er selbst, hatte sich bereit erklärt, mit ihm den Rest der Sonntagseinsamkeit zu teilen. Sie trug eine hautenge, blaue Radlerhose und eine weiße Bluse, die sie offensichtlich zumindest einmal bei ihrer schweißtreibenden Arbeit angehabt hatte. Sie legte ihren linken Arm um Egons Schulter und presste ihren linken Oberschenkel gegen seinen rechten. Egons Hand arbeitete sich unaufhaltsam nach oben, bis die Wärme ihres Feuchtgebietes spürbar wurde. Ach, so, stöhn, ja, ist geil! Tiefe Blicke, feuchte Lippen, beiderseits. Ausgemacht. Der angetrunkene Egon fuhr allen möglichen Polizeikontrollen zum Trotz mit seiner ebenso angetrunkenen Eroberung nach Hause, und es folgte eine strenge Nacht. Ausufernder, wilder Sex, der jeder bürgerlichen Vorstellung trotzte, so kam es Egon vor. In Wirklichkeit war es die totale Erniedrigung und Unterwerfung Egons, der es genoss, wirklich tief gefallen zu sein. Sein Wesen war unwichtig, anonym, gesichtslos geworden. Egons Persönlichkeit verschwand in den Intimbereichen der molligen Frau, wurde mit Absicht gedemütigt, geschunden und dem animalischen Eintauchen ins weibliche Element geopfert. Der Alkohol hatte die selektive Wahrnehmung der destruktiven Inhalte dieser Handlung verstärkt und damit die Inszenierung eines

Erreichens des tiefsten Abgrunds in lebhaften Farben erscheinen lassen. Keine Vorstellungen, keine Träume. Die blanke Tat und der Schweiß. Die Frau machte mit, weil es einfach Spaß machte, sie dachte sich nichts dabei, sie nahm die Chance nicht wahr, das Rollenspiel selbst in die Hand zu nehmen. Sie verstand die sonderbare Stimmung nicht, wusste vermutlich auch nicht, was ein Rollenspiel war. Sie hatte sich auch selbst ausgezogen, blitzschnell. Um fünf Uhr morgens stand sie auf und nahm die erste Kleinbahn. Sie musste viel früher als Egon zur Arbeit, Tankstellen müssen immer einsatzbereit sein, werden immer gebraucht.
Zurück geblieben war die innere Leere, das Gefühl, durch eine triebhafte Tat mit Gewalt versucht zu haben, nochmaliges Versagen mit einer grellen Farbe zu überpinseln. Dazu die Gewissheit, am nächsten Tag zum Alkoholkater auch den bitteren Nachgeschmack verletzter Eigenliebe ertragen zu müssen. Egons Eigenliebe hatte Schaden genommen, indem er sich bewusst in eine Situation hinein manövriert hatte, die allen seinen Überlegungen zum Funken Gottes im Menschen widersprach. Im leicht alkoholisierten Zustand destillierte er mühevoll schwierige Begriffe, langsam und würdevoll. Kristallklar, lupenrein, eiskalt wie Wodka: Zwei betrunkene Menschen hatten, aus Einsamkeit und Unverständnis für die neue, sich rasant entwickelnde Gesellschaft, ihren göttlichen Funken zum Schweigen gebracht, um einfach dem Animalischen in ihnen zu frönen. Als ob sie sich immer noch im Jahre des Herrn 1968 befänden, als allerorts verkündet wurde: „Wer zweimal mit demselben pennt, gehört schon zum Establishment". Denn es war klar in jener Sommernacht, dass es niemals zu einem zweiten Beischlaf, zu einer weiteren Verabredung, kommen würde. Das war die Single-Szene der One-Night-Stands in Mainhattan. Echt ätzend. Man war abgebrüht und gab sich cool. Die Anderen waren dabei meistens besser.
Das Feststellen der Nutzlosigkeit später Illusionen stand den vermeintlichen Sicherheiten des Kindesalters gegenüber. Beide trugen dazu bei, dass Egon mit einem schlafenden und

einem weinenden Auge in eine Zukunft blickte, deren Anzeichen er nicht einmal im Traum wahrnehmen wollte. Während des Traumes wurden aber die Vorboten der Zukunft und das Ausklingen der Vergangenheit überdeutlich und sorgten für das morgendliche Verblassen der Erinnerungen an die unliebsamen Träume. Egon war nicht davon abzubringen, immer noch auf einer Bühne auszuharren, auf der er mit der Zeit Alleindarsteller geworden war.

2
Merger im Nebel

Mitten in der Nacht, unsanft aus tiefem Schlafe geweckt, ohne viel Zeit, die entgangenen Schlafstunden nachzuholen, vertrödelte Egon die letzten Fetzen des verpufften Wochenendes und wartete unruhig auf das Rasseln des Weckers. Was wäre passiert, wenn der Wecker seinen Dienst nicht geleistet hätte? Wenn er ihn am Vorabend nicht aufgezogen hätte? An den nicht bestellten Weckruf von der Post oder an die gute Fee glauben, welche die Technik beschützt? Daher das programmierte Einschlafen und Aufwachen im Zeittakt. Nach jedem Aufwachen suchte er vergebens den Wecker, den er absichtlich zehn Minuten zu früh gestellt hatte. Als er ihn endlich fand, dachte er gleich an die verbleibenden zehn Minuten, die ihn vom planmäßigen Aufstehen trennten und versuchte wieder einzuschlafen. Dabei kam er sich selbst schon wieder wie Marlowes Faust vor. Eine Minute, bitte, eine halbe Minute, zehn Sekunden noch. Bis der Wecker gnadenlos rasselte und Egon zum endgültigen Erwachen zwang.
Im Wachzustand hatte sich eigentlich nicht viel geändert, Egon war noch immer verschlafen, nur die Firma hatte ihre düsteren Konturen wieder angenommen, samt der noch zu bearbeitenden Vorgänge, die Egon unausweichlich binnen zweier Stunden auf seinem Schreibtisch wieder vorfinden würde. Das Papier erfüllte sich hämisch mit Leben und türmte sich zu einem Riesenhaufen auf, der bis zur Decke reichte und dessen Bewältigung ihn bis zur Pensionierung beschäftigen würde. Papierströme fielen aus allen Schubladen, und der mit bunten Zetteln gefüllte Terminkalender erinnerte ihn unerbittlich an die anstehenden Fälligkeiten. Immer öfter ging es um Vorsprachen bei der Personalabteilung. Ordner lagen verwaist auf dem Besprechungstisch und offene Schränke verrieten, dass in jenem Zimmer echte, begehrliche Geheimnisse rar geworden waren. Dieses Szenario wiederholte sich seit einem Jahr mit einer fast komischen

Tragik. Auch an diesem Montagmorgen.
Egon musste einen inneren Kampf führen, um irgendwie aufzustehen. Inzwischen war es richtig spät geworden: Bis neun Uhr, bis zum Ende des gleitenden Arbeitszeitbeginns, blieben ihm nur noch knappe fünfzig Minuten. Zehn davon vertrödelte er, weil er sich nicht entscheiden konnte, ob das Rasieren wichtiger als das Duschen wäre, um später festzustellen, dass beide Vorgänge die gleiche Dringlichkeit hatten. Nach der Morgentoilette weigerte sich Egon hartnäckig, auf die Uhr zu schauen: Es war ihm klar, dass er damit den Kopf in den Sand steckte und möglicherweise die letzte Chance verspielte, pünktlich zur Arbeit zu erscheinen. Er wollte es einfach nicht wissen, so wie er tagsüber den Ernst seiner Lage ständig ausblendete. Er zog sich an und packte den Aktenkoffer. Es fehlten Unterlagen, die er für die nächste Besprechung brauchen würde und die vielleicht im Büro geblieben waren. Er wusste, dass der Chef ihn gerne vor der ganzen Gruppe bloßstellte: „Herr …, Herr …, haben Sie Ihre Unterlagen dabei?“ Was nun? Weiter die Unterlagen suchen oder darauf vertrauen, dass er sie im Büro finden würde? Für eine vernünftige Lösung war es zu spät geworden. Er musste rechtzeitig stechen, die Unterlagen könnte er vielleicht noch in der ihm verbleibenden Stunde vor der Besprechung zusammenstellen. Oder würde der Chef sowieso auf andere Unterlagen warten, auf solche, die Egon bestimmt nicht in seinem Aktenkoffer bereit hielt. Also, nichts wie weg! Er knallte die Haustür zu, stieg ins Auto und raste in Richtung Büro. Auf dem Parkplatz traf Egon seinen Kollegen Hans. „Es treibt Sie auch nichts allzu früh ins Büro, oder sehe ich das falsch?“ Kollege Hans, seines Zeichens Soziologe, hatte recht: Wer weiß, dass er nicht ins Büro geht, um richtig zu arbeiten, sondern nur, um für seine nackte Existenz zu kämpfen, um seine vertragliche Anwesenheitspflicht zu erfüllen, der versucht, den bitteren Kelch so lange wie möglich von sich fernzuhalten.
Ob es Tiere auch so etwas taten? Ob Tiere ein Gefühl für Arbeitszeit und für arbeitsfreie Tage hatten? Höchst unwahr-

scheinlich. Ob die göttliche Vorsehung allein uns Menschen mit jenem sonderbaren Drang zur Pflichterfüllung ausgestattet hatte? Verlegene Blicke kreuzten sich wie gegenseitige Mahnungen. Es war weder der Ort noch vor allem die Zeit, sich solchen Spekulationen hinzugeben, die ihren festen Platz entweder in der zweiten Hälfte der Nacht zwischen Sonntag und Montag hatten oder am Arbeitsplatz hinter den Türmen von unerledigten Vorgängen, die nie jemand erledigen würde. Hans und Egon beschlossen stillschweigend, am Werkstor keine Weltverbesserung zu planen, gleich zu stechen und damit den erlösenden Stempel zu ergattern.
Neun Uhr zwei. Zu spät.
Wie es das Schicksal wollte, war die Turm & Brücke AG, in der Egon, Hans, Helga, Ralf und viele andere ehrenwerte Menschen arbeiteten, ein von der Fusion, vom *merger* bedrohtes Unternehmen. Keiner traute sich, sich diesen Begriff mit allen seinen möglichen Folgen nüchtern auszumalen, dennoch spürten alle, dass in der Firma „der Wurm drin" war. Ein eisiger Wind trotzte dem sich ankündigenden Frühling und machte die Flure unsicher. Nicht mehr Umsatz und Ergebnis waren die Prüfsteine, woran ein jeder gemessen wurde. Es waren ungeschriebene, nie öffentlich mitgeteilte Gesetze, es war ein Gesichtsausdruck, eine Bemerkung, die über mobben oder gemobbt werden, entschieden. Das Wort „mobben" selbst war noch nicht allen in seiner aktuellen Bedeutung bekannt, und englische Muttersprachler meinten, das sei *German English*. Das trostlose, einst als idyllisch empfundene Gelände, das sich auftat, wenn man vom Bürofenster aus die umliegende Landschaft durch den Nebel betrachtete, konnte einem das Gefühl vermitteln, Statist und nicht Darsteller, Bauer und nicht Offizier, Gejagter und nicht Jäger zu sein. Als die Krähen das Feld verließen, sah es so aus, als ob mit den Vögeln auch die letzte Hoffnung auf einen sicheren Lebensunterhalt verfliegen würde. Schwarz und Grau, die Farben der sinnlos abwartenden und alles ergreifenden Monotonie. Dunkelgrüne Gänge, einst geradlinig und sauber, jetzt verwinkelt und abgewohnt erscheinend,

vermittelten das Gefühl, in einem dahin modernden Gebäude zu sitzen, dort auf etwas Unbestimmtes zu warten, das so sicher kommen würde, wie das Amen in der Kirche. Aber es kam und kam nicht. Es war nicht einmal in Sicht. Es konnte und wollte nicht genau beschrieben werden. Oder waren die Augen blind? Jeden Tag mehrten sich die Anzeichen, dass etwas Unausweichliches bevorstand, etwas, das der eigenen Existenz eine unerwartete und für die meisten ungewollte Wendung geben würde. Unliebsame Veränderungen nahmen meistens die Form von Umorganisationen an, in denen aus zwei-plus-zwei Planstellen nicht vier, sondern höchstens drei wurden. Man spürte, dass das Neue nichts Gutes bringen würde. Man wartete ab, sprach behutsam mit Kollegen darüber, vermied in der Öffentlichkeit aber solche Themen, die jemanden Verdacht schöpfen lassen konnten. Warum Verdacht? Weil man auf einer Tagung der „Kerngruppe" die Antwort noch nicht gehört hatte? Weil ein Fragender unmöglich der „Kerngruppe" angehören konnte? Selbst Unwissender unter einer Menge anderer Unwissender oder Unwissender unter einer Menge Wissender? Wer waren die Eingeweihten und nach welchen Kriterien waren sie ausgewählt worden? Was verlangten sie, um in ihren Kreis hineingelassen zu werden? Jeder oder fast jeder stellte sich heimlich diese Fragen, stellte sie nur nicht laut, um nicht als Außenseiter gebrandmarkt zu werden. Hans und Egon wollten auch nicht gerne darüber reden. Jeder hüllte sich in die Vorstellung ein, er hätte etwas Wichtiges zu tun. Im Dienste der Firma, der alle offiziell auf dem Firmenparkett treu ergeben waren, über die aber unter vier, maximal sechs Augen, tüchtig geschimpft wurde. In letzten Zeiten hatte man mit dem Schimpfen aufgehört. Die anfängliche Wut war der Resignation, dem passivem Abwarten gewichen. Die Firma existierte im Bewusstsein der Angestellten schon lange nicht mehr, niemand stellte sich die Frage nach den Rechtsnachfolgern. Jeder war ein hervorragender Spezialist auf seinem Gebiet und alle erkannten es an, solange nicht aus dem Männerklo, aus der Zentrale der informellen Kommunikation, ein

Gegenbefehl kam, der alle „Wissenden“ dazu verpflichtete, dem somit zur Unperson erklärten Kollegen von heute auf morgen den Rücken zu kehren und ihn im eigenen Saft schmoren zu lassen. „Kaltgestellt“. Keiner wollte sich Frostbeulen holen. Es war ansteckend, mit einem Kollegen zu tun zu haben, der „unter Beschuss“ stand, von dem kolportiert wurde, er würde auf den Fluren einen „gehetzten Eindruck“ machen. Wer sich mit dem Gehetzten freundlich unterhielt, war suspekt, der konnte die „Sprachregelung“ nicht kennen und selbst auf dem Weg sein, eine dicke Personalakte und ein dünnes Arbeitspensum zugewiesen zu bekommen.
Eine dicke Personalakte wurde schnell noch dicker, eine ungefragte Beurteilung, oft in Form einer formlosen Notiz auf einem Schmierzettel, zog ebensolche Notizen magisch an, bis diese, angeblich der besseren Übersichtlichkeit halber, von den Personalmenschen mehrfach fotokopiert wurden. Die Fotokopien wurden geflissentlich in die „Akte B“ gelegt. Die Akte B war die einzige Personalakte, für die sich die „Kerngruppe“ der leitenden Führungskräfte interessierte. Die Akte A, war nur für den Mitarbeiter und für die Betriebsräte bestimmt, eine reine Formsache. Deswegen musste man die Absicht, in die eigene Personalakte Einsicht nehmen zu wollen, einige Tage im Voraus bekannt geben. So konnte die Akte B zur Akte A gemacht werden. Bei geplanten Umsetzungen und wenn ein Mitarbeiter einen Versetzungswunsch äußerte, wurde dem potentiellen Vorgesetzten die vollständige Akte B zur Beurteilung des Mitarbeiters vorgelegt, samt Schmierzetteln und Fotokopien. Erreichte die Akte B einen bestimmten Umfang, dann war es ein sicheres Zeichen dafür, dass der Bewerber sich auf der Abschussliste befand und daher keinen Unterschlupf in einer anderen Abteilung finden durfte. Die Arbeit würde man ihm ausschließlich in der alten Abteilung geben - oder auch verweigern. Abteilungsflucht war unerwünscht.
Noch kam Arbeit. Noch wurde Arbeit erfunden. Noch brauchte der Vorstand Zahlen. Der Vorstand brauchte von den Fachabteilungen aber nur diejenigen Zahlen, die ihm

und seinen Handlangern halfen, unbequeme, vorlaute, eigenwillige, denkende Personen zu identifizieren und ihnen mitteilen zu lassen, man habe in der neuen Organisation keine Planstelle für sie. Es war schwer, den Personalmenschen klarzumachen, man habe keinen Vertrag mit einer bestimmten Planstelle, sondern einen mit der Firma. Jeden Monat gab es eine neue Umorganisation. Jede neue Organisation hatte wieder weniger Planstellen. Jeden Monat verschwanden einige Kollegen, wie vom Erdboden verschluckt. Sie hatten eine zu dicke Personalakte, die fast über Nacht angeschwollen war.

Nicht von der Hauptversammlung war die Rede, nicht von der längerfristigen Zukunft einer Firma, die in Wirklichkeit nicht unter dem - als Vorwand für Betriebsschließungen benutzten - Liquiditätsengpass litt. Auch die öffentlich angepeilte Eigenkapitalrendite von fünfzehn Prozent war wahrscheinlich nicht die wichtigste Triebfeder für eine allumfassende Umstrukturierung des Traditionsunternehmens, eher ein weiterer Vorwand, um Planstellen einzusparen. Das aufkeimende Positive wurde unauffällig unterdrückt, es wurde kräftig versucht, die eigene Leere mit den Fehlern der Tätigen und den Unterlassungen der „Kaltgestellten" zu überdecken. Die Schwarzmalerei hatte sich als Mittel zum Zweck entpuppt. Der Zweck war unklar. Es wurde zu wenig gesagt, zu wenig Deutlichkeit an den Tag gelegt, als dass sich Egon und Kollegen hätten trauen können, die Absichten der Oberen zu erforschen und sich Klarheit über die anstehende Situation zu verschaffen. In der Hoffnung, die Oberen hätten selbst irgendwelche Pläne und Vorstellungen, die über schiere Machtgier hinaus gingen. Mit dem dumpfen Gefühl im Magen, selbst die Bekannten Oberen seien in ihren Entscheidungen nicht ganz frei, sondern ihrerseits von Unbekannten Obersten abhängig. Es ging nicht so sehr um die geheimen Pläne der Unternehmensleitung. Diese waren nicht einmal allen Vorstandsmitgliedern bekannt, waren oft kodiert. Es ging vielmehr um die kleinen Brocken, die von entscheidender Bedeutung im täglichen Kampf ums Überleben sein

konnten. Es ging um Gerüchte über in Ungnade gefallene Kollegen oder Vorgesetzte, um immer seltener werdende freie Planstellen, um die Intrigen, die mit Billigung der Personalabteilung gegen den einen oder den anderen eingefädelt wurden, um die Chancen, in eine Seilschaft, in eine „Kerngruppe" aufgenommen zu werden. Ein Funken Wissen hätte gereicht, um mitzuschwimmen. Um mitzuessen. Die Stunde der Mitesser hatte geschlagen. Die Stunde all derer, die einen erheblichen Teil ihrer Arbeitskraft darauf verwandten, die Nachbarschaft zum „kommenden Mann" in der Kantine zu suchen, auf seine peinlichen Witze mit einem standardisierten, lauten Lachen zu antworten. Die sich in bestimmten Situationen unterwürfig und kumpelhaft zugleich zeigten. Und die den potentiellen Gönner rechtzeitig vor der unwissenden Menge erkannt hatten.
„Was kümmert mich mein dummes Geschwätz von gestern?", hatte sich einst Konrad Adenauer gefragt und damit den Grundstein für das deutsche Wirtschaftswunder gelegt. Mit demselben Wortlaut, aber auf niedrigerem Niveau, kursierte damals der Spruch des Rheinländers, um einerseits die eigenen Opportunismen zu rechtfertigen und um anderseits das - genauso opportunistische - Verhalten der Konkurrenten mit einem pragmatischen neoliberalen Spruch zu tadeln. Adenauer galt als Liberaler. Viele wollten die wenigen Plätze im Rettungsboot ergattern und die Konkurrenz verdrängen, wie man es „oben" wünschte. Niemand ahnte, dass das sinkende Schiff gar kein Rettungsboot hatte. „Oben" pfiffen es die Spatzen von den Dächern. Wie Egon im Traum von der Idee besessen war, mitten im Sturm um jeden Preis um den rettenden Griff zum Floß zu kämpfen, auf die Gefahr hin, eine anders geartete Lösung aus den Augen zu verlieren, so suchte man eifrig nach der Möglichkeit, sich durch Verbleiben im Betrieb um jeden Preis zu retten, durch „aussitzen", das damals ein geflügeltes Wort war, und übersah häufig, dass die Rettung auch woanders liegen konnte.
Pragmatiker oder Wendehals? Diese Frage hatte Egon oft schon Hans gestellt, wenn Tassen-Ohlig erschien. Tassen-

Ohlig, ein untersetzter, eher unauffälliger Mensch, der sich ebenfalls große Sorgen um seine berufliche Existenz machte, benutzte seine Kaffeetasse als Alibi, um jeden Morgen, auf dem Weg vom Kaffeeautomaten zu seinem Büro, von Zimmer zu Zimmer zu wandern und mit den dort - aus aktuellem Anlass - nicht besonders produktiv Tätigen, ein paar Worte zu wechseln. Mit der Tasse in der Hand rührte er pausenlos sein Löffelchen, in der Hoffnung, Bruchstücke jener Mosaiksteine zu sammeln, die ihn zu einer höheren Stufe des Wissens hätten führen können. Nebenbei lenkte er auch potentielle Mitbewerber von der Arbeit und von der brodelnden Gerüchteküche ab. Unerbittlich erschien Tassen-Ohlig jeden Morgen um neun und verließ pünktlich eine Stunde später das Büro von Egon und Hans (um zehn kam der Einkaufswagen mit den Frühstücksbroten vorbei). Wie die Zeitspanne des Besuches, so waren auch die Hauptthemen der Konversation fest vorgegeben. Zuerst die wilden Jagdgeschichten und die langen Nachtstunden auf dem Hochsitz. Nach einer solchen Einleitung kam er zum eigentlichen Thema des Besuches. Ohlig hatte vor Jahren, als noch geregelte Arbeitsbedingungen herrschten, unter dem aktuellen Vorgesetzten von Egon und Hans gearbeitet. Man musste es einfach erkennen: Die Person, um die es ging, der „Chef", war ein umstrittener Zeitgenosse, dem Ansehen und Macht die Welt bedeuteten. Als er Mitte zwanzig seine ägyptische Heimat verließ, um in München zu studieren, hatte er offensichtlich unter gewissen Diskriminierungen rassistischer Couleur gelitten, die ihn zwangen, jede Spur von „Andersrassigkeit" zu vertuschen. Da dieses Unterfangen aus optischen Gründen schwierig war, versuchte er mit Gewalt, sein Deutschtum in Wort und Schrift zu betonen, und verriet damit genau das, was er verheimlichen wollte. Jeder zweite Satz fing mit „Meiner Meinung zufolge ..." an, das Zeitwort „sagen" wurde oft durch „zu Verstehen geben" ersetzt. Ein BMW mit dem Aufkleber „BY" am Heck gehörte selbstverständlich dazu, wie der Hut mit Gamsbart, der selbstverständlich nicht im Dienst getragen wurde, sondern auf einem

Familienfoto auf dem Büroschreibtisch zu bewundern war. Am Montag erzählte der „Bazi“ oft von seinem sonntäglichen Kirchengang, „so wie es in Bayern üblich ist“, und die Sommerferien verbrachte er mit seiner Augsburger Ehefrau auf dem „preußischen“ Borkum. „Warum soll man den Ausländern so viel Geld für den Urlaub schenken, wenn es bei uns in Deutschland auch so wunderschön ist?“ Die besondere Situation war auch auf das Ausblenden seiner ursprünglichen Kultur zurückzuführen - einschließlich der Sprache und der arabischen Schriftzeichen, die er angeblich nicht mehr lesen konnte - und auf seine Schwierigkeiten, sich mit den Grundzügen der deutschen, bundesrepublikanischen Kultur vertraut zu machen. Er hatte seinen Fleiß völlig auf das Studium der Prostaglandine, vor allem auf das Auswendiglernen der einschlägigen Fachliteratur konzentriert. Goethe und Schiller kannte er nur von der Goethestraße und der Schillerpassage. Wenn er zu sehr in die Enge getrieben wurde, dann beteuerte er selbstsicher, ein Deutscher zu sein und belegte diese Aussage mit einem Satz aus seinem Pass: „Der Inhaber dieses Passes ist Deutscher - kapiert?“ In vorauseilendem Gehorsam versuchte der „Chef“ den wirklich Mächtigen zu entlocken, wer alles in seiner Umgebung auf der Abschlussliste stand. War ein Name gefallen oder hatten sich Andeutungen hinsichtlich einer bestimmten Person gehäuft, so wurde diese oder dieser nach den Buchstaben des Mobbing-Erlasses in die Enge getrieben. Die erste Phase war das ständige Verlangen von irgendwelchen Unterlagen, von alten und verstaubten Publikationen bis hin zum Ahnenpass, die das Opfer während einer Besprechung sofort „suchen“ und auch gleich „finden“ musste. Am Ende einer solchen Behandlung wurde dem Untermenschen vorgeworfen, bei der Besprechung keine klare Linie vertreten und die Sitzung mit seiner ständigen Sucherei gestört zu haben. Später, unter vier Augen auf dem Flur wurde ihm mitgeteilt: „Herr ... , Herr ..., ich weiß wirklich nicht, wie lange ich Sie noch mitschleppen kann. Schönen Abend dann, lassen Sie sich den Feierabend nicht verderben!“. Weiße Zähne strahlten

dann aus jenem sonderbaren bayerischen Mund.
Als Ohlig in guten, alten Zeiten noch in seiner Abteilung tätig war, hatte er sich in einer solchen Situation befunden. Schon damals, als Umorganisationen höchstens einmal jährlich angeordnet wurden. Den Chef hatte er, gelinde gesagt, als Mensch nicht besonders hoch geschätzt, sehr wohl aber die Glaubwürdigkeit der von diesem verbreiteten Gerüchte und seinen Spürsinn für die Richtung künftiger Personalentscheidungen. So versuchte Ohlig, während er unermüdlich sein Löffelchen weiter drehte, seinen unfreiwilligen Gastgebern die neuesten Sprüche des Chefs zu entlocken, um sie als Tageshoroskop zu deuten.
Es war Mittagspause. Sie hatte für Egon längst jeden Erholungswert verloren. Er war es leid, mit seinen ebenfalls besorgten Kollegen an einem Tisch in einer nach billigem Futter riechenden Fresshalle zu sitzen und zuzuhören, wie der eine den gefürchteten Chef einer Auslandsniederlassung mit zackigen Bemerkungen zum Einlenken gebracht hatte oder wie man einem anderen, in diesem Fall dem Bock, in einem indonesischen Bordell eine fettleibige Schönheit auf den Schoß gelegt hatte. Alles roch wie „Schneewiddsche unn die siwwe Zwerge", standardisiert, angepasst und für erzählenswürdig befunden. Egon hätte auch Geschichten zu erzählen gehabt. Er hatte bis dato auch kein Mauerblümchendasein geführt. Nur warum sollte jeder alles wissen? Wäre es nicht schade, solche Perlen vor die Säue zu werfen?
Egon behandelte sein Privatleben als vertraulich, zumindest auf der Arbeit und in unselektierter Gesellschaft. Anders handelte er bei Menschen, die er für fähig hielt, aufmerksam zuzuhören und ihm gute Denkansätze zu geben. Was ihn auf dem Werksgelände vielleicht am meisten störte, war die Unsitte, die in der Kantine weit verbreitet war: (fast) jeden lauthals mit völlig unpassenden Bemerkungen zu unterbrechen, besonders wenn „potentielle Gönner" am Tisch saßen, bloß um die „Lacher" auf seiner Seite zu haben und damit Teamgeist und Führungseigenschaften an den Tag zu legen. Das Leben bestand aus Geben und Nehmen. Warum sollte

einer nur geben, wenn die Nehmer die Gaben nicht verstanden, sich nicht dafür interessierten, oder sie nur zur Eigenprofilierung auf Kosten des Gebers benutzten? War es unkollegial, jener plumpen Vertraulichkeit aus dem Weg zu gehen, die ihre Sternstunden in der von allen gehassten und von vielen als Mittel zum Zweck benutzten Kantine feierte? Während der Mittagspause hatte Egon keine Lust, ein Bad in der kauenden, rülpsenden und schwafelnden Menge zu nehmen. Statt dessen versuchte er, so wie er es auf Seminaren gelernt hatte, unerledigte Vorgänge zu bearbeiten, insbesondere solche, die eine erhöhte, unter normalen Bedingungen schwer erreichbare Konzentration erforderten. Vergebens. Diese Arbeitsmethode galt nur, wenn man unter einem gesunden Stress stand, nicht jedoch, wenn jeder Anreiz, gute Arbeit zu leisten, fehlte. Außerdem, wo waren die Vorgänge? Alles, was er noch tun konnte, war, die Augen in der schier endlos erscheinenden Umgebung, ohne jede Anteilnahme ans Gesehene schweifen zu lassen, ohne dabei auf konstruktive Gedanken zu kommen, ohne dem aufkommenden Gedankenfluss eine klare Richtung vorgeben zu können. Nicht einmal die Frustgefühle des betrieblichen Alltags konnten während der erzwungenen Ruhe sinnvoll verarbeitet werden, weil sie Egons Stimmung zusätzlich verschlechterten. Mitgebrachte Krimis konnte er im Büro auch nicht lesen. Spätestens nach der dritten Seite wurden die Beine unruhig, dann stand er auf, suchte etwas, das er erledigen konnte, um das Gewissen zu beruhigen. Er fand selten etwas. Des Öfteren verließ er sein Zimmer unter dem Vorwand, ins Bad zu gehen. Wenn jemand lange nicht aus seinem Büroraum kam, hieß es, dass er nichts zu tun hatte und seine Untätigkeit hinter verschlossenen Türen verbergen wollte. Wenn jemand im Flur stand und mit einem Kollegen sprach, vielleicht sogar über die Arbeit, dann hieß es, er habe schon etwas zu tun, sei aber zu faul um es anzupacken. Und der Kollege könnte ein Spitzel sein. Der Kaffeeautomat und die dazu gehörenden Stühle waren so geschickt platziert, dass man von dort aus den Eingangsbereich, drei Gänge, die Aufzüge und die Türen der stillen Örtchen beobachten konnte. Wer sich dort aufhielt, konnte alles sehen und wurde von allen gesehen. Ein zweischneidiges Schwert. Die Zeit, die man dort während der Arbeitszeit verbrachte, konnte genau gestoppt werden, so wie es kein Geheimnis mehr war, wer sich mit wem wie oft und wie lange unterhielt. Der gläserne Mitarbeiter merkte zu spät, wie durchsichtig er geworden war. In einem Glashaus kann man sich schlecht über geheime Vorgänge informieren. Der Prostatiker hatte es leichter: Er rannte oft zum Klo, hatte dort viel Zeit, um Gesprächen zuzuhören und um Gerüchte im tröpfelnden Stehen zu verbreiten. Auch das stille Verbringen einer längeren Zeit auf oder neben der Schüssel in einer der abgeschlossenen Kabinen neben dem Pissoirraum hatte Vorteile. Das war als reine Lauschtechnik sogar noch besser, weil anonym.

Als Hans von der Mittagspause in der Kantine zurückkam, hatte Egon wieder die Chance, sein zunehmend moderndes Gehirn zu trainieren. Die Themen zwischen ihnen waren vielfältig, weil sowohl Egon als auch Hans mehrere Valenzen - auch und vor allem außerhalb der Firma - besaßen, die es ihnen ermöglichten, Gespräche über Gott und die Welt zu führen, auch kontroverser Meinung zu sein, ohne jedoch den anderen indoktrinieren zu wollen. An jenem Montag war wieder die Vertreibung der Deutschen aus Oberschlesien angesagt. Hans hatte jene Zeit persönlich erlebt, als Kleinkind zwar, aber durchaus der bewussten Wahrnehmung fähig. Seine Erzählungen über eine plötzliche grausame Vertreibung, den Verlust von Heim und Herd und den menschenunwürdigen Abtransport hatten Egon schlicht überrascht. Es kam eben damals in den offiziellen Medien nicht häufig vor, dass die Deutschen als Opfer und nicht als Täter dargestellt wurden. Vertriebenenverbände galten noch als rechtslastig. Hans aber war sehr demokratisch gesonnen, obwohl er hie und da doch mit jenem Neoliberalismus liebäugelte, der im Begriff war, ihm selbst zum Verhängnis zu werden. Sein im Studium erworbenes soziales Gewissen verhinderte jedoch jede Entgleisung. Egon war manchmal nachdenklich, wenn gewisse Themen aufkamen und in der vom Zeitgeist vorgeschriebenen Richtung behandelt wurden, wohl ahnend, dass es dabei vor Feigenblättern wimmelte. Einmal fragte er, was er nicht hätte fragen sollen:ob es Sinn mache, die unbestrittenen Schandtaten der Nationalsozialisten mit den Vorkommnissen in Schlesien nicht vergleichen zu wollen. Tausende von Antworten, Tausende von unterschiedlichen Bemerkungen. Im Falle Schlesiens ging es um Unterschiede zwischen Wirtschaftsordnungen und Interessen der Siegermächte in den jeweiligen Besatzungszonen. Im Falle der Nazi-Verbrechen ging es um die Dogmatisierung einer Kollektivschuld, die *ipso facto* die Mitschuld vieler Einzelner verwässerte und damit die unterschiedlichen Motive der Täter verschleierte. Vor allem, sagte mancher, sei die Kollektivschuld dogmatisiert worden, um es ganz bestimmten Tätern und ihren Nachfahren zu ermöglichen, sich unbelastet am öffentlichen Leben zu beteiligen. Es war schwer zu akzeptieren, dass Polen und Tschechen aus heiterem Himmel, aus purer Barbarei und Vergeltungssucht die Deutschen aus den Ostgebieten verjagt hätten. Die These eines angestammten Anteils polnischer oder tschechischer Einwohner, der lange von der deutschen Oberklasse ausgenutzt worden war, war eher glaubwürdig. In einem solchen Falle, wären die Slawen und die Deutschen beide nicht fähig gewesen, mit der entstandenen Mischbevölkerung, soweit es überhaupt eine nennenswerte Mischung gab, fertig zu werden und die Rechte der Minderheiten gelten zu lassen. Wer war aber in Schlesien Minderheit und wer Mehrheit? Hans schob die Schuld für die ausgebliebene Völkerverständigung auf die „polnische Wirtschaft“. In Hitlerdeutschland seien die Deutschen nicht in der Lage gewesen, die Eigenarten der seit Jahrhunderten dort ansässigen Juden zu akzeptieren. Neid habe auch eine Rolle gespielt, so wie der Wille, dem Mob einen Sündenbock anzubieten. Krupp hetzte mit seinen Kanonen auch gegen die Bolschewiken und bot im Gegenzug Arbeitsplätze. Das Ganze war in dieser Form geradezu sträflich vereinfacht. Bis hier hätte sich ein Gleichstand ergeben, der jedoch als unakzeptabel verworfen werden sollte. Um den Unterschied zwischen der historischen Definition der Shoah als einem einmaligen, eine Erbschuld begründenden Verbrechen gegen die Menschheit und der Vertreibung der Schlesier und der Sudetendeutschen, als kriegerische Handlung, zu erklären, mussten gewisse Grenzen haargenau definiert werden. Bei einer solchen Definition war die Gefahr groß, das falsche Vokabular zu benutzen. Solche Diskussionen wurden mehrmals geführt und waren die längsten und die unergiebigsten zwischen Egon und Hans. Allein die Tatsache, dass man stundenlang Spitzfindigkeiten suchen musste, um eine im Grunde genommen festgefahrene und vom Gesprächspartner größtenteils akzeptierte eigene Meinung salonfähig zu machen, ließ beide Kollegen darauf schließen, dass irgend etwas am offiziellen Begriff von Schuld und Sühne durch Übertragung der Kollektivschuld der Täter auf später geborene Personen noch unklar war und Selbstverständlichkeiten vielleicht nicht so selbstverständlich waren, wie man sie gerne gehabt hätte. Das Thema wurde auch diesmal nicht ausdiskutiert, und beide waren erleichtert. „Wer weiß, wofür das gut ist?“, sagte Hans’ Mutter ihren immer leiser plärrenden Kindern auf dem matschigen Weg von Breslau über die „Zone“ in die Bundesrepublik.

Während des Tages hatte es nicht geschneit, der Winter konnte sich nicht mehr so richtig durchsetzen. Wie am Vortag, so begleitete auch am Dienstag eine nasse Spur die Autos der Feierabendfahrer auf der B 8. Tiefe Wolken über dem Feldberg erinnerten an seinen Ursprung als Vulkan und bildeten eine ununterbrochene Kette, einen grauen Streifen, der in die weiße Dampfwolke aus der Energiezentrale der „Rotfabrik“ überging. Die Verkettung der Landschaft begleitete die Verkettung von Berufs- und Privatleben und ordnete letzteres in die vom Betrieb vorgegebenen Bahnen. Deshalb besuchte Egon aus Prinzip keine Veranstaltung in der firmeneigenen „Jahrhunderthalle“, während er oft in Frankfurter und Wiesbadener Theatern anzutreffen war. Egon ahnte noch nicht, wie sehr er in Kürze die patriarchalischen Einrich-

tungen seiner Firma, über die er sich noch lustig machte, vermissen würde.
Bei Tengelmann angekommen, stellte er fest, dass in Königstein der Schnee der letzten Tage noch Spuren hinterlassen hatte: Die abends gefrierende Nässe machte die Parkplatzsuche zu einer Rodelpartie. Die späte Uhrzeit, der angestaute Frust und die Knappheit der rutschigen Parkplätze sorgten dafür, dass gereizte und gestresste Autofahrer bevorzugt mit Hupen und Vogelzeichen miteinander kommunizierten. Dies lockerte die Stimmung nicht auf. Auf der Einkaufsliste standen: fertige Maultaschen, Farmer-Schinken, Pumpernickel, Butter, Zwiebeln, Kochwein und Altbier. Wein zum Trinken kaufte Egon am Wochenende direkt beim Winzer im Rheingau. Vor Egon in der Schlange an der Kasse stand Piroschka. Man merkte ihr gleich an, dass sie die ganze Woche bei der Arbeit im Café verbracht hatte und heute ihren freien Tag genoss. Ihre Augen sahen etwas müde und verschlafen aus, verrieten aber eine innere Neugierde, eine Begeisterung, die ständig nach Bestätigung suchte. Ihre Augen blitzten schnell hin und her und jeder Ruf, jedes Geräusch überraschte sie. Wie ein Kind ging sie jeder Kleinigkeit nach, wollte sich erkundigen, vergewissern. Ihr Haar war leicht angefettet und glänzte dadurch. Offensichtlich hatte sie sich in den letzten Tagen die Haarpracht nicht gewaschen. Der lässige Eindruck wurde durch eine weite Jeans verstärkt, der der übliche kurze schwarze Rock gewichen war. Aus der Nähe konnte Egon feststellen, dass sie tatsächlich etwas streng duftete, so wie er es sich immer vorgestellt hatte. Der Duft der Liebe? Piroschkas Duft erinnere ihn an „Opium“ und an Schweiß. Ihre formvollendeten Füße saßen bequem in gefütterten Stiefeln, die der Phantasie wenig Spielraum ließen. Oder doch?
Alles, was wir nicht zur Gänze erfassen und beschreiben können, bezeichnen wir als geheimnisvoll. Laokoons „stille Größe“ wäre nie so groß gewesen, hätte man sie auf ein Foto, statt auf eine Statue bezogen.
Egon ließ seiner Phantasie freien Lauf.

3
Diesseits und Jenseits

Egon hatte wieder keine Lust zu schlafen. Er wälzte sich unaufhörlich im Bett und konnte zu keinen schlaffördernden Gedanken kommen. Die grinsenden Grimassen des Chefs verfolgten seinen Mitarbeiter sogar im Schlaf, lachten ihn aus, brachten ihn vor versammelter Mannschaft in Verlegenheit. Herr ..., Herr ... Verpiss dich, du Arsch! Zu Hause war Egon sehr mutig. Der Arsch verpisste sich, Egon konnte trotzdem nicht einschlafen. Piroschkas verhüllte Füße tauchten im Halbschlaf immer öfter und aufdringlicher auf, sie waren umso mehr präsent, je brenzliger die Situation am Arbeitsplatz wurde. Was mag sie unter den Stiefeln getragen haben? Strumpfhosen? Socken? Gar nichts? Bei dieser letzten Vorstellung wurde es Egon richtig heiß. So stellte er sich die höchste Stufe der Erotik vor: Alles und nichts. War es sinnvoll, soviel Energie auf Piroschkas Füße zu vergeuden, die Gedanken um ein dunkles Objekt einer nie völlig eingestandenen Begierde kreisen zu lassen, statt die Gründe für seine sich anbahnende Abhängigkeit zu hinterfragen? Er wusste, dass er nach der immer undankbarer werdenden Arbeit jeden Tag ins Café fahren würde, um jenen bewunderten Füßen ihr Geheimnis zu entlocken, um hoffen zu dürfen, er allein werde aus dem Geheimnis eines Teiles das Geheimnis des Ganzen erfahren. Die komplexe Beschaffenheit des ganzen Körpers aus der Kenntnis der Füße. Die Füße standen für Erniedrigung, für die Erniedrigung die Egon im Büro immer stärker empfand und von der er nicht los kam. Jahre davor hätte er eher mit einem ansprechenden Busen vorlieb genommen.

Egon suchte dabei nicht nur das Geheimnis der Füße und auch nicht die abstrakte Weiblichkeit als solche, nicht nur ein sexuelles Objekt und erst recht nicht die Mondpriesterin. Was hinter der intensiven Beschäftigung mit einem Körperteil einer Person des begehrten Geschlechtes steckte, war - wie so oft - der Wunsch nach der Erkundung des Körperin-

neren jener Person, das vorübergehende Untergehen in einem fremden Körper, in dem es kein *cogito* gibt.
Da Egon wusste, dass zur Schlafanbahnung erotische, zu stark mit pseudo-intellektuellen Inhalten durchsetzte Gedanken denkbar ungeeignet waren, überlegte er sich, ob er nicht lieber beruhigendere Themen suchen sollte. Die Stimmen des Gewissens und des Erhaltungstriebs meldeten sich gleichzeitig. Hat es einen Sinn, soviel Zeit mit rein diesseitigen Themen zu vertrödeln, wenn man auf der Erde nur auf Wanderschaft in einem geliehenen Körper ist und jederzeit vor dem Stuhl des höchsten Richters gerufen werden kann? Luther hatte gesagt, dass wir hier nur Bettler sind.
Die Gedankenfetzen, die jetzt durch Egons müdes Gehirn kreisten, verloren allmählich ihren Zusammenhang. Fiktive Situationen ersetzten die Erlebnisse des Tages. Dogmen traten an die Stelle von Möglichkeiten, bis die Dogmen selbst als absurd verworfen wurden und seltsamen Empfindungen wichen, die sich sowohl aus jugendlichen Erinnerungen als auch aus Todesvorstellungen zusammensetzten. Schrittweise wich die verbleibende Ratio einem halb bewussten Zustand, schwebte mit ungewissem Ausgang zwischen Erinnerung, Wunsch und Wahrnehmung unerklärlicher Handlungen. Egon ließ sich fallen. Ein Loch tat sich auf, ein Wirbel, ein Strudel, die menschliche Vorstellung eines alles verschlingenden Hurrikans. Das Loch zog Egon mächtig an. Es wäre sicherlich interessant gewesen, sich vom Strom ins Loch treiben zu lassen und am Rande des Abgrunds den Eindruck verspüren, in eine eher jenseitige als diesseitige Welt einzudringen. Egon stand am Rande eines tiefen Brunnens, in dem sich, unscharf von einander getrennt, Anfang und Ende eines kosmischen Wirbels befanden. Hätte er sich einfach weiter fallen lassen, dann hätte ihn der Strudel in ungeahnte Tiefen gezogen. Dorthin, wo die Existenz auf ein Minimum reduziert ist, das die körperlichen Bestandteile nicht einschließt, wo man endlich das erfahren kann, was man schon immer wissen wollte. Dorthin, wo der Mensch wesentlich wird. In jenem sonderbaren Bewusstseinszustand glaubte Egon, die

Möglichkeit des Sterbens ohne physische Ursache vor sich zu haben. Er fühlte sich bereits als Grenzgänger zwischen den Welten. Er wollte fahren ohne zu starten. Als das letzte Überbleibsel seines grob stofflichen Wesens die Frage stellte: „Wie wäre es mit einem Sterben auf Probe?“, lief plötzlich die ganze Maschinerie nicht mehr und konnte auch nicht mehr in Gang gebracht werden. Egon war abgestürzt.
„Allein mir fehlt der Glaube“. Goethes Geständnis konnte Egon sein eigenes nennen.
Das, was man mühsam in der Schule lernt, verbleibt nicht umsonst im Bewusstsein, sondern wird so lange gespeichert, bis sich die Gelegenheit bietet, die Aktualität solcher Lehren in der Praxis zu erkennen und besinnliche Stunden mit der Deutung dunkler Passagen zu verbringen. Die prägnantesten Sätze der Weltliteratur wurden nicht aus der Phantasie eines Dichters geboren, sondern stellen die maximale Synthese seiner Erfahrung dar. Die menschliche Psyche kann schlecht in ihrem Bezug zur Umwelt beschrieben werden, wenn nicht die Erfahrung die individuelle Definition von gespeicherten Begriffen und deren Übertragung auf Objekte des Alltags erleichtert. Passiv erfahrenes Wissen kann sich erst dann hinsichtlich seiner Aussage bewähren, wenn die aktuelle Lebenslage eine eindeutige Entscheidung erforderlich macht. Klassische Urbilder, symbolhafte Geschichten und Gestalten sind die geballte Weisheit aller Generationen, deren Prinzipien uns gerade noch bekannt sind und dazu dienen, uns, bewusst oder unbewusst, durch die Klippen des Lebens zu führen. Sie bieten uns mit ihren Impulsen Ansätze für eine Lösung an, die unser logisch denkendes Bewusstsein in seinen eingeschränkten Kategorien nie entdeckt hätte. Die Intuition ist das magische Werkzeug im Dualismus zwischen Wissen und Unwissen, Gemüt und Verstand, Bestimmung und Neigung. Es ist in der Tat schwer, der Bestimmung, die sich selbst von Natur aus für überlegen hält, klarzumachen, dass sie von der Neigung streng zu unterscheiden ist. Die Bestimmung ist ein transzendenter Geist, der unsere Taten langfristig lenkt und unsere Pläne zur Zukunftsgestaltung schmiedet,

oft an unserem Willen vorbei. Sie ist der rote Faden, der unsere täglichen Abläufe ordnet, eben „bestimmt“, ohne uns aktiv in den Entscheidungsvorgang mit einzubeziehen. Der leise, unaufdringliche Trieb, den wir als Gewissen, als Vorsehung, oder auch als Instinkt bezeichnen. Die Neigung dagegen, ist eine in uns immanente Kraft, die uns ermöglicht, unsere Vorstellungen zu verwirklichen. Bestimmung ist, was wir müssen, Neigung ist, was wir können. Wenn wir uns dieser geheimen Kraft widersetzen, ohne ihre Beschaffenheit vollends erfasst zu haben, dann, wenn sich uns ein Fenster auf nicht-körperliche Vorgänge eröffnet, wagen wir es meistens nicht, uns in unbekannte Gefilde zu begeben, uns in den Strudel hineinziehen zu lassen. Weil wir unsicher und unvorbereitet sind.

Sollte sich nun Egon der an sich ewigen, aber vergänglich aussehenden Strömung hingeben oder lieber stumm und reglos das Ende des merkwürdigen Traums abwarten? Diese Entscheidung stand ihm nicht mehr zu, nachdem seine Frage nach einem „Tod auf Probe“ bereits offenbart hatte, dass er noch nicht konnte und durfte. Es war schwer, konsequent feige zu sein. Es konnte vorkommen, dass er nachts diese wankelmütige Haltung mit pochendem Herzen und kalten Schweißperlen auf der Stirn bezahlte, wenn sich im Traum Situationen ergaben, die nur mit einer vollständigen Ausschaltung des Bewusstseins oder mit dessen bedingungsloser Unterwerfung an die anstehende Situation bewältigt werden konnten. Oder waren Träume eine zielgerichtete Botschaft des Allmächtigen, die uns auf die richtige Bahn führen sollte?

Um vier Uhr morgens ahnte der schweißgebadete Egon, dass ihm noch einige schlaflose Stunden bevorstanden. Viel zu gut wusste er, dass er schließlich wieder einschlafen würde und dass sich das Erwachen danach noch schmerzhafter gestalten würde. Seine angezüchtete Depression zwang ihn, das Auftreten des Morgentiefs so weit wie nur möglich hinauszuzögern. Die molligen Daunen seines Bettes ließen seinen schlaffen Körper erneut erstarren, während sich unaufhaltsam die Bilder seiner nächtlichen Abwesenheit anhäuften. Egon versuchte, die ihm verbleibende Zeit mit einer selbst gebastelten Art der Meditation auszufüllen. Darunter verstand er eine angestrebte Bewusstseinserweiterung, welche die Ereignisse des Tages vorübergehend beiseite schieben würde, um ihn wieder in die Nähe des Übergangs zwischen Diesseits und Jenseits zu führen. Um einen solchen Zustand bewusst zu erreichen, musste er den Hüter der Schwelle bezirzen, der viel zu genau in die wahren Absichten des Anklopfenden zu schauen vermochte und sich meistens dem Wunsch widersetzte, sich das abringen zu lassen, was nur passiv empfangen werden konnte. Wieder tauchte das Thema der Gnade auf. Die Blockade an der Schwelle zwischen der physischen und der seelischen Existenz hatte für Egon eine Doppelnatur. Als Werkzeug der göttlichen Vorsehung verhinderte sie das irrtümliche Abrutschen vom vorgezeichneten Pfad, als Fessel der Materie schreckte sie nicht davor zurück, den angeblich Unwürdigen zurückzuweisen. Nach welchen Kriterien erdreistete sich der Hüter der Schwelle, die Würdigkeit einer Person zu beurteilen? Warum sollte es falsch sein, fleißig auf ein Ziel hin zu arbeiten und richtig auf die passive Verleihung des Gnadenzustandes zu warten? Das Jüngste Gericht war ständig im Gang, bestimmte Egons Schicksal und stellte ihn vor Anforderungen, deren Bewältigung den Quantensprung in die nächsthöhere Ebene erlauben würde. Allein nach der Lehre der Kirche konnte sich Egon die existenzielle Wichtigkeit der Gnade nicht erklären. Diese konnte nicht ein Akt fremder Willkür sein. Auch nicht der Willkür Gottes.

Oft hatte Egon den Wunsch verspürt, seinen Körper zu verlassen und sich der sogenannten göttlichen Vorsehung hinzugeben. Als solche definierte er - als deistisch denkender Mensch - die der gesamten Natur von einem höheren Wesen in Form von Normen vorgegebene Bestimmung. Das Sittengesetz zwang ihn, doch eine eigene Entscheidung herbeizuführen, und Zwänge mochte er nicht: Die freie Willensbildung war ihm im Laufe der Jahre immer fremder vorgekommen. Was ihn immer daran gehindert hatte, bis zur letzten Konsequenz zu gehen, war die Angst, damit unwiederbringlich seine eigene Individualität zu verlieren und einfach zum Teilchen eines unpersönlichen Weltbewusstseins zu werden. Das war die Verschmelzung, die das vom Intellekt mühsam Erreichte vernichten würde. Wiederholt hatte er angefangen, fernöstliche Texte zu studieren, die den Gegenstand seiner Befürchtung sogar als erstrebenswertes Endziel, als Überwindung der Notwendigkeit weiterer Seelenwanderungen ansahen. Seine orientalischen Studien zerschlugen sich an der weißen, unerreichbaren Zielscheibe des gedanklichen Nichts.

Welches war die Bestimmung der Menschen? Wozu wurden sie als Ebenbilder Gottes in die Welt gesetzt? Wäre es nicht die logische Schlussfolgerung eines denkenden und fühlenden Gemütes gewesen, sich willenlos den kosmischen Gesetzen zu fügen und nur danach zu trachten, Teil jener Einheit und ewiger Ganzheit zu werden, die es aus seinen irdischen Fesseln befreien konnte?

Nein. Egon war davon sehr weit entfernt: Immer noch fragte er nach dem tieferen Sinn einer Schöpfung, die anscheinend zum Selbstzweck stattgefunden hatte. Nach dem Sinn eines von ihm nie ausdrücklich oder zumindest bewusst gewollten Lebens, das er dennoch versucht hatte, mit Gelehrsamkeit und mit den ersten Anzeichen einer noch unbestimmten künstlerischen Gesinnung auszufüllen. War das ewige Leben nur für die Gebildeten bestimmt? Wie würde ein Ungebildeter auf die Reize und auf die Herausforderungen einer ans Äußerste gebrachten Meditation reagieren? Würde er verzagen und sein Unvermögen, Höheres zu begreifen, eingestehen, oder doch einen vereinfachten, vielleicht richtigeren Weg einschlagen, um Gottes Botschaft zu deuten? Jetzt, vermeintlich an der Schwelle zum möglichen Sprung ins Land ohne Wiederkehr angelangt, ausgerechnet jetzt, als er noch unzählige Aufgaben zu erledigen hatte, wie er es sich in aller Bescheidenheit vorstellte, hätte man ihm möglicherweise seine Individualität entzogen, hätte man ihn um die Früchte

seiner intellektuellen Errungenschaften gebracht. Egon überlegte, ob nicht vielleicht der erste religiöse Mensch Gott erfunden habe, um sich von der Vernichtung seines Ichs zu retten.
Credo quia absurdum? Will ich meinem göttlich eingehauchten Verstand Unrecht tun, indem ich ihn lahm lege und durch ein auswendig gelernten Glaubensbekenntnis ersetze, von dem ich nicht mit Sicherheit weiß, ob es jemals von einem übermenschlichen Wesen zumindest inspiriert wurde? Von dem ich aber mit Sicherheit weiß, dass es nicht mit dem bekannten Wortlaut vom Gründer unserer Lehren in die Welt gesetzt wurde, sondern auf einer Versammlung von Funktionären namens Konzil entstanden ist, als Kompromisslösung zwischen zankenden Parteien, so wie wir es aus der heutigen Politik kennen? Andererseits, wenn wir die Existenz des uns überlieferten Gottes nicht ausschließen können - die meisten Atheisten sind eigentlich Agnostiker -, kann es nicht sein, dass wir mit solchen respektlosen und ketzerischen Gedanken jenem doch existierenden Gott Unrecht tun und damit seine gerechte Rache heraufbeschwören? Wenn ich die Radarfalle nicht sehe, heißt es nicht, dass es sie nicht gibt. So werde ich versuchen, das Tempolimit zu befolgen, für den Fall, dass es die Radarfalle doch gäbe.
Egon verstand, dass er damit den falschen Weg einschlug, weil man richtigerweise das Tempolimit befolgen sollte, um Unfälle zu vermeiden, so wie man an ein höheres Wesen glauben sollte, wenn man sich „gläubig“ nennen wollte, denn „glauben“ beinhaltete weder die Erfahrung des Objektes eines Glaubens noch die Wahrscheinlichkeitsrechnung, Egons Lieblingsbeschäftigung. Versicherung und Rückversicherung. Der „Tod auf Probe“.
Egon versuchte, sich die Folgen eines bedingungslosen Glaubens an etwas vorzustellen, obwohl er nicht in der Lage war, das „etwas“ zu definieren. Er konnte nur Eigenschaften aufzählen, wie Adjektive ohne Substantiv. Damit erreichte er die Bestätigung, dass *credo quia absurdum* doch nicht so abwegig sein konnte, weil der Glaube an etwas, das man er-

fahren konnte, nicht mehr Ausdruck des Glaubens, sondern des Wissens war. Gott war eben das „völlig Andere“, und sein Wesen konnte in diesem Leben mit den uns gegebenen Sinnen nicht erfahren werden.
Was ist, wenn ich jetzt sterbe? Die späte Reue und das Bewusstsein, unvollendete Werke hinterlassen zu haben? Das beruhigende Gefühl, niemals gegen die kosmischen, ethischen und religiösen Prinzipien verstoßen zu haben, oder vielmehr, das Gefühl, mein irdisches Werk unvollendet - und damit der Gefahr der Mystifizierung durch andere ausgesetzt - hinterlassen zu haben, ohne die Möglichkeit zu erhalten, das, was ich gedacht, gesagt und geschrieben habe, auch in einer für jeden nachvollziehbaren Form zu hinterlassen? Das Materielle hinter sich lassen und nur als körperlose Seele die neuen, unbekannten Gefilde betreten? Der Gedanke an eine mögliche verspätete Reue beunruhigte Egon, der auf ein Mal fühlte, wie sein Herz erneut zu pochen begonnen hatte und nicht mehr aufzuhalten war.
Fünf Uhr. Egon wollte sich der Tatsache nicht beugen, dass er in drei Stunden aufstehen musste. Die Fesseln des Bettes ließen seinen Körper noch nicht frei. Nichts konnte ihn bewegen, sich auf die Fahrt zur Arbeit vorzubereiten. Noch zwei Stunden. Noch vierzig Minuten. Nur noch einmal die Augen schließen. Jeder Vorwand war ihm recht, um sich nicht gleich der feindlichen Umwelt auszuliefern, in der er durch das Schicksal, sprich Broterwerb, und durch den Arbeitsvertrag gezwungen war, die wertvollsten Stunden unter den wenigen, die ihm vielleicht noch verbleiben würden, zu verbringen. Es war ein programmierter Schlaf, der zu einer genau vorbestimmten Zeit beendet sein musste, den sich Egon nur gegönnt hatte, um sich eine Bedenkzeit zwischen den schwärmerischen nächtlichen Gedankengängen und der nüchternen Stunde des Aufstehens einzuräumen.
Der Wecker rasselte unerbittlich und zwang Egon, hastig aufzustehen. Während des Rasierens kämpfte er tapfer gegen die Versuchung, alles stehen und liegen zu lassen und sich noch eine Weile hinzulegen und zu träumen. Seine Wunsch-

themen waren die geheimnisvolle Erotik von Piroschkas Füßen und der verblichene Glanz von Sabines Sonnenbrille. Im Hintergrund stand der unausgesprochene Wunsch, Mönch zu werden und das ganze Affentheater mit der Arbeitswelt und den Weibern hinter sich zu lassen, auszuprobieren, ob ein Leben ohne alles auch geht. Dem Schlaftrunkenen vor dem Spiegel war jeder auch noch so abstruse Gedanke willkommen. Egons Disziplin zwang ihn zu einer schmerzhaften, aber notwendigen Entscheidung: Dichtung und Pflicht sofort von einander zu trennen und sich zu sputen.
Schon in jungen Jahren hatte man Egon eingeschärft, die Pflicht käme vor der Kür. Wichtig war, den Ursprung einer Pflicht zu erforschen und zu hinterfragen, da sich oft hinter einer vermeintlichen Pflicht ein Akt der fremden Willkür verbarg. Jahre davor hatte Egon einen öffentlichen Vortrag über die Gefahren gehalten, welche die bedingungslose Anwendung des kategorischen Imperativs mit sich bringen kann, und war bei diesem Sakrileg auf wenig Gegenliebe gestoßen.
„Alle Imperative werden durch ein Sollen ausgedrückt und zeigen dadurch das Verhältnis eines objektiven Gesetzes der Vernunft zu einem Willen an, der seiner subjektiven Beschaffenheit nach dadurch nicht notwendig bestimmt wird“ (Immanuel Kant, Grundlegung der Metaphysik der Sitten). Wer entschied, ob im Einzelfall das Gesetz der Vernunft von einer Person definiert wurde, die nicht „objektiv“, sondern nur dank ihrer sozialen Stellung, dank der Zugehörigkeit zu einer „Kerngruppe“, die Vernunft verkörperte? Wenn es mehrere Gesetze der Vernunft gab, so wie es im alten Rom mehrere Götter gab, wer legitimierte das eine Gesetz als das einzig objektive?
„Handle nur nach derjenigen Maxime, durch die du zugleich wollen kannst, dass sie ein allgemeines Gesetz werde“ (*ibid.*). Wer bin ich, mir anzumaßen, meine Maximen, also meine Meinungen und Vorstellungen, dem Rest der Welt aufzwingen zu dürfen?
Als in Egons Kindheit diese Maximen von Angehörigen sei-

ner Familie in die Tat, in die tägliche Praxis umgesetzt wurden, bedeutete dies zum Beispiel, dass Egons Mutter im Recht war, wenn sie jeden Nachmittag eine Freundin einlud und damit den Wohnbereich für sich und den kleinen Egon blockierte. Gespräche mit anderen Menschen seien für das Kind, für jedes Kind, in seiner Entwicklung förderlich, sagte sie. Damit war es gut, dass die Freundin fast täglich kam. Dass die Konversation sich auf das Tratschen über gemeinsame Bekannte beschränkte, wollte die Mutter nicht wahrhaben. Selbst als Egons Mutter im Sterben lag, bestritt sie voller Überzeugung, damals falsch gehandelt zu haben. „Ich wollte dich nur einen anderen Standpunkt hören lassen!" So hatte sie auch Egons Vorwürfe, ihn als Kind fast nur mit Erwachsenen zusammen aufwachsen zu lassen, als Beleidigung empfunden. Für Egon verbarg sich hinter diesem Vorwurf die Schuldzuweisung, ihn aus der Gemeinschaft einer „Kerngruppe" schon als Kind dadurch ausgeschlossen zu haben, dass man ihm die zwischenmenschlichen Verhandlungstaktiken nicht beigebracht hatte, die zur Einbettung in eine „Kerngruppe" erforderlich waren. Das Einzelkind Egon dachte im gereiften Alter immer noch, man müsse sich sein Recht durch Anrufung einer äußeren Instanz erkämpfen, mit der Kraft der Gesetze, mit dem Glauben an die Unbestechlichkeit der Gerichte. Der Richter, nicht die selbst geführte Verhandlung, sollte Egon zu seinem Recht verhelfen. Egon hatte nie gelernt, wie ein Kind es von einem anderen Kind erreicht, dass beide im Turnus mit demselben Spielzeug spielen können. Egon hatte bei solchen seltenen Angelegenheiten entweder die Mutter oder den Vater als Schiedsrichter gerufen. Kamen sie nicht, dann wurde das Spielrecht einfach mit einer wortlosen Prügelei entschieden.
Kants Sittengesetz hatte Unheil angerichtet, davon war Egon fest überzeugt. Es hatte dem Menschen nahe gelegt, dass der ursprüngliche Wille, etwas Positives zu tun, auch für die Folgen der aus diesem Grundsatz abgeleiteten Taten verantwortlich sei. Selbst im Falle eines Versagens hätte er sich auf die ursprüngliche gute Absicht berufen können. War das nicht

sehr einseitig und letztendlich bequem?
Adolf Hitler war von der Maxime überzeugt, Juden seien Untermenschen, die umzubringen zum allgemeinen Gesetz werden sollte. Auch habe das deutsche Herrenvolk das Recht, sich auf Kosten minderwertiger Slawen bis zum Ural auszubreiten.
Die Folgen dieses Handelns sind bekannt. Totalitäre Gesellschaften oder solche, die in sich den Keim des Totalitarismus tragen, werden durch eine selbst ernannte Elite von Gralshütern einer als unwiderlegbar gut geltenden Meinung geleitet. Eine Abweichung von der Sittlichkeit der Gralshüter, der jeweiligen „Kerngruppe“, wird als Systemveränderung angesehen. Wer blindlings an die Richtigkeit des Systems glaubt, dessen Bestandteil er ist, wird sich gegen jede „Veränderung“ zu Wehr setzen. Im Extremfall mit der physischen Beseitigung der Systemveränderer, in milderen Fällen mit dem Totschweigen ihrer Meinungen.
Wer aber den kategorischen Imperativ zu recht als gefährlich verwirft, muss seinem Handeln, seinem Pflichtgefühl einen Ersatz bieten. Nach langen Jahren der Überlegung hatte sich Egon entschlossen, allgemein akzeptierte, verordnete Werte festzulegen und die Einzelpflichten davon abzuleiten. *De servo arbitrio*. Da Egon selbst kein Philosoph war und sich in seinem Leben bisher vorwiegend mit praktischeren Themen befasst hatte, hatte er sich für zwei bereits vorhandene Leitkataloge der Pflicht entschieden: Die Zehn Gebote und das Gesetz des Staates, in dem er sich gerade aufhielt. Dem Durchschnittsbürger konnte nicht zugemutet werden, ungestraft eine von solchen Wertvorgaben abweichende Lebensweise zu führen, denn der Mensch brauchte Werte, deren Übertretung im Diesseits und im Jenseits auf Antrag oder von Amts wegen bestraft werden konnte.
Wenn es keine Gesetze gäbe und man an die Richtigkeit der Zehn Gebote nicht glaubte, wäre der Mensch dauernd mit Stehlen und Töten beschäftigt. Außerdem beinhalteten alle Gesetzbücher und alle Vorschriften ernst zu nehmender Religionen einen gemeinsamen Kern, der anscheinend die

Grundprinzipien der Natur widerspiegelte und die Eigenarten der Menschen berücksichtigte. Man musste nämlich vor allem den Menschen das Stehlen und das Töten verbieten, nicht unbedingt das Essen von Schweinefleisch oder das Annehmen von Bluttransfusionen. Die Zehn Gebote verstand Egon nicht so sehr als Gegenstand des Glaubens, als vielmehr als Ausdruck eines archetypischen Wissens und eines Ur-Pragmatismus der Natur.
Die Wirren unserer Zeit waren wahrscheinlich auch auf einen Verlust der ursprünglichen humanistischen Werte zurückzuführen, weil die Fortschritte der Wissenschaft und vor allem der Technik zu einem Verlust des spirituellen, physikalisch nicht begründbaren Glaubens geführt hatten, und daher liefen die Gesetze verstärkt Gefahr, als Ausdruck von Interessen einer Gruppe oder einzelner Personen missbraucht zu werden. Dass gegenwärtig die freie Marktwirtschaft und das unaufhaltsame Wirtschaftswachstum angehimmelt und als Maß aller Dinge betrachtet wurden, war auch eine Konsequenz der kantischen Denkweise, die letztlich das Privatinteresse des wie auch immer legitimierten Gesetzgebers vor das öffentliche Interesse stellte. Jeder konnte sich anmaßen, eine von ihm persönlich als optimal betrachtete Vorgehensweise, die ggf. auch handfeste Vorteile für seine eigene Person beinhaltete, als erstrebenswert für eine ganze Gemeinschaft zu bezeichnen und damit im Wahlkampf hausieren zu gehen. Das Volk übte zwar sein Wahlrecht aus, war aber meistens nicht in der Lage, den echten Wert der Programme der Kandidaten an langfristigen Parametern zu messen, ohne sich von Aussichten irreführen zu lassen, die ihm für die ferne Zukunft das Blaue vom Himmel versprachen, ihm aber dafür Opferbereitschaft in der Gegenwart abverlangten. Da die Kandidaten - und die Unternehmensvorstände - genau wussten, dass ihr Wirken von Wählern und Aktionären eher im kurzfristigen Bereich als im langfristigem Erfolg ihrer Politik beurteilt wurde, mussten kurzfristige Erfolge als Beweis für die gute Absicht und die Fähigkeit dienen, Staat und Unternehmen auch in eine siche-

re Zukunft zu lotsen. Je weiter entfernt der Zeithorizont, desto nebensächlicher wurde es, das abgegebene Zukunftsversprechen auch zu halten. Die nächsten Wahlen würden schon stattfinden.
Wichtig war nach Kant, dass das Volk annahm, seine Führer hätten aus ehrlicher Überzeugung gehandelt und erste Erfolge vorgezeigt. Das kommunistische Paradies, das Tausendjährige Reich, die blühenden Landschaften, die Kurssteigerungen der Aktien nach der Ankündigung einer Massenentlassung.
Da die Achtung des Gesetzes auch die Pflicht zur Erfüllung vertraglich vereinbarter Leistungen einschloss, befand sich Egon sehr bald auf dem Weg zur Arbeit. Die Pflicht zur Achtung der Gesetze hatte Egon auf der B 8 in eine Zwickmühle gebracht: Entweder das Gesetz des Tempolimits zu übertreten oder die vertragliche Arbeitszeit nicht einzuhalten. Er entschied sich dafür Gas zu geben, denn ein Bußgeld war immer noch billiger, als einen Anhaltspunkt für eine verhaltensbedingte Kündigung zu liefern. Dies war kein allgemeingültiges Gesetz, es war einfach Pragmatismus.
HR3 spielte gerade einen Schlager, in dessen Text der Satz: *It's hard to die, when the birds are in the sky* vorkam. Die darin enthaltene Botschaft war in den letzten Wintertagen sehr deutlich geworden: Wenn die Natur zu neuem Leben erwachte, wollte man mit von der Partie sein. Ob man es sich eingestehen wollte oder nicht, die meisten Menschen werden vom Dämon Neid beherrscht. Wenn die ganze Welt mit allen ihren Bewohnern plötzlich explodierte, würde uns die Explosion ziemlich kalt lassen. So ein Schicksal wäre uns viel erträglicher als die Vorstellung, irgendwo einsam und allein in einem fremden Hotelbett zu sterben, während im Erdgeschoss eine glitzernde Party gefeiert wird. Das ist das Gemeine am Tod. Hinzu kommt noch die Vorstellung, vorher möglicherweise jahrelang qualvoll dahin zu siechen, anderen Menschen zur Last zu fallen, die eigene Menschenwürde zu verlieren. Deswegen steckt der Mensch oft lieber den Kopf in den Sand. Er will beneidet werden ohne selbst beneiden

zu müssen.
Jetzt, da sich wegen der Krise der Werte die Kirchen schwer tun, ihre Schafe beisammen zu halten, blühen zahlreiche neue Sekten und Religionen auf, die das versprechen, was die etablierten Kirchen anfangs auch versprochen haben: Zu den Auserwählten zu gehören, wie die Vögel zu singen, die auf den Zweigen wohnen.
Und was geschieht in den etablierten Kirchen mit den nicht Auserwählten, mit den Sündern, die zum Beispiel so schlimme Vergehen begehen, wie außerehelichen Sex oder das Fernbleiben vom Sonntagsgottesdienst ohne wichtigen Grund? Oder die nicht die Chance erhalten und ergreifen, der allein richtigen Religion, der allein richtigen „Kerngruppe“ anzugehören? Sie werden in die schwarzen Tiefen der Hölle gestürzt, jener Hölle, die man nicht einmal seinen schlimmsten Feinden wünscht.
Die überlieferte Vorstellung eines gesetzgebenden und urteilenden göttlichen Wesens - und damit seine zwangsläufige Anpassung an die menschlichen Schwächen - hatte schon lange Egons Vorstellungskraft überstrapaziert, weil ein persönlicher Gott nur ein Produkt menschlicher Gedanken sein kann. Wenn Gott nämlich als vollkommen, gerecht und gut war, wie konnte ein solches Wesen eine ewige Strafe für eine zeitlich begrenzte Ungehorsamkeit verhängen? Wenn im Bereich der Transzendenz Raum und Zeit ihre Bedeutung verlieren, was hat das Wort „ewig“ zu bedeuten? Wenn die Taten, die sich im materiellen Bereich abspielen, zeitlich begrenzt sind, so muss auch die Vergeltung, die Strafe, zeitlich begrenzt sein. Bei einer „ewigen“, nicht befristeten Vergeltung dagegen, verliert auch die Tat ihre ursprünglich begrenzte zeitliche Dimension und nimmt die Konturen eines Zustands an, einer bewussten, ganzheitlichen Abkehr vom kosmischen, ordnenden Gottesbegriff.
Egon ahnte damals nicht, dass eines Tages der Papst selbst zu dieser Schlussfolgerung kommen und konsequent erklären würde, dass die Todsünde von Natur aus die willentliche Absicht beinhaltet, sich zeitlich unbegrenzt den chaotischen,

gegen die ordnende Natur und gegen Gott gerichteten Kräften zuzuwenden. Wer zu seinen Lebzeiten nichts von Gott wissen wollte, würde Ihn auch im Jenseits nicht sehen. Also ging es um eine wesentliche Veränderung der geistigen Substanz in den übergeordneten Handlungen unter Umkehrung des Vorzeichens, um den Vorrang des Negativen über das Positive, nicht um eine punktuelle Handlung oder eine Mehrzahl von punktuellen Handlungen, die kein in sich schlüssiges Konzept begründeten. Diese Aussage Johannes Pauls des Zweitens erblickte nur einmal das Licht der Öffentlichkeit und wurde gleich weltweit geschwärzt. Ohne Teufel keine Einzelsünde, ohne Einzelsünde keine Beichte, ohne Beichte keine Katholische Kirche: Der Papst hatte selbst sein eigenes Gebäude unterminiert. Zur Freude aller, die auch heute immer noch glauben, in einer freien und transparenten Gesellschaft zu leben.

4
Von den Frauen bis hin zu den Müttern

Parkplatz Tor Süd. Auf der Zielgeraden hatten sich Egons theologische Betrachtungen schnell verflüchtigt. Auf dem Weg zur Stechuhr hoffte Egon, keinen Kollegen zu treffen, in kein Gespräch verwickelt zu werden.
Um acht Uhr achtundvierzig stach Egon ein und damit hatte er den weiteren Ausbau des Spinnennetzes in der Personalabteilung für einen Tag vereitelt.
Im Treppenhaus traf Egon seine Kollegin Helga, die vor noch schlimmeren existenziellen Sorgen stand, nachdem sie neulich mit einem Firmendarlehen den Bau eines größeren Hauses in Darmstadt finanziert hatte, in dem sie mit ihrem in Neu Isenburg arbeitenden Mann und den zwei Kindern wohnen wollte. Das Haus wurde gerade gebaut und war deswegen unverkäuflich. Die finanzielle Belastung, die sie für den Bau aufgenommen hatten, war auf der Basis von zwei Gehältern berechnet worden. Was wäre bei einer Zwangsversetzung der Frau in die USA passiert? Oder bei einem simplen Verlust des Arbeitsplatzes? Es hatte keine direkten Andeutungen über eine mögliche Versetzung gegeben, aber die Leute, die Helga wegen der Weiterentwicklung ihrer Produkte konsultieren musste, saßen zunehmend auf der anderen Seite des Atlantiks.
Oft, wenn im Kollegenkreis von den Machenschaften der Personalabteilung die Rede war, hatten die älteren Bürohengste das Wort „Spinnwebentechnik" fallen lassen. Dieser Ausdruck besaß einen bedrohlichen Klang, der seiner symbolischen Bedeutung entsprechend mit undurchschaubaren und gefährlichen Handlungen in Verbindung gebracht wurde. Es klang so wie „Katz und Maus". Unklar war jedoch die Natur der geheimen Waffen, mit deren Hilfe die Katze die Mäuse bekämpfte. Diese Vorstellung übertraf das Fassungsvermögen des Gehirns einer Maus. Die Maus namens Helga hatte die echte Bedeutung jener ominösen Technik nicht verstanden und hatte sich immer geniert, danach zu fragen,

denn die „Spinne“ wirkte noch bedrohlicher als die „Katze“. Jetzt, als Helga Egon unter vier Augen sprechen konnte, fragte sie: „Was ist denn diese verdammte Sache, diese Spinnwebentechnik? Wenn ich sage, dass ich mich beschweren will, dass ich den nächsthöheren Vorgesetzten einbeziehen will, dann mahnen alle immer zur Vorsicht, denn die dort würden die Spinnweben gegen mich benutzen“. Egons soziales Gewissen strahlte jedes Mal, wenn er nette Kollegen über seine Entdeckungen aufklären konnte. „Die Spinnwebentechnik ist das Sammeln und Horten aller möglichen Informationen über einen Arbeitnehmer und deren Speicherung seitens der Personalabteilung in der ‚Geheimakte’, auch ‚Akte B’ genannt. Du musst dir die Spinnweben vorstellen, als wenn sie von der Decke hängen. Wenn es die aktuelle Situation erfordert, dann werden die Spinnweben heruntergeholt und zu Ungunsten des Mitarbeiters verwendet“. Nachdem er diese Weisheit, die nicht im Duden zu finden war, ausgesprochen hatte, betrat Egon sein Arbeitszimmer. Hans war schon da und las Zeitung. Kurz danach erschien Paula, eine der Damen aus der Buchhaltung, die irgendwelche Zahlen brauchte. Hans interessierte sich schon längst für keine Zahlen mehr, das war Egon klar. Hans wartete nur darauf, dass sich Paula umdrehte: Männer wissen aus Erfahrung, dass helle Röcke im Gegenlicht durchsichtiger sind und etwas mehr als sonst über die Frau verraten, ohne jedoch der Phantasie allzu sehr zuvorzukommen. Hans hatte schon seit Langem bemerkt, dass die ansonsten schlanke Paula einen prallen Hintern hatte - und dessen Umrisse wollte er sich wieder einmal genüsslich vor Augen führen. Hans kannte aber eben Piroschkas Füße nicht. Also, Herr Kollege, keine Ahnung!
Egon dachte beim langsamen Erwachen hinter dem Schreibtisch an die Verheißungen, die ihm einst die Firma gemacht hatte. Obwohl ihm nie etwas fest zugesagt worden war, hatten sich die Andeutungen in eine bestimmte Richtung derart verdichtet, dass er fest glaubte, eine Entsendung ins Ausland stünde ihm unmittelbar bevor. Wegen der Personalsituation

und seiner bisherigen beruflichen Erfahrungen hatte er angenommen, das Bestimmungsland sei Brasilien. Um auf einen kurzfristigen Einsatz nicht unvorbereitet zu sein, hatte er einen Portugiesischkurs auf Kassetten gekauft und büffelte fleißig, abends und am Wochenende. Sogar während seiner damals noch seltenen schlafarmen Nächte zwang sich Egon, die geheimnisvollen Gestalten der Nacht portugiesisch sprechen zu lassen. Diszipliniert wie er war, hatte er sich auch vorgenommen, alltägliche und nicht zu komplexe Gedankengänge auf Portugiesisch zu formulieren. Er hatte seine Freundin irritiert, indem er versucht hatte, ihr gewisse intime Vorgänge auf Portugiesisch zu erklären. Da sie nicht wusste, ob es ein harmloser Spaß oder der Versuch war, ihr irgendwelche Spielvarianten unterzujubeln, die sie auf Deutsch wohl verstanden, aber nicht akzeptiert hätte, fühlte sie sich hinters Licht geführt.

Die Brasilienwelle hatte ihn unaufhaltsam mit sich geschwemmt. Überall, wo Egon vermutete, Brasilianer - und vor allem Brasilianerinnen - zu treffen, war er dabei. In der Multikulti-Stadt Frankfurt bedeutete das, fast jeden Abend auf Achse zu sein. Wenn er im Freundeskreis kochte, stand immer öfter die *Feijoada* auf der Speisekarte, jenes merkwürdige brasilianische Gericht, das afrikanische Sklaven in Erinnerungen an ihre Ursprungsländer mit den ihnen zur Verfügung stehenden Zutaten kreiert hatten und das zum Nationalgericht eines auf seine gemischte Abstammung stolzen Landes geworden war.

Gerda, Egons Freundin, wusste nicht mehr, was sie von ihm halten sollte. Aus kleinbürgerlichen Verhältnissen stammend, fing ihre Welt in Oberursel an und endete in Hattersheim. Nur einmal in ihrem Leben hatte sie es gewagt, selbst am Steuer ihres französischen Kleinwagens ins Zentrum der Main-Metropole zu fahren, auf die Gefahr hin, von den großstädtischen Straßenschluchten geschluckt zu werden, und in einem ausländischen Restaurant essen zu gehen. Ansonsten war das Rebstockgelände die Endstation ihrer Unternehmungen.

Vor einigen Jahren, vermutlich während und wegen eines sexuellen Notstands, war sie bis nach Mallorca vorgedrungen, um die ganze weite Welt kennenzulernen. Mallorca war genau der richtige Ort, sich der Entdeckung des neuen Kosmopolitismus hinzugeben, nachdem die Ferien am Teutonengrill um Rimini schon zu den nostalgischen Erinnerungen aus der Zeit angehörten, als man bei den ersten Anzeichen des Wirtschaftswunders mit einem stotternden Kadett und einem Westfalia-Caravan über die Alpen der Sonne entgegen fuhr. Plärrende Kinder, mehrsprachiges Geschrei der Mütter, die ihrem Davide, Walter oder Jan unerbittlich drohten, ihn nie wieder ins Wasser zu lassen, würde er nicht sofort unter den Sonnenschirm kommen. Abends, wenn die rote Sonne im Meer versank, lauerte hinter den Tretbooten der Bademeister, der laut Tradition auf ein Abenteuer mit einer Schwedin aus war, aber meistens mit einer der zahlreicher vertretenen Deutschen vorlieb nehmen musste. Mallorca versprach völlig anders zu sein. Die große Freiheit, der Ort, an dem man den ganzen Frust eines Jahres auf einen Schlag vergessen konnte. Das Paradies vom erschwinglichen, nicht allzu ausländisch sprechenden Ausland mit Paella und Sangria, aber auch Rippsche, Sauerkraut und Dortmunder Union bei Ballermanns Vorgängern. Nicht zuletzt war die Mallorcareise für die meisten auch die Flugtaufe, der erste Hauch von Jet-Set.

Obwohl Gerda so weit gereist und weltoffen war, war ihr Egon mit seinem Brasilien doch zu bunt. Samba, Karneval, Copacabana, Fußball, Kaffee. Nur das konnte sie sich unter „Brasilien“ vorstellen. Sie konnte sich nicht in ein Abenteuer ohne Wiederkehr stürzen. Vielleicht wäre es doch möglich gewesen, die Ungewissheit auf ein Minimum zu reduzieren durch einen Kurzurlaub in Brasilien. Aber das Fortbestehen der Beziehung? Bei so vielen Halbnackten, die Samba tanzend, unter dem Zuckerhut ihre Brüste und ihre Hüften schwangen, würde sich Egon da standhaft zeigen und ihr treu bleiben?

Gerdas Vorstellungen waren vage und konfus. Es war ihr

selbst nicht einmal klar, ob sie sich tatsächlich eine Fortsetzung der Beziehung wünschte. Egon wusste ziemlich genau, was er erreichen wollte und welches Umfeld ihn dort erwartete. Genauso gut wusste er, dass er niemals mit Gerda nach Brasilien ziehen würde. Was bis dato nie klar ausgesprochen worden war, war der sprengende Punkt: Egon wollte nach Brasilien, um eine Brasilianerin zu heiraten und nicht, um den Vordertaunus an der Copacabana aufleben zu lassen. Egon hatte nie Urlaub in Rimini oder auf Mallorca gemacht. Und Gerda hatte auch keine Anstalten gemacht, mit Egon zusammenziehen zu wollen.

Auf seinen Geschäftsreisen nach Brasilien hatte Egon tatsächlich eine sehr attraktive Einheimische kennengelernt, die ihm die Wochenenden in Rio versüßte und ihr Land in schillernden Farben glänzen ließ.

An einem Freitagabend hatte Egon, müde nach einer arbeitsreichen Woche in Sao Paulo, in Rio an einem Tisch im Café Maxim gesessen, an der Avenida Atlantica. Schon um sechs wurden die Gestalten, die sich auf den Bürgersteigen bewegten, dunkel. Man merkte, dass jemand plötzlich den Lichtschalter betätigte und dass die Carioca-Nacht begonnen hatte. Die Schönen an den Fußgängerampeln lächelten ihm zu. Dunkelhäutige, oft zu klein geratene Mädchen spazierten mit offenen Augen auf den halbleeren Bürgersteigen und hielten Ausschau nach weißen Touristen.

Trotz der Müdigkeit hielt auch er die Augen offen. Am Nebentisch leuchteten in der Halbdunkelheit zwei wohlgeformte dorische Säulen, deren Kapitelle von einem eng sitzenden Minirock verhüllt waren. Weiter oben leuchteten dunkle Karfunkel, die sich blitzschnell nach allen Seiten bewegten. Diese Glühwürmchen unterhielten sich gerade lebhaft mit einem eher unauffälligen weiblichen Gegenüber. Frauen verfügen auch in Brasilien über eine besondere Antenne, die dort vielleicht noch empfindlicher ist als in Europa, weil sie ihre Besitzerin ständig vor Gefahren aller Art schützen muss. Als die Frau mit Eigenschaften merkte, dass ein Tischnachbar mit sehr heller Haut sie flüchtig anschaute, stellte sie ihre

Augen und Ohren auf Empfang. In der dunklen Abendluft kreuzten sich die Blicke und brachten Schwingung in die feuchte Schwüle. Später begann ein Frage- und Antwort-Spiel, zuerst angedeutet, später immer offensichtlicher. Egons anfangs unsichere Stimme wurde immer mehr von der harmonischen Musikalität einer besonnen kokettierenden Stimme überdeckt, die seine Einwürfe nicht allzu ernst nahm, wenn sie überhaupt zuhörte. Es war kein leeres Geschwätz, keine erzwungene Freundlichkeit. Ein trauriger Unterton, der vom Ausdruck der Augen unterstrichen wurde, signalisierte den Wunsch nach Wärme, aber auch eine tief sitzende Angst, ein gesundes Misstrauen, eine Vorsicht, die zum Überleben im Großstadtdschungel notwendig war. Es wäre falsch gewesen zu sagen, wie Egon immer beteuerte, dass er zu dieser Frau wie die Jungfrau zum Kind gekommen war. Das Café, den Freitagabend und die Uhrzeit hatte er schon sorgfältig ausgesucht. Er wollte wirklich wissen, warum die Copacabana Männer aus allen Ländern anzog. Die vielgepriesene brasilianische Schönheit sollte endlich ihre Hülle ablegen und sich in Fleisch und Blut zeigen, ein Vergnügen nicht nur für die Augen. Deswegen waren an jenem lauen, feuchten Abend Egons Signale auch so empfangen worden, wie er sie halb bewusst gesendet hatte. Aus einer schönen Nacht wurde ein schönes Wochenende und daraus entwickelte sich eine leidenschaftliche Freundschaft, die von vier bis fünf Wochenenden im Jahr lebte. Egon war nicht abgeneigt, die Freundschaft zu vertiefen, die Frau war eher vorsichtig, weil sie, obwohl noch jung, oft genug erlebt hatte, dass Europäer von einer ernsthaften Bindung jenseits des Atlantiks zurückschreckten, wenn es darauf ankam.

Die Vorsicht diente dazu, sich das Schicksal zu ersparen, mit dreißig alleine dazustehen. Damit wäre sie auch vermutlich für den Rest ihres Lebens allein geblieben. Sie wollte nicht auf Dauer die Senta sein, die auf ihren Holländer wartet. In Brasilien war man, zumindest damals, eher bereit, auf verspätete Flüge zu warten, als auf bestimmte Personen, die dem Leben eine Wende geben sollten. Personen waren im

Grunde genommen austauschbar, insbesondere Ausländer, die alle reich waren und immer besser Bescheid wussten. Deswegen waren ihr alle Beteuerungen der Taube auf dem Dach suspekt, während sie auf der anderen Seite Schwierigkeiten hatte, einen für sie akzeptablen Spatzen in die Hand zu bekommen.
Durch die rosarote Brille gesehen, war Brasilien tatsächlich ein Paradies. Die Gegenden, in denen sich üblicherweise Geschäftsleute und Touristen tummelten, waren sonnendurchtränkt, sauber, komfortabel, lebhaft und exotisch. Das Leben war für den in harter Währung zahlenden Europäer preiswert und die Beispiele erfolgreicher Karrieren lockten.
Egon hatte sich schon vorgenommen, bei seinem nächsten Besuch in Rio nach einem geeigneten und preiswerten Wochenenddomizil in Ipanema Ausschau zu halten. Den Rest der Woche hätte er in Sao Paulo im Geschäft verbringen müssen. Der Anlass zu einer geschäftlichen Brasilienreise wurde eifrig gesucht. Die Reise sollte auch zur Festigung der firmeninternen und sonstigen Beziehungen dienen, die ihm gleich nach der Ankunft auf die Sprünge in einen neuen Lebensabschnitt helfen sollten. Das war der Wind im Rücken auf der Startbahn in eine steile und sichere Karriere! Er hatte gute Freunde in Sao Paulo, die ihm bestimmt den Einstieg in eine brasilianische oder auch deutsch-brasilianische „Kerngruppe" erleichtern würden.
Bereits aus dieser gedanklichen Distanz betrachtete Egon jetzt die nasse winterliche und monotone Atmosphäre des Rhein-Main-Gebietes. Tropischer Schauer hatte den Nieselregen abgelöst, die atlantische Brandung den verschmutzten Main, vier persönliche Chefsekretärinnen die langweilige Paula von der Buchhaltung, lächelnde Brasilianerinnen die grimmigen Emanzen aus der Main-Metropole.
Mit einem hatte Egon nicht gerechnet, mit dem Merger. Als sich die erste Tranche der Umstrukturierung näherte, die man blauäugig für die einzige und endgültige hielt, zumal sie angeblich nur dazu diente, dem Unternehmen mehr Kostentransparenz zu verschaffen, mehrten sich die Anzeichen

eines Personalabbaus.
Im Flur des ersten Stockes, des historischen Sitzes von „Verkauf Pharma“, von wo aus jetzt der gesamte Bereich nach knallharten US-amerikanischen Methoden geleitet wurde, verschwanden allmählich die Türschilder mit den Namen der bekannten und honorigen Kollegen, die den Aufschwung der Firma mit ihrem Wissen und ihrem unermüdlichen Einsatz ermöglicht hatten. „Unbekannt versetzt“, „dreht Warteschleifen“, „sucht eine neue Aufgabe“ oder „wurde freigestellt“, so lauteten die Antworten, wenn man sich nach ihrem Schicksal erkundigte. Niemals hörte man „wurde befördert“. Die Beförderten, die damals noch fest an die Beständigkeit ihrer neuen Position glaubten, waren im Anmarsch und parlierten Französisch. Die Namensschilder der verschollenen Kollegen waren durch Schilder mit den Namen vieler unbekannter junger Mädchen ersetzt worden, die gerade fleißig ihre Lehre als „Spinnwebenfachfrauen“ absolvierten. Die Personalabteilung war die einzige Abteilung, in der die Anzahl der Planstellen um ein Vielfaches gestiegen war.
Auch Egons Personalakte, die Akte B, die er bis dato noch nie zur Ansicht bekommen hatte, enthielt die üblichen alten, vergessenen, neu gewürzten Spinnweben, die aus einer Mücke einen Elefanten machten.
Egon hatte erstmals Verdacht geschöpft, als ein Kollege, „der Dirk“, mit dem er bisher immer freundlich umgegangen war und den er sogar bei etlichen Diskussionen öffentlich unterstützt hatte, zu einer Fachbesprechung eingeladen hatte. Nichts Böses ahnend war Egon der Einladung gefolgt. Vor der Tür des Besprechungszimmers stand nun dieser Dirk und schaute mit verlegenem Blick in den Flur. Er wird bestimmt den einen oder den anderen noch vermissen und schaut, ob er kommt, dachte sich Egon. Als er aber selbst direkt vor Dirk stand und in Begriff war, ihn zu grüßen, zog dieser die im Ansatz ausgestreckte Hand zurück und sagte stotternd zu Egon: „Tut mir leid, aber Sie sind auf dieser Besprechung überflüssig. Sie können wieder gehen.“. Es war ziemlich das Letzte, womit Egon gerechnet hatte und das hatte man an

seinem Gesichtsausdruck sicher angemerkt. „Aber ich bitte Sie, es geht um mein Produkt, es geht auch um meine Länder, wie soll ich das verstehen?“ - „Ich habe schon alles gesagt. Es ist übrigens nicht so sicher, dass es sich noch um Ihr Produkt handelt. Die Fachleute sitzen schon am Tisch, Sie entschuldigen mich ...“ Egon verstand die Welt nicht mehr und erzählte seinem Vorgesetzten die Vorkommnisse. Auch diesem erschien ein solches Verhalten unerklärlich. Er verfasste einen Beschwerdebrief an den Vorstand im Namen der Abteilung und gab ihn prompt der Postfrau mit. Im Vorstand hatte man gerade die Karten neu gemischt und Dirk hatte in der Kantine die richtige Information aus der Masse des Geschwätzes herausgepickt.
Ein Termin, eine Anschuldigung und der Unwille, sich Gegenbeweise anzuhören, das waren die nächsten Akte in Egons Drama:
In der Akte B, die Egon diesmal offen gezeigt wurde, nicht ohne die abfällige Bemerkung: „Jetzt können Sie alles sehen, was Sie wollen, die Sache ist schon gelaufen!“, befand sich der Beschwerdebrief zwar nicht, wohl aber ein gewundenes Schreiben von Dirk an die Personalabteilung, in dem die Rede von geschmuggelten Prüfmustern aus Polen war. Egon war noch nie in seinem Leben in Polen gewesen. Aber das interessierte keinen. Der Brasilientraum war verflogen.
Nach diesem abrupten Bruch in seiner Zukunftsplanung war Egon verstört. Er mochte die schmerzliche Wahrheit nicht ertragen und spülte die Enttäuschung lieber mit viel Schnaps hinunter. In jener Nacht wurde er von einem merkwürdigen Traum heimgesucht. Er befand sich in Bayreuth, einer Stadt, über die er ziemlich viel wusste, in der er aber nie gewesen war. Es dämmerte. Die im Traum dunkelrosa erscheinenden Fassaden der Gebäude bildeten eine stimmungsvolle Kulisse für das nach dem Festspielabend flanierende Publikum. Plötzlich schienen sie immer mehr zusammenzurücken. Die Straße, eine Fußgängerzone, wurde immer enger, die Menge unheimlicher. Die Gesichter der Personen, fast ausschließlich Frauen, die das Festspielhaus verließen, wirkten immer

blasser, geschwollener, käsiger und gelblicher. Die Kinne wurden immer spitzer und die Augenhöhlen tiefer. Eine ältere, würdevolle Dame, drehte sich um, sprach Egon an und sagte: „Verzeihen Sie, mein Name ist Else von Hirschberg". Sie setzte damit voraus, dass Egon sie sofort identifizieren würde. Sie war offensichtlich ein Mitglied seiner Familie. Egon kannte den Namen nicht, obwohl er sich durchaus vorstellen konnte, niemals die ganze Wahrheit über seine Familie erfahren zu haben, weil dort streng selektiert wurde, welche Personen salonfähig waren und welche nicht. Verdutzt starrte Egon die Unbekannte an, unfähig, ihr irgendeine Antwort zu geben. Die Gesichtsfarbe Frau von Hirschbergs wurde noch blasser, ihre Haut noch käsiger. Sie bedeckte ihr in Sekundenschnelle weiß gewordenes Haar mit einer dunklen Kapuze und entfernte sich, wohl wissend, ihre letzte Chance verspielt zu haben. Welche Chance, das verriet der Traum nicht. Der träumende Egon dachte nach. Eine Lücke in seiner Familiengeschichte hatte sich aufgetan, und er hatte wieder den Mut nicht gehabt, sich in die Spirale der ewigen Zeitabläufe hineinziehen zu lassen, ein weiteres Stück seines wahren Wesens zu erforschen. Das „Hier und Jetzt" war immer noch so mächtig, dass er es nicht gewagt hatte, bekannte Gefilde gegen neue einzutauschen. Er hatte nicht wissen wollen, warum ihn die Dame angesprochen hatte, wer sie wirklich war, was sie mit ihm vor hatte. Dafür bestrafte ihn die Fortsetzung des Traumes. Alle Personen auf Egons Weg durch Bayreuth hatten sich bereits in blasse Kapuzenträger verwandelt. Kein Geräusch, kein Auto, kein normales Lebenszeichen trübte die Stille des immer schneller werdenden Ganges der Bayreuther Lemminge, die in die Gänge der nicht existierenden U-Bahn der Festspielstadt hinab stiegen. Diese sah wie jede andere B-Ebene in Deutschland aus: Hinweisschilder, Rolltreppen, Fahrkartenautomaten. Nur die Geschäfte fehlten. Das Volk der Kapuzenträger hatte sich stumm in der B-Ebene versammelt, aus den blassen Gesichtern mit den spitzen Kinnen waren allmählich spärlich mit Haut bedeckte Schädel geworden, deren Träger es eilig hat-

ten. So schnell wie nur möglich, dennoch stets in einem geordneten, rhythmischen Gang, verließen sie den Zentralbereich der B-Ebene über enge, aufsteigende, leicht gewundene Gänge, die sich plötzlich auftaten und sich ebenso plötzlich schlossen.
Egon wollte nicht. Er wollte den Lemmingen nicht folgen und hatte den Eindruck, zum Eintritt in die Gänge nicht eingeladen worden zu sein. Nachdem alle Gruppen die ihnen zugewiesenen Gangöffnungen erreicht hatten, stellte Egon fest, dass nun alle Türen geschlossen waren und dass er sich allein in der leeren Halle befand. Wie nachts ein Flughafen nach der Ankunft der letzten Maschine, so war die B-Ebene geschlossen, abgeriegelt, von der Außenwelt abgeschnitten. Der träumende Egon hatte richtig Angst. Die Angst vor jener Situation, die schier ausweglos schien, würde Egon noch jahrelang beschäftigen. Immer wieder, wenn sich in seinen Gedanken ein Fenster auftat, das auf verheißungsvolle Signale blicken ließ, erschienen Egon wieder leibhaftig die Kapuzenträger und er spürte die bedrückende Leere jener B-Ebene.
Der graumelierte Egon hatte diese Ängste nicht ewig für sich behalten können, so dass er sich viele Jahre später kurzerhand entschloss, einen Analytiker aufzusuchen, um sich über die damals im Traum erlebte Situation aufklären zu lassen. Der Couchmensch hörte Egon lange zu, ließ sich über Monate dessen Lebensgeschichte erzählen und ihn Details schildern, die er sonst niemandem anvertraut hätte.
Nach der zwanzigsten Sitzung erklärte der Analytiker endlich, was sich seiner Ansicht nach damals im Bayreuther Traum abgespielt hatte. Egon war allein in einer Umgebung geblieben, die er sich dadurch selbst ausgesucht hatte, dass er alle anderen möglichen Umgebungen abgelehnt hatte. Er befand sich im U-Bereich seines wahren Selbst, paradoxer Weise gerade von jenem erstrebten Sicherheitsgefühl getrieben, das ihn immer betrogen hatte. Damit war auch sein angestammter Wunsch nach der ewigen Erhaltung der eigenen Individualität gemeint, der ihn an seine innere Einsamkeit

gefesselt hielt. Der Kontakt zur Außenwelt war abgebrochen, der zur Innenwelt versperrt. Waisenkind im selbst gewählten Wunderland. Einsiedler in jener Wüste, die er so geliebt hatte, weil sie ihn vor möglichen Störfaktoren schützte. Der Geschichte mit Dirk hatte der Analytiker keine Bedeutung beigemessen, obwohl Egon immer noch einen deutlichen Zusammenhang sah.

Die Tragik der Situation war Egon selbst im Traum nicht entgangen. Vielleicht wäre er im Traum eher bereit gewesen, Dinge zu akzeptieren, gegen die er sich bei Bewusstsein immer vehement gewehrt hatte. Wie so oft schon in seinem richtigen Leben hatte er sich auch im Schlaf eine Situation ausgesucht, die insofern eher der weiteren Ausbildung seiner inneren Trägheit als der Weiterentwicklung seines Geistes diente, als er sogar im Traum die Vorstellung verdrängte, bekannte Situationen gegen unbekannte einzutauschen. Marlowes Faust hatte noch einmal grüßen lassen: Irgendwann schon, aber bitte nicht jetzt. Zum ersten Mal stand Egon in der sich in einen Bunker verwandelnden B-Ebene vor der Entscheidung: Im Unbekannten bleiben oder ins Unbekannte gehen? Aktiv die Situation verändern oder sich den fremdbestimmten Veränderungen der Situation fügen?

Egon hatte damals weiter geträumt. Noch einmal wurde ihm diese schwierige Entscheidung abgenommen. Wie ein *Deus ex machina* erschien ihm eine gute Fee, ein normales, gesundes Mädchen, das ihn an die Hand fasste und ihm sagte: „Ich will nicht". Worauf Egon antwortete: „Ich auch nicht, ich liebe dich".

Hand in Hand mit seiner geliebten inneren Trägheit, die ihn aus einer drohenden Gefahr herausgeholt hatte, verließ Egon die Bayreuther U-Bahn und erblickte einen strahlenden Sonnenschein, blühende Obstbäume und zwitschernde Vögel. Die finstere Abenddämmerung hatte sich in einen hellen Vormittag verwandelt.

Wie trügerisch, wie künstlich war die Situation, die Egons Unbewusstes heraufbeschworen hatte, als ein Abbild seiner inneren Zerrissenheit zwischen „sich öffnen wollen" und

„sich nicht öffnen können"? Zwischen dem Wunsch, das Unbekannte hinter Sabines Sonnenbrille zu erforschen und der Angst, den Anblick nicht ertragen zu können? Der Erwachsene wollte dem Alter nicht weichen, so wie sich damals der Heranwachsende nicht traute, dem Erwachsensein zu weichen.
Aus der Entfernung betrachtet, waren seine Sprüche immer vernünftig. Stets von edlen Vorsätzen beflügelt, wanderte Egon gedanklich zwischen selbstherrlichem Hochmut und selbst gebasteltem Heldentum. Wenn es dagegen im richtigen Leben darauf ankam, das Althergebrachte, oft sogar das Biedere abzulegen, eine lange und sorgfältig gebaute gedankliche Konstruktion zu verlassen, um den nunmehr in greifbare Nähe gerückten Gegenstand seiner Bemühungen zu erfahren und richtig anzufassen, dann wurde er mehr als vorsichtig; sein feiges Über-Ich war sogar dazu fähig, das Es zu zwingen, ihm mit unwürdigen Mittelchen zu helfen, die Stunde der Wahrheit noch hinauszuzögern und fleißig am Bau des Elfenbeinturmes weiter zu arbeiten. Die Möglichkeit eines Einsturzes wurde - was sonst? - verdrängt. Während diese Prozesse sich in ihm abspielten, war Egon immer bereit, die Zeichen der Feigheit bei seinen Mitmenschen zu entdecken, sich über Kleinmut und Spießigkeit der Anderen lustig zu machen.
Mensch, Egon, du Ebenbild Gottes!
Obwohl sich Egon oft die Frage nach dem Wesen und der Rolle der Träume gestellt hatte, hatte er deren praktische Bedeutung nicht begriffen.
Wenn Träume bloß zur Verarbeitung der Reize und der Gedanken dienen, die uns im Wachzustand beschäftigt haben, dann ist es sinnlos zu versuchen, sie zu deuten und sie damit einem ihnen fremden Zweck zuzuführen. Wenn aber, wie oft genug beschrieben, der Traum die Schwelle zwischen Wachsein und Schlaf, das nächste Fenster zwischen Dies- und Jenseits darstellt, dann verkörpert er das Eindringen des Geistes ins Bewusstsein. Der Traum verschafft den transzendenten Ausdrucksformen des Geistes eine Sprache, die der

Symbole, die auch von einer stofflichen Intelligenz verstanden werden kann. Es dreht sich nämlich auf der stofflichen Ebene um den rein physikalischen Begriff der Gehirnfunktion. Wenn wir das Gehirn als einen Rechner betrachten, der, wenn der Strom ausfällt, nicht mehr arbeiten kann, und die Träume als Nebenprodukte der Gehirntätigkeit ansehen, dann müssen wir zwangsläufig den Tod, das „flache" EEG als Fehlen der Stromzufuhr, als das Ende der Gehirnfunktion und damit auch der von der Gehirnfunktion abhängigen Träume ansehen. Wenn wir uns aber auf der immateriellen Ebene bewegen, dann messen wir den Träumen eine andere Bedeutung zu, als unbewusste Entsprechung des bewusst Erlebten. Der Geist wird zum Gegenpol der Materie und der Traum zum Bindeglied.

Wenn sich ein Pol mit einem Gegenpol trifft, dann ergibt sich entweder ein Gleichstand oder eine gegenseitige Aufhebung. Diese Aufhebung heißt in der Meditation „Nullierung". Der Gleichstand ist das Unvermögen, das Immaterielle wahrzunehmen und zu akzeptieren. Das ist der springende Punkt

Als Egon einst angefangen hatte, sich für Esoterik zu interessieren, war ihm Franz Bardons Buch „Der Weg zum wahren Adepten" in die Hände gefallen. Das Ergebnis der sorgfältigen Lektüre und des Versuches, die im Buch beschriebenen meditativen Übungen durchzuführen, war die Feststellung des eigenen Unvermögens gewesen, die meditative Nullierung zu erreichen, und von dort aus mit der Erkundung des mikrokosmischen Wesens, aus dem sich die Parallele zum Makrokosmos ergeben würde, zu beginnen. Mühevolle Versuche, den richtigen Augenblick für den Höhenflug ins Vorzimmer der Ewigkeit herbeizuzaubern, hatten sich stets bloß als Hindernisse zu einem gesunden Schlaf entpuppt. Versuche, die christlichen Gottesbilder in ihrer Eigenschaft als Symbole anzubeten, bekannte Gebete herunter zu spulen, unter Zuhilfenahme eines Kruzifixes als Gegenstand der Meditation, brachten alle nur Müdigkeit und Frust. Der Unterschied zwischen einer Einführung in die Esoterik

und einem Baedeker wurde mit jeder misslungenen Übung deutlicher. Dort lag auch der Unterschied zwischen der bewussten Hirnfunktion und dem seelischen, körperlosen Bereich. Das Vertiefen kognitiver Begriffe war nicht der Schlüssel zum praktischen Eintritt in die tieferen Bereiche des menschlichen Wesens. Nicht das Studium und die fleißige Übung, sondern ein sonderbarer, unerwartet auftretender Traum hatte ihm den Eindruck vermittelt, den letzten Dingen etwas näher gekommen zu sein. Sein Gehirn war möglicherweise von einer höheren Intelligenz benutzt worden, um ihm eine erste Botschaft zukommen zu lassen, der er sich im Wachzustand verschlossen hätte. *Channelling* im Schlaf, das hatte er erlebt.
Er hatte im Traum hautnah gespürt, wie vergänglich das menschliche Leben ist. Wie unsicher ausgerechnet jene Gedankenmuster sind, die uns den oft trügerischen Eindruck von Sicherheit und Beständigkeit vermitteln. Wenn die Stunde der Wahrheit schlägt, dann verlassen sie uns, und wenn wir über keine anderen Ressourcen verfügen, dann verlaufen wir uns in endlosen Weiten. Die Menschen, deren religiöse Vorstellungen so gefestigt sind, dass sie es unbekümmert wagen können, sich der göttlichen Vorsehung zu überlassen und, von ihr geleitet, das finstere Tal des Todes zu durchschreiten, mögen es leichter haben, das Risiko einzugehen, sich im Halbschlaf ins unbekannte Element zu begeben.
Egon fehlte erneut der Glaube. Deswegen versuchte er jedes Mal, wenn sich im Halbschlaf der Strudel auftat, allen Schuldgefühlen zum Trotz schnell aufzuwachen, auf die Gefahr hin, einem plötzlichen Herz-Kreislauf-Kollaps zu erliegen. Er wäre nicht an seinem eigenen freien und ungezwungenen Willen gestorben, sondern auf Gottes Geheiß, dem sich niemand entziehen kann. Der bewusst in den finsteren Gängen des Jenseits wandernde Egon hätte somit die Verantwortung, letztendlich die Schuld an seinem Tod, Gott übertragen, der, als Gott, von niemandem zur Verantwortung gezogen werden kann.
Egon war im Laufe der Jahre berechnend geworden.

5
Ja, das Studium der Weiber ist schwer!

Der nächste Tag verlief ohne besondere Vorkommnisse und in der Nacht konnte Egon gut schlafen. Am nächsten Morgen wachte er rechtzeitig und ausgeruht auf, nachdem er sich am vergangenen Abend die heiß geliebten Wurst- und Käsebrote gegönnt hatte. Ein paar Brote sind leicht verdaulich, so dass Egon es nicht nötig hatte, zur Flasche zu greifen.
Der nächste, ruhige Arbeitstag endete Punkt siebzehn Uhr dreißig. Das war die Zeit zum Stechen und damit die Entlassung ins Privatleben. Letzteres bestand für Egon aus einer schnellen Mahlzeit, manchmal sogar im Stehen, in Heberers „Wiener Feinbäckerei" (die Nassauer Zungen schmeckten dort vorzüglich und man konnte auch auf der Straße, in aller Eile, daran knabbern) und aus dem unwiderstehlichen Drang, die Wohnung schnellstmöglich wieder zu verlassen, um keine Chance zu verpassen, Großstadtluft zu atmen.
Oft wissen Männer nicht, welche Frau sie gerade suchen. Und es ist gut so. Etwas Orientierung würde trotzdem nicht schaden, zumal zum Beispiel nicht jede Frau in jedem Lokal verkehrt. Egon hatte gerade festgestellt, wie schwierig es war, sich im Dschungel der Frankfurter Kneipenlandschaft zu orientieren. Fast täglich verbreitete sich in einem bestimmten Kreis die Meldung, ein neues Lokal sei „angesagt". Für die „Kerngruppe" aus eingefleischten Singles ein Leckerbissen. Alles stehen lassen und nichts wie hin!
Für den Außenseiter ein äußerst kompliziertes Spiel, das auf Dauer ein bereits angeschlagenes Selbstbewusstsein fast zur Unkenntlichkeit schinden konnte. Es war schlimm festzustellen, dass man im Lokal allein war, während man hingegangen war, um ausgerechnet nicht allein zu sein. Und die Menschen um einen herum amüsierten sich gelassen in den kleinen aber feinen Gruppen, denen man gerne selbst angehört haben mochte. Oft hatte Egon kostbare Stunden seiner Freizeit auf einem Barhocker verbracht, mutterseelenallein, in falscher Gesellschaft, in einem anrüchigen oder toten oder

sonst nicht zu ihm passenden Lokal. Sobald er feststellte, dass er am falschen Ort war, versuchte er, sich irgendeinen neutralen Gesprächspartner zu suchen, insbesondere wenn es schon so spät war, dass ein Lokalwechsel nicht mehr in Frage kam.

So hatte sich Egon interessante Meinungen über Politik, Aktien, Pleiten und Etliches mehr angehört. Da sich der Kontakt aus der gegenseitigen Verlegenheit ergeben hatte, die keine Frau bemerken sollte, wurde aus einem gelegentlichen Gesprächspartner nie ein Freund. Das Unverbindliche sollte auch unverbindlich bleiben. Zwei, drei einsame Jäger hatten sich in einer Lichtung getroffen, die bereits ausgebeutet war. Der Einbruch der Dunkelheit hatte sie gezwungen, einige Stunden miteinander zu verbringen. Am nächsten Tag würden sie wieder konkurrieren, versuchen, dem Anderen die Beute wegzuschnappen.

Und wo blieb Gerda? Wozu die ganze Suche nach anderen Frauen, wenn er schon eine Freundin hatte? Hatte sie Egon so vergessen, wie er es in seinen Träumen tat, in deren Verlauf sich Bilder des Zusammenseins mit anderen Frauen mit uralten Familienerlebnissen abwechselten? Was nach solchen Träumen übrig blieb, was nicht beschönigt werden konnte, war das Gefühl des Alleinseins.

Ein wahrlich trauriger und bedrückender Zustand - zu wissen, würde man lebensgefährlich erkranken und möglicher Weise in Folge dessen sterben, träfen Tod und Erinnerung allein eine alternde Mutter, die damit, zumindest aus ihrer Sicht, ihre Lebensberechtigung verlöre.

Dass das Verweilen auf dieser Erde nichts anderes bedeutet hätte, als sich einer undankbaren Arbeit zum Zweck des Broterwerbs gewidmet zu haben, in der nicht ausgesprochenen Hoffnung, den eigenen Zeitgenossen und vielleicht der Nachwelt wenigstens einen Wink zu hinterlassen, der einem einen Hauch von Ewigkeit verliehe. Damals konnte Egon noch nicht wissen, dass es einen solchen Wink nicht gibt. Daher kam die vordergründige, obwohl stets verdrängte Frage: „Was habe ich davon, wenn ich als Toter berühmt werde und es nicht mehr erfahren kann?". Der Glaube an das Ewige Leben hatte sich immer noch nicht so gefestigt, dass er als reeller Schutz gegen eine reell auftretende Gefahr angesehen werden konnte. Wenn Egon auch den Begriff des Ewigen Lebens akzeptierte, war die Akzeptanz doch stets mit der Frage verbunden, ob es ein individuelles Ewiges Leben gab. Als Teil eines anonymen Nirwana hätte er sich schwerlich vorstellen können, die von ihm auf der Erde hinterlassenen Spuren zu goutieren.

Gerda war nur eine Episode. Als Egon sie kennenlernte, hatte sie ihm ausdrücklich gesagt, sie suche einen Mann, um den Winter zu überbrücken. Egon hatte nicht verstehen wollen, dass es keine Floskel war, dass dieser Satz ehrlich gemeint war, dass sich Gerda nicht einmal vorstellen konnte, eine ganze Nacht, sei es nur die eine, mit einer „fremden" Person zu verbringen. Ihr Drang nach Alleinsein, nach Unabhängigkeit, der, so dachte Egon, mit einer Prise Egoismus gespickt war, gipfelte in ihrem immer wiederkehrenden Wunsch, nach dem Sex den Rest der Nacht allein zu verbringen. Damit waren nicht nur zwei getrennte Betten gemeint, sondern auch zwei getrennte Wohnungen.

Tagsüber konnte sie es nicht länger als ein paar Stunden aushalten, mit Egon in einer der beiden Wohnungen die Zeit im Gespräch, beim Fernsehen oder beim Kartenspiel zu verbringen. Deswegen flüchtete sie allein, an manchen Sonntagen sogar mehrmals, um „den Wind und die frische Luft" einzuatmen. Der Wind wehte stark und die Luft war eiskalt und feucht. Gerda empfand jede, sich über drei, vier Stunden erstreckende Zweisamkeit als eine bedrückende Einengung ihrer persönlichen Freiheit, als einen Eingriff in ihre Selbstständigkeit.

Während Egon eine langjährige, gescheiterte Ehe hinter sich hatte, hatte Gerda immer als Single gelebt, nie die Freuden und die Probleme einer längeren Beziehung kennen gelernt, und wollte sich auch nicht in eine verwickeln lassen. Die einzigen Beziehungen, die für sie in Frage kamen, waren solche, die beiderseits von Anfang an als locker und zeitlich begrenzt empfunden wurden. Nicht zu vergessen, dass nach dem näheren Kennenlernen auch Egon Gerda nicht als eine Frau ansah, mit der er ohne Weiteres den Rest seines Lebens verbringen würde. Am Beispiel Brasiliens war es ihm überdeutlich geworden.

Eine solche Einstellung spürt man gegenseitig.

Der Winter war laut Kalender endgültig vorbei. Der letzte Schnee hatte den Feldberg weiß überpinselt, an dem Nachmittag, als Gerda Egon nahezu genötigt hatte, mit ihr einen Spaziergang durch den verschneiten Taunus zu unternehmen. Bei fünf Grad Kälte, starkem Schneefall und eisigem Wind im Gesicht. Und das ausgerechnet am Sonntag, am Tag der Auto fahrenden, Kuchen essenden Verwandtenbesucher. Riesenstau im dichten Schneetreiben. Nach dem Kreisel, hinter dem Haus des Försters, färbte sich der Wald gegen den Himmel weiß in weiß. Die noch milde Außentemperatur hatte bislang das Einfrieren der Zufahrtstraßen ins Feldberggebiet verhindert, so dass Egon und Gerda ohne allzu große Probleme den Parkplatz am Roten Kreuz erreichen konnten. Das Einkehren in die urhessische, rauchige Höhle des Gasthofes war, wie immer im Winter, ein Erlebnis der besonderen Art. Verschwitzte Langläufer und ältere Ehepaare belagerten die wenigen Tische unter den ausgestopften Tieren, die an den Wänden hingen und deren Gestaltung ein Szenario aus dem Alpenraum suggerieren sollte. Heiße Gläser glühenden Ebbelwois verhinderten mit ihrem typischen Duft den Vergleich mit den vom Duft des Jagatees durchsetzten Hütten in den Alpen, auch Alter und Alkoholpegel der Gäste waren anders als in Saalbach oder Sölden. Flachlandtiroler spielten ihre Skatrunden und setzten in der derben hessischen Mundart die Gespräche fort, die sie am Freitag in der Kantine unterbrochen hatten und die sie am Montag in derselben Kantine weiter führen würden. Alle verhielten sich so, als ob der Sonntagnachmittag tatsächlich der Höhepunkt des Wochenendes sei und nicht bloß die Überbrückung der Zeit vom Sonnabend zum Montagmorgen.

Die Katze biss sich wieder in den Schwanz. Das firmeneigene Einheitsgesicht bewies erneut, dass viele seiner Träger nicht fähig waren, in geistiger Freiheit zu feiern, Beruf von Privatsphäre zu trennen. Vorbestimmte Reihenfolgen im Tages- und im Lebensablauf, feste Stationen auf dem Weg zur Pensionierungsfeier in der Jahrhunderthalle: Darlehen von der Pensionskasse, Reihenhaus in Kelkheim, VW Passat, 25-jähriges Dienstjubiläum, Tanzkurs im „Tanzkreis Turm & Brücke“, Ernst Bäumlers Werke aus der Werksbibliothek. Am Ende stand die von der Sterbekasse bezahlte Beerdigung.

Nach der genüsslichen Beobachtung jener ihm so stumpfsinnig erscheinenden Sonntagsgesellschaft schaute Egon auf die Uhr und stellte fest, dass es schon halb fünf war. Die rechte Zeit, sich ins Auto zu setzen, ein karges Abendbrot und viel Bier zu sich zu nehmen, damit keine unangenehmen Gedanken an die kommende Arbeitswoche den Schlaf des Wochenendsausklangs verhinderten. Das schöne, unternehmungsvolle, belebende und geruhsame Wochenende, das nicht nur Egon magisch anzog. Eine trügerische Institution, eine Fata Morgana.

Mit dem Anfahren am Berg hat ein Daimler mit Heckantrieb Probleme. In der klirrenden Kälte standen der frierende Egon und die tief Luft einatmende Gerda hilflos einem unbeweglichen Fahrzeug gegenüber, während die Straße sich allmählich in eine ununterbrochene Schlange kriechender Autos verwandelte. Die Blechlawine rollte und stand, stand und rollte. Nur die Hinterräder des Daimlers drehten sich vergeblich in den vereisten Gruben der Schneedecke und schleuderten bräunliche Schneeklumpen auf die Scheiben des Hintermannes. Schneeketten waren nicht vorhanden, Egon hätte sie sowieso nicht aufziehen können. Helfende Geister tauchten aus dem kalten und nebligen Nichts auf und schoben den Wagen so lange, bis ein Start in Richtung Königstein möglich wurde. Zuerst wurden behutsam unfreiwillige und nicht alkoholbedingte Schlangenlinien gefahren, die erst dann zu normalen Bahnen wurden, als die Verkehrszustände den letzten Anschein von Normalität verloren hatten. Drei unend-

liche Stunden der erzwungenen Zweisamkeit vergingen, bis die Schlange der enttäuschten Sonntagsfahrer es zuließ, das Ziel zu erreichen.
Es war spät geworden, acht Uhr. Die richtige Zeit, das Wochenende still ausklingen zu lassen und auf die berühmte Nacht zum Montag zu warten. Gerda und Egon waren hungrig. Egon ging gleich in die Küche und versuchte, eine schnelle Mahlzeit herbeizuzaubern, die eher an die Kleinigkeit bei einem Glas Prosecco im feinen Italiener als an das deutsche Abendbrot mit Pils und Korn erinnern sollte. Fehlanzeige. Die Nudeln waren zu weich, die Steaks zu zäh und der Wein zwischen „trocken" und „sauer". Das Missgeschick hatte Gerdas Nerven, die ohnehin nicht die stärksten waren, so über Gebühr strapaziert, dass sie kurz und bündig Egon wissen ließ, dass sie gleich nach Hause „musste" und dass man sich vielleicht am Montag im Kurbad treffen würde. Wie Egon schon geahnt hatte, bestätigte sich jetzt, dass alle seine Bemühungen, ein ganzes Wochenende lang eine eingefleischte Single-Frau zu verwöhnen, umsonst gewesen waren und es in Zukunft auch bleiben würden. Im Königsteiner Kurbad war der Montag nämlich FKK-Tag. Die wohlproportionierte und langbeinige Gerda hielt sich selbst völlig ohne Grund für mollig und hätte sich niemals Fremden gegenüber textilfrei gezeigt.
Egon verzichtete auf die Reste des missglückten Abendessens, er brauchte, wie nach jeder spannungsgeladenen Episode, Nervenkitzel und Demütigung als Absacker. Egon fuhr gleich ins Parkcafé, zu Piroschka. Eine fade, schnulzige Musik beseelte die Füße der betagten Kurgäste und Kurschatten. Piroschka war mit dem Abräumen und dem Kassieren beschäftigt. Zu jener späten Stunde waren ihre Bewegungen schnell und präzise, um keine Zeit zu verlieren, um keine Scherben wegräumen zu müssen. Auch sie wollte schlafen gehen. In solchen Situationen, wie wahrscheinlich auch sonst, betrachtete sie ihre Füße eher als geschwollene und schmerzhafte Werkzeuge denn als Gegenstände fremder Begehrlichkeiten und hätte sich bestimmt nie vorstellen kön-

nen, jemand würde das Lokal extra aufsuchen, um über Beschaffenheit und abstrakte Funktion jener unbequemen Arbeitsmittel zu philosophieren und aus solchen Reflexionen Schlussfolgerungen abzuleiten, deren Tragweite sie nicht ahnen konnte.
Diesmal wollte der bisher vom Wochenende enttäuschte Egon ein Stück weiter in die Richtung gehen, die ihm seine innersten Triebe suggerierten. Er wollte die Trägerin der Objekte seiner Begierde ansprechen und wartete auf eine passende Gelegenheit. Aber bitte nicht nur ein 08/15-Spruch. Nicht nur eine der Standardboutaden, die man in angesagten Lokalen hörte oder in einschlägigen Taschenbüchern nachlesen konnte. Nein, Egon wollte ein Gespräch anfangen, das ihn näher an das eigentliche Wesen jener merkwürdigen Weiblichkeit heran führen würde, sie zu einer Verabredung auf neutralem Terrain einladen um wenigstens einige unter den vielen Facetten jener Person zu erforschen, bei der es fast Sünde war, sie nur als Besitzerin von schönen Füßen zu betrachten. Waren vielleicht jene Füße lediglich ein Symbol der uralten männlichen Vorstellung, sich willenlos der strafenden Allmacht der alles beherrschenden Weiblichkeit hinzugeben?
Der Abend verging, ohne Egon die Gelegenheit zu bieten, Piroschka anzusprechen. Anderseits, dachte er im Auto, wäre ein Gespräch mit einer müden und gehetzten Person auch nicht das Wahre gewesen.
Die Erfahrungen und Enttäuschungen der vergangenen Tage waren ihm unter die Haut gegangen, und er wollte sich eine weitere schlaflose Nacht ersparen. Frust und Geheimnis, niedergeschmetterte Triebe und geistige Höhenflüge, schmerzhafte Feststellung seiner Einsamkeit und der Drang, sich wieder frei zu bewegen, wechselten sich in seinem Gehirn ab, bis ihm klar wurde, dass er in einem solchen Zustand nichts entscheiden konnte und dringend Ablenkung brauchte. Er dachte an seine schwesterliche Freundin Bea, die man auch mitten in der Nacht anrufen konnte. Höchstwahrscheinlich lag sie noch auf ihrem Sofa bei gedämpfter Musik und

hatte bereits eine oder zwei Flaschen Bordeaux entkorkt und getrunken, allein oder, wie es nicht selten vorkam, in guter Gesellschaft. Am Sonntag war sie wahrscheinlich auch allein und gab sich weinseligen und schlaftrunkenen Meditationen hin.

Egon fühlte sich um so einsamer, je mehr er vermutete, andere Menschen, die meisten sogar, würden intensiver miteinander kommunizieren als er selbst, Feste feiern, von denen er nichts wusste, Theatervorstellungen besuchen, die ihn im Prinzip nicht interessieren, die aber Gesprächsstoff für die nächste Party lieferten, auf die man ihn nicht einladen würde. Egon versuchte, an sich selbst zu zweifeln, ohne zuzugeben, dass Neid die eigentliche Triebfeder vieler sonst unerklärlicher menschlicher Handlungen sein könnte. Wenn er anfinge, diese schmerzliche Tatsache nicht mehr zu verdrängen, dann wäre es, als ob Sabine ihre Sonnenbrille für einen Augenblick ablegen würde. Als ob er in Bruchteilen einer Sekunde die Umrisse jener unbekannten Augen erkennen würde, erwachsen werde. Man stellt sich aber nicht gerne vor einen Spiegel und sagt laut „Ich bin neidisch“.

Egon griff zum Telefon, rief Bea an und fragte, ob sie nicht Lust hätte, morgen, eigentlich heute, nach der Arbeit mit ihm Tennis zu spielen. Wie erwartet, war Bea noch wach und ihre Antwort ein klares „Ja“.

Nach dem allerletzten Korn versuchte Egon nochmals seinen seelischen Standort zu bestimmen. Eine gescheiterte Ehe, bittere Erfahrungen mit den falschen Frauen, eine so genannte „offizielle Freundin“, die aus ihrem Single-Dasein nicht heraus zu locken war, tägliche Kämpfe am Arbeitsplatz, den er immer noch als die einzige richtige Sicherheit in seinem Leben betrachtete und der immer mehr für Frustansammlung und Bedürfnis nach Verdrängung sorgte.

Bea war das Gegenteil von alldem. Bildhübsch, geistreich und weltgewandt, aber innerlich kühl und berechnend, wie Egon später schmerzhaft erfahren würde.

Egon hatte sich auf der Stelle in sie verliebt, auf der Geburtstagsfeier einer gemeinsamen Bekannten, der Lilly. Eine

muntere Kneipentour durch Sachsenhausen hatte die beiden näher gebracht und für eine lebhafte Unterhaltung gesorgt. Als sich gegen Abend die Partygesellschaft bei Frau Rauscher versammelte, hatte sich das Geburtstagskind ernsthafte Sorgen gemacht. Die Annährung war zu forsch und beinahe unverschämt gewesen. Egon tat so etwas normalerweise nicht. Bea schon eher und Lilly wusste es. Glitzernde Augen, komplizenhaftes Lächeln, Trinken aus demselben Glas. Alles Anzeichen einer sich anbahnenden Situation, die aus verschiedenen guten Gründen allgemein unerwünscht war.
Egons Ehe kriselte schon und Bea ließ ihn deutlich spüren, dass sie sich zwar momentan in einer Beziehung befand, aber der Sache keine übermäßige Bedeutung gab. Kommen und gehen, Sauna und kalte Dusche.
Anders als in der Pubertät, kommt es beim Erwachsenen selten vor, dass man sich einseitig und ohne jede Entsprechung verliebt. Zwei gereifte Menschen müssen im Normalfall von einander spüren, dass sie, bewusst oder unbewusst, innerlich frei und auf der Suche sind. Daher sind sie bereit, Schritte zu neuen Bindungen - und damit gegebenenfalls zur Auflösung von bestehenden - konsequent zu tun. Für eigene und fremde Krisensituationen hat der verantwortungsbewusste Erwachsene ein besonderes Gespür, das ihn veranlasst, gleiche Gesinnung sich zu gleicher, mindestens aber ähnlicher Gesinnung gesellen zu lassen.
Eine solche Stimmungslage hatte Egon an Bea herangeführt. Nach der besagten Party hatten sie sich ein paar Mal verabredet, anfangs um sich bei einem Gespräch besser kennen zu lernen, später, als sie entdeckten, dass beide Tennis spielten, um Tennis zu spielen. Mit jeder Verabredung nahm die Klarheit der Situation ab, bis Egon sich veranlasst fühlte, mit einem Kraftakt für Sicherheit zu sorgen. Der Kraftakt aber war solcher Natur, dass Egon sich hätte heraus reden können, wäre es zu einer für ihn peinlichen Situation gekommen, hätte er also einen Korb einstecken müssen. Und genau das war nicht ganz auszuschließen. Er kaufte eine Kassette, *El Amor brujo* von Manuel de Falla, ließ sie in schwarzes Papier ein-

wickeln und bastelte selbst eine rote Schleife, in die er eine rote Rose hinein steckte.
Als er Bea diese Kassette übergab, ließ die Antwort nicht auf sich warten. „Womit habe ich das verdient?“ Der nächste Schachzug war schon eine kleine Herausforderung, obwohl sich Egon schon seit geraumer Zeit gedanklich darauf vorbereitet hatte. Er erwiderte, dass er damit die Situation klären wollte, weil ihm Bea sehr viel bedeutete. Standard. Überall nachzulesen. Wie aus der Pistole geschossen kam die lange überlegte und mehrmals erprobte, geschliffene, selbstsichere, in ihrer Wirkung mehrmals durchgecheckte Antwort, ein Klassiker: „Nett von dir, aber wir wollen Freunde bleiben!“.
Es war weder eine totale Ablehnung noch eine Liebeserklärung. Die Sache mit dem „Freunde bleiben“ war offensichtlich ernst gemeint und nicht eine aus der Verlegenheit geborene Floskel. Egons Es strahlte. Egon wollte die Antwort als das Unvermögen und den Unwillen deuten, sich in ein vermutlich ernst gemeintes Abenteuer zu stürzen, die Verantwortung auf sich nehmend, einer kränkelnden, aber immer noch bestehenden Ehe den Gnadenstoß zu verpassen. Schließlich hatte sie sich mit Egon erst sechs oder sieben Mal, jeweils nur für kurze Zeit, getroffen und konnte sich daher in seine privaten Angelegenheiten nicht einmischen. Egon hatte das Maximale erreicht, das zu erreichen er bereit war. Er nahm diese aufschiebende Antwort keineswegs übel. Die unangenehme Stunde der Entscheidung hatte sich von ihm entfernt, er musste nicht sofort handeln und damit das letzte Fundament seiner jahrelangen Routine zerstören. Damit wurde ein fauler Kompromiss akzeptiert, mit der stillschweigenden Absicht, später, in der passenden Situation, der Lage einen alles entscheidenden Ruck zu geben und das Blatt zu seinen Gunsten zu wenden.
Soweit die Vorgeschichte.
Im festen Vertrauen, seine Angelegenheiten vorerst geregelt zu haben, konnte Egon die drei ihm verbleibenden Stunden der Nacht zum Montag in tiefem Schlaf verbringen. Er hatte Beas Zusage als Zeichen einer Akzeptanz seiner Person ver-

standen. Da ihm auch bewusst geworden war, dass sich die Beziehung zu Gerda unausweichlich verschlissen hatte, wäre es jetzt nicht belastend gewesen, gleich eine neue Story, hoffentlich die letzte, anzufangen. Aufbauen, ohne vorher viel zerstören zu müssen, das gefiel Egon.
Am Montag fuhr Egon gleich nach der Arbeit gemächlich über die Messe und die Taunusanlage in die Tiefgarage am Opernplatz. Mit Bea verabredete er sich immer in einer noblen Gegend. Auf dem Weg zum Ausgang drehte er sich mehrmals um, um seinen Mercedes zu bestaunen, seine Errungenschaft. Das Neidobjekt im Kollegenkreis.
Im Operncafè, jenem Spiegel der nicht-alternativen Frankfurter Gesellschaft der glitzernden Pailletten und der schwarzen Aktenkoffer. Wo sich die Banker nach Feierabend mit Auslandsbesuchern trafen, wo die wohlhabenden Damen nach dem Einkauf in der Goethestrasse auf ihre Männer warteten, wo manche Damen, die keine richtigen waren, das Damen-Sein trainierten. Französisches Bistro-Ambiente mit leicht rechtslastigem Großtadt-Flair. Das passte genau zu Bea, die Egon ausgerechnet dort treffen wollte, weil ihm doch die richtige Umgebung zum richtigen Ereignis mindestens genau so wichtig war wie der richtige Wein zum richtigen Essen. Im Idealfall mussten sich alle vier genannten Elemente zu einem Gesamtkunstwerk ergänzen.
Egon hatte in seiner Jugend Richard Wagner sehr geliebt.
Bea kam, schick aber nicht *overdressed*, lächelnd und selbstsicher, mit den üblichen zehn Minuten Verspätung, die Egon nutzte, um einen Blick in den Börsenteil der Zeitung zu werfen, vom Alltagsstress abzuschalten und sich innerlich auf den gemütlichen Teil des Tages vorzubereiten. Es war beruhigend, dass alles so schön vorhersehbar war, denn es würde ihn, wie er glaubte, an einem solchen Abend niemand zu irgendeiner Entscheidung nötigen , obwohl er gerne bereit gewesen wäre, bei passender Gelegenheit selbst eine Entscheidung zu treffen.
Bier und Campari-Orange, Weiterfahrt Richtung Tennishalle in Preungesheim. Während der Fahrt Gespräche über die in-

teressantesten und amüsantesten Themen der Woche, von Politik über Börse zu Sex. Bea erzählte ihm jedes Mal ausführlich von ihren Sex-Geschichten der Woche und Egon gab sich interessiert, belustigt, stellte Fragen, als ob ihm jenes bunte Treiben egal wäre.
Ankunft am Parkplatz, gemeinsamer Eintritt in die Tennishalle und getrennte Wege in die Umkleideräume. Warum brauchen Frauen so lange, um sich umzuziehen? Ballwechsel, Kommentare über die Fehler, die jeder seit Jahren ohne irgendwelche Anzeichen von Verbesserung machte, die von einer gewissen Lieblosigkeit zum Tennis zeugten, die verrieten, dass Ball und Schläger nicht die Hauptgründe waren, weshalb sie sich am Montag trafen. Die anfängliche Unlust schien in den letzten zehn Minuten einer unfreiwilligen und unbeabsichtigten Steigerung der Spielkraft zu weichen. Als das Spiel drohte, seine Alibi-Funktion zu verlieren, mehrten sich die Blicke auf die Uhren, bis das erlösende Ende der Tennisstunde erreicht war.
Das Ritual sah nach einer schnellen Dusche einen gemeinsamen Saunagang vor. Die Sauna war für Egon, der feuchte Hitze nicht mochte, in erster Linie ein Mittel, um erotische Phantasien zu verbannen. Beas makelloser Körper und gleich daneben ein bauchiger und behaarter Opa, Fanatiker, denen die Temperatur nie heiß genug war, meist schweigende Frauen und laut protzende Männer. Alles in der bedrückenden Enge einer viel zu heißen Holzkabine, alles vom penetranten Duft ätherischer Öle getränkt. Bea dagegen genoss die Zwielichtigkeit einer solchen Situation. Sie lag auf einer Bank, schwitzte still und reglos. Ihre blauen Augen starrten wie geistesabwesend in die Leere. Ein solcher Zustand war Egon aus alten Zeiten bekannt, es fehlte nur noch die Sonnenbrille.
Beas Körperhaltung ließ Egon darauf schließen, dass sie ihn allein ihre intimsten Bereiche sehen lassen wollte. Egon brauchte sehr viel Vorstellungskraft, um aus dem im Halbdunkel Angedeuteten das komplette, aussagekräftige Bild zu rekonstruieren. Hätte er es wirklich rekonstruieren wollen.

Aus einem Teil das Ganze. Der schwitzende und durstige Egon hatte in einem solchen Zustand weder das Denkvermögen noch die Lust, sich mit solchen Spielereien abzugeben. Er war nicht der Voyeur, für den ihn vielleicht Bea gehalten hatte. Er wusste, wie eine nackte Frau, auch wie die nackte Bea, aussah, und konnte nichts mit solchen Spielchen anfangen. Bea wollte es immer noch nicht wahrhaben, sie war die Schönste im ganzen Land und konnte jederzeit über Egon, eigentlich über jeden beliebigen Mann verfügen. Das dachte sie, und nicht ganz zu Unrecht. Sie spielte mit Egon in der Sauna Katze und Maus.

Nach dem Saunagang blieb Bea sehr lange unter der Dusche und brauchte ständig etwas, was ihr Egon schleunigst besorgen sollte: Den Kamm, die Haarbürste, oder ausgerechnet jenes kleine Handtuch, das sich ganz zufällig in der Tüte zwischen Beas getragener und verschwitzter Unterwäsche befand.

An jenem Montag, als Egon mit dem kleinen Handtuch kam, ließ Bea eindeutig erkennen, wie der Wasserstrahl, nachdem er ihren Oberkörper passiert hatte, sich seinen Weg in den Abfluss über jene hell behaarte, sorgfältigst gepflegte Wölbung freimachte und den dort verbliebenen Schaum nur mühsam entfernte. Mit Liebe zur Sache wurde der Wasserstrahl an der Wölbung vorbei geleitet, so dass das Tröpfeln aus den gleichmäßig geschorenen Haaren dem Betrachter die Zeit übrig ließ, der Phantasie freien Lauf zu lassen.

Außerhalb der erstickenden Sauna-Atmosphäre war Egon wieder in der Lage, solche Details und deren Botschaft bewusst wahrzunehmen und sie so zu bewerten, wie sie angekommen waren, nicht unbedingt wie sie gesendet wurden.

Wie eine beruhigende Dusche empfand Egon selbst stets die halbe Stunde, die Bea brauchte, um ihr Haar zu trocknen. Er saß allein in der Cafeteria der Sporthalle und nippte an einem Weizenbier. Die mit dem Spiel verbrauchten und mit dem Bier wieder aufgenommenen Kalorien waren ihm unwichtig. Träume und kühle Betrachtungen, Rückblicke auf die vergangene Woche und auf das katastrophale, aber in der nunmehr *ad absurdum* geführten Selbsttäuschung kaum erlösende Wochenende, wechselten sich mit den Vorkommnissen unter der Dusche ab. Unbeantwortete Fragen, die mindestens den Ansatz einer Antwort gefunden zu haben schienen, kamen auf und vermischten die unterdrückten, dennoch lustvoll aufkommenden Schwärmereien mit den harten beruflichen Tatsachen, die ihm die gerade angefangene Woche bescheren würde. Er wollte Bea mit seinen Geschichten aus dem Arbeitsleben nicht behelligen. Bea stand für Glamour, die Firma für Grabenkämpfe.

Bea kam und bestellte Putenbrust auf Kopfsalat. Indessen hatten schon die letzten Sportler die Cafeteria verlassen und die ersten Lichter waren ausgegangen. Die Bedienung war müde und wollte nach Hause. Bea sagte, die Nacht sei noch jung. Egon hätte die Vorstellung, die Nacht zum Dienstag zur Nacht zum Samstag werden zu lassen, mit (fast) jeder anderen Frau strikt abgelehnt, aber mit Bea und im Rahmen der Gesamtsituation, die er plötzlich als sehr günstig betrachtete, willigte Egon ein, noch zum Frankfurter Brauhaus zu fahren, um das letzte Bier zu trinken. Rechnerisch: 0,9 Promille. Beas Alkoholpegel wurde nach jenem letzten Kneipenbesuch noch höher und sie bestand drauf, sich mittels juristischer Argumentationen den Eingang in eine benachbarte Gay-Disco zu erkämpfen.

„So wie Homosexuelle von Heterosexuellen nicht diskriminiert werden dürfen, warum dürfen die Homosexuellen die Heterosexuellen diskriminieren?“

Das viele Bier ließ die tüchtige Studentin der Politologie den Unterschied zwischen einem Universitätsseminar und einer warmen Disco zu später Stunde nicht erkennen, so dass Egon die lärmende Bea mit sanfter Gewalt ins Parkhaus schleppen und in ihre Wohnung fahren musste.

In der Sauna, auf der Suche nach dem kleinen Handtuch, hatte sich Egon Hoffnungen gemacht, die sich vor der Tür der Disco zerschlagen hatten. Auch diesmal war ein Sündenbock leicht ausfindig zu machen: nicht Egon, nicht Bea, allein das viele Bier. Teufel Alkohol. Aufgeschoben hieß nicht

aufgehoben.
Wenn man erst morgens um zwei Uhr im Bett liegt und am nächsten Tag arbeiten muss, kann man sich Schlaflosigkeit einfach nicht leisten. In Extremsituationen rettete Egon seine eiserne Selbstdisziplin in wichtigsten materiellen Dingen vor verhängnisvollen Vorkommnissen. Ein tiefer, traumloser Schlaf überfiel ihn, eher ein Produkt der körperlichen Erschöpfung als der ersehnten seelischen Ausgeglichenheit.
Am Dienstagmorgen, Punkt sieben Uhr, rasselte der Wecker und Egon wurde gleich wach. Ohne schmerzliche Erinnerungen an den vergangenen Abend, der wahrlich keinen Anlass dazu gegeben hatte, und ohne das übliche Ohnmachtsgefühl, einfach vom guten Vorsatz animiert, für seinen Gehaltszettel etwas zu tun. Nachdem er die eher peinlichen Operationen der morgendlichen Toilette erledigt hatte, stieg er ins Auto und fuhr behäbig zur Arbeit. Er konnte um acht Uhr vierzig stechen, so dass er sich auf sicherem Boden bewegte.

6
Einigkeit und Recht und Freiheit

Um neun Uhr zwei tat sich die Tür auf und Hans erschien, stolz, abermals der Stechuhr und den finsteren Kameraden der Personalabteilung ein Schnippchen geschlagen zu haben. Egon lächelte unauffällig, als Hans erzählte, die halbe Nacht vor der Glotze verbracht zu haben, um das Ende eines spannenden Krimis nicht zu verpassen.

„Das war vielleicht ein Film! Spannung, Action, gut geschnitten!"

Egon, der selbst dachte, eine phänomenale Nacht hinter sich zu haben, erwischte sich nochmals dabei, aus subjektiven Vermutungen objektive Schlüsse zu ziehen und sich damit wieder selbst zu täuschen. Seine Antwort war ein süffisantes Schmunzeln.

Egon hatte sich vorgenommen, nie wieder Alkohol zu trinken, nie wieder Täuschungsmanövern zum Opfer zu fallen, nie wieder den Themenkreis „Kollektivschuld - Shoah - Vertreibung aus Schlesien" mit Hans zu besprechen.

Das besagte, oft ausgeblendete aber niemals ausdiskutiertes Thema kam trotzdem wieder auf und wurde diesmal ausgiebig diskutiert, zumal Tassen-Ohlig krank war und so die Diskussion nicht unterbrechen konnte.

Kollektivschuld oder Gnade der späten Geburt? Für Egon war die alttestamentarische und bundesrepublikanische Vorstellung schwer nachvollziehbar, man könne die Enkel für die Verfehlungen der Großeltern haftbar machen. Dass die NSDAP ein verbrecherischer Verein gewesen war, der Millionen von Unschuldigen in den KZs und auf den Schlachtfeldern ermordet hatte, war unbestritten, zumindest für ihn. Er hatte keine Schwierigkeiten, anzuerkennen, dass heute noch ältere Herrschaften lebten, die aus kriminellen oder idiotischen Gründen Völkermord begangen, über sechs Millionen Menschen gefoltert und getötet hatten und ihre Taten keineswegs bereuten. Er verabscheute zutiefst jede, aber wirklich jede Art von Rassismus, wobei er diesen nicht nur

als Schlagwort oder Feigenblatt verstand und benutzte, sondern ihn vielmehr in Taten und Vorkommnissen suchte. Nicht Jenningers Worte, nicht eine zufällige, wenn auch geschmacklose Bemerkung einer Talkmasterin, sondern die physischen Angriffe von Skinheads auf unschuldige ausländische Mitbürger empörten ihn. Die Skinheads, so dachte Egon, waren jedoch nur Randerscheinungen, nützliche Idioten, die wahren Wurzeln des Übels lagen woanders.
Vor allem ging es um die Geisteshaltung extremer Gruppen überhaupt. Faschisten, Kommunisten, Raubtier-Kapitalisten halten eine Zwei-Klassen-Gesellschaft, in der eine Klasse nur Rechte und die andere nur Pflichten besitzt, selbstherrlich für den natürlichen Zustand des Universums, an dessen Festigung sie konsequent arbeiten. Wie Mauerschützen achten sie peinlichst darauf, dass kein Unberufener die Schranke zwischen Unter- und Oberklasse überschreite. Die Namen solcher Sekten sind im Laufe der Zeit anders geworden, das System hat jedoch sämtliche Epochen der Geschichte überlebt und kennt keine Staatsgrenzen.
Leider gab es in Deutschland immer wieder Fakten, die Unruhe und Unsicherheit auslösten, Verletzungen der Menschenwürde, extreme Parolen, Aufmärsche. Leider wurden diese immer wieder von bestimmten Meinungsmachern benutzt, um das eigene Nest zu beschmutzen. Dies hatte aber nicht zu bedeuten, dass eine Episode, wie schwerwiegend sie auch immer gewesen sein mochte, genügte, um einem ganzen Volk auf unbestimmte Zeit das Etikett „gefährlich“ oder sogar „kriminell“ aufzuzwingen. Nach 1968 hatte eine solche Welle, die vorher im Ansatz schon vorhanden war, neue Kraft von den geistigen Vätern linksgerichteter, sich selbst als antiautoritär bezeichnender Bewegungen erhalten. Die Gesellschaft, so verkündeten Adorno und Marcuse, nicht die Person, war an allem Schuld. Da aber die Gesellschaft aus allen Personen besteht, trägt also jede Person ihren Teil an der Kollektivschuld, das wurde daraus abgeleitet. Mit dem Freispruch des Einzeltäters geht die Übernahme der von seiner punktuellen Tat erzeugten Belastung auf die ganze

Gesellschaft über, die vordergründig die Schuld trägt, weil sie mit ihrem Verhalten die Entstehung der Voraussetzungen für die verwerfliche Tat ermöglicht, oder zumindest nicht verhindert hat. Aus einer Tat des Einzelnen wird ein Zustand der Gemeinschaft, die zeitliche Dimension wird ausgeblendet, das Individuum verliert seine Bedeutung. Aus den kriminellen Taten vieler Einzelmitglieder einer bestimmten „Kerngruppe“ ergibt sich die gemeinsame Machtlosigkeit eines ganzen Volkes.

Auch im Wirtschaftsleben gelten diese Prinzipien: Die Gewinne, Brechts siebentoriges Theben, ergeben sich angeblich aus den Verdiensten hochbezahlter Manager und werden daher „privatisiert“, während die Verluste eine Folge der allgemeinen Krise sind und daher vom Staat ausgeglichen, „sozialisiert“ werden müssen. Der Staat darf aber nicht so weit gehen, dass er selbst in die Maschinerie der Privatwirtschaft eingreife, sonst werden gezielt Erinnerungen aus dem real existierten Sozialismus, der zweiten deutschen Diktatur, wachgerufen. Dies würde man Jahre später sehr deutlich erfahren.

Es war absolut richtig gewesen, die Verbrechen der Vergangenheit zu durchleuchten, die überlebenden Verantwortlichen gerecht zu bestrafen und daraus Konsequenzen für die zukünftige Beachtung der Spielregeln der Demokratie zu ziehen. Aber bitte vordergründig zum Zweck, die Wiederholung solcher Gräueltaten zu verhindern und konkrete Ansätze zur Bildung totalitärer Systeme im Keim zu ersticken, nicht um ein ganzes Volk unschuldiger Nachfahren als potentielle Verbrechernation zu etikettieren. Als Mahnung, als Vorbeugung, nicht als permanente Strafe und Selbstzerfleischung.

Deutschland, wirtschaftlich ein Riese, politisch ein Zwerg? Wollte man das?

Die Steuerung des Selbstverständnisses eines Volkes bis zur Selbstverleugnung, vor allem mittels ideologischer Korsetts und fremdbestimmter Denkschablonen, kann Trotzreaktionen zur Folge haben, die sich über die wenigen noch durch-

lässigen Kanäle austoben. Gebündelte Energien, die dem natürlichen Strom folgen müssen. War es logisch und moralisch vertretbar, den Begriff einer „Erbschuld“ zu etablieren, der zufälligerweise allein für die Völker gelten sollte, die den Krieg verloren hatten? Waren die Gulag, die Foibe Titos und die Vertreibung aus Schlesien, die Bomben auf Hamburg und Dresden, die auf Hiroshima und Nagasaki alles Kavaliersdelikte gewesen? Normale kriegerische Handlungen? Egon weigerte sich zu glauben, ein Krieg könne eine moralische Rechtfertigung haben. Ein Krieg war für ihn ein Verbrechen der besonderen Art, weil er von Mandanten angeordnet wurde, die im Regelfall unter seinen negativen Konsequenzen nicht persönlich leiden mussten. Spieler, die ihre Schachfiguren bewegten, vernichten ließen, während sie bequem im Sessel saßen. Der Krieg wurde so zynisch konzipiert, dass Begriffe wie „Kriegsrecht“, „Kriegsgericht“, „Kriegskonventionen“ erfunden und genormt werden konnten. Als ob es um die Krümmung der Gurke ginge. Ein nach den Konventionen geführter Krieg ist kein Verbrechen. Wer ihn anzettelt, handelt aufgrund seines politischen Mandats. Erst ein von den Kriegskonventionen abweichendes Verhalten ergibt das „Kriegsverbrechen“. Das genaue Befolgen der Gebrauchsanweisung für den Massenmord ist dagegen straffrei. Und was passiert, wenn sich ein Land, das militärisch so stark ist, dass es nicht denkbar wäre, es im Falle einer Übertretung der Normen des Völkerrechts zu bestrafen, einen von nichts gedeckten Krieg anzettelt? Damals war dieser Fall noch Theorie, veranschaulichte aber die Grenzen der sogenannten Konventionen. Wenn ein Staat zu mächtig geworden ist, dann hat er einen Freibrief, weil er zwar theoretisch noch von einem internationalen Gericht verurteilt werden, das Urteil aber praktisch nicht vollstreckt werden kann.
Egon wollte nichts feststellen, nichts verneinen. Er war nur verunsichert und versuchte, die Zweifel, die ihn im Laufe der Jahre beschäftigt hatten, auf den Punkt zu bringen.
Hier lächelte Hans: „Gemeinplätze, Herr Kollege, Gemeinplätze, nix, weg!“.

Wo liegt genau die Grenze zwischen einer kriegerischen Handlung, die nach dem normalen Menschenverstand doch etwas Negatives sein muss, während sie vom Zeitgeist akzeptiert wird, und einem inakzeptablen Völkermord? Hat es jemals eine international akzeptierte Definition für solche Begriffe gegeben? Wie wichtig ist der Beweggrund für die Bewertung der Tat? Ob ich qualvoll sterbe, weil Krupp zu viele Kanonen produziert oder weil meine Rasse oder mein Glaube den Mächtigen nicht passt, ist der Unterschied für mich, wenn ich dadurch unverschuldet ums Leben komme, wirklich so groß? Ist nicht jeder Tote ohnehin ein Toter zu viel? Sind nicht wirklich alle Länder zur Einhaltung sowohl des Friedens als auch der Menschenrechte gleichermaßen verpflichtet?
„O.k." sagte Hans, „stimmt wahrscheinlich, ist aber nicht originell und darf man nicht vor Zeugen sagen". Er steckte sich eine Pfeife an, schaute gelassen aus dem Fenster und ließ seinen Kollegen weiter predigen.
Egon ärgerte sich, weil Hans mit seinen hämischen Antworten den Eindruck entstehen ließ, dass man es nicht mehr nötig hatte, zu beweisen, dass eine von der eigenen abweichenden Meinung falsch war, sondern man sie einfach ablehnen konnte, weil sie nicht originell, ein Gemeinplatz war und damit die eigene Version der Geschichte, die trotz ihrer faktischen Richtigkeit auch nicht gerade originell war, zur absoluten Wahrheit erklären. Auch bei der Bestimmung des Selbstverständnisses eines Volkes gab es eine „Kerngruppe", die den Ton angab. Wie einst die Kirche mit Giordano Bruno verfahren war, so verfuhren die etablierten Hüter des Zeitgeistes mit Andersdenkenden. Der moralische Scheiterhaufen war überall.
Wo fängt die Politik an und wo hört die Geschichte auf? Da bestimmte Begriffe aus der Zeit von1933 bis 1945 zu sehr belastet waren um emotionslos ausdiskutiert werden zu können, wagte Egon einen Exkurs in die Zeit vom Vietnamkrieg bis heute und fragte Hans, ob seiner Meinung nach Millionen Liter des Dioxin enthaltenden Entlaubungsgiftes *Agent*

Orange, die auf Vietnam geschüttet worden waren, zur Verkrüppelung von Zehntausenden von unschuldigen Kindern und zur permanenten Bodenverseuchung geführt hatten, so eine normale kriegerische Handlung gewesen seien. Ein Versuch, die Emotionen, die das eigentliche Thema belegten, wegzuräumen.
Hans antwortete: „ O.k., stimmt wahrscheinlich, aber das haben bereits die Linken vor zwanzig Jahren aufgegriffen und ist damit verschlissen."
Bestimmte Gedanken und Vorstellungen der Linken waren also salonfähig gewesen und es auch geblieben, während andere als obsolete Gemeinplätze galten. Es war schon in Ordnung, dass jemand sowohl gute als auch schlechte Gedanken haben konnte, dass er beide sagen und schreiben durfte, es war nur störend, von wem und anhand welcher Kriterien die Qualität solcher Gedanken beurteilt wurde. Es erinnerte immer mehr an die von Egon nicht geliebte, weil willkürliche Definition des kategorischen Imperativs, an die Konditionierung der Ethik durch die politische Opportunität und durch die damit verbundene Macht der Medien.
Nun fing es an, immer frustrierender und spannender zugleich zu werden. Hans hatte in seiner Resignation recht. Wer einen Krieg gewinnt, und in der Lage ist, immer noch weitere Kriege zu führen und zu gewinnen, der kann unbestraft alles tun, was er für rechtens hält und seine Gegner als Populisten, Kommunisten, Demagogen, Asoziale, Schurkenstaaten ... verteufeln, ohne dafür stichhaltige Gründe liefern zu müssen, um im Endeffekt die Gegner totschweigen zu lassen. Wohl wissend, dass Nichtbeachtung fast schlimmer als aktive Verfolgung ist.
Egon wollte trotzdem nicht locker lassen, weil der logisch strukturierte Angriff gegen eine gekonnt sophistisch erbrachte Argumentation einem gedanklichen Ritterturnier glich. Idealisten betrachten sich als Ritter.
Wenn der Zweite Weltkrieg und der Vietnamkrieg beide aus bestimmten Gründen nicht geeignet waren, als Beispiele für eine unvoreingenommene Diskussion herangezogen zu wer-

den, gab es immer noch den ersten Weltkrieg, der hoffentlich schon der Geschichte angehörte, in dem sich Briten, Amerikaner, Deutsche, Franzosen, Österreicher, Italiener und Russen gegenseitig die grausamsten Kämpfe geliefert hatten. Einst hatte Egon den Berg San Gabriele bei Görz, an der damaligen Isonzo-Front, bestiegen. Der Weg dahin war für einen ungeübten Wanderer ermüdend und beschwerlich. Fast zwei Stunden steilen Aufstiegs im Wald. Dort hatten ein Jahr lang Soldaten tonnenschwere Kanonen unter dem Kugelhagel der Feinde durch den Wald geschleppt. Wenn ein Soldat der italienischen Armee den Mut nicht aufbrachte, sich gegen das gegnerische Feuer in den fast sicheren Tod zu werfen, dann traf das *friendly fire* der Carabinieri seinen Rücken und bestrafte damit seine Feigheit. In den Ardennen hatten monatelang Soldaten in tiefen Gräben gelegen, die sie sich selbst gebuddelt hatten und waren dort der Witterung, dem Schlamm und dem gegnerischen Feuer ausgesetzt gewesen. Wenige von ihnen hatten es überlebt, wie Remarque eindrucksvoll berichtete. War es in Ordnung gewesen, so viele Unschuldige in einen Krieg zu schicken, von dem die meisten nicht zurückgekehrt waren und nach dem Aushalten menschenunwürdiger Zustände ihr Leben auf dem Schlachtfeld lassen mussten? Machte die „Arbeit" auf dem Schlacht feld nicht auch „frei"? Egon sprach bewusst nicht einzelne Völker an, da er nicht die bekannte Geschichte der „Gnade des gewonnenen Krieges" nochmals hören wollte.
Die Antwort kam: „Es waren Soldaten, nicht Zivilisten".
Die Frage, ob Reservisten, also die Mehrheit des Soldatenvolks während eines Krieges, auch nichts anders seien als Zivilisten, die unter Androhung schwerster Strafen unfreiwillig zu Soldaten gemacht werden, erübrigte sich. Den Grund kann man sich unter den vielen möglichen aussuchen: Gemeinplatz, schon gesagt, linkes Gedankengut, 68er-Sprüche. Einfach das Gefühl der Ohnmacht. Nicht der herrschenden Stromlinie gedanklich folgen zu wollen, nicht akzeptieren zu wollen, dass man gegen eine einseitig von den Medien festgelegte Meinung nicht unbestraft verstoßen

kann. Dann eben nicht. Lieber es nochmals über den geschichtlichen Umweg zu versuchen, als sich ins Minenfeld der spekulativen Philosophie der Gegenwart zu begeben.
Egon gab sich immer noch nicht geschlagen, ging noch weiter in die Geschichte zurück und fragte Hans, ob er meinte, kein Franzose hätte heute das Recht zu sagen „ich bin stolz, ein Franzose zu sein", weil die französischen Revolutionäre Massen von unschuldigen Zivilisten, von richtigen Zivilisten diesmal, auf dem Schafott hingerichtet hatten.
„Der Französischen Revolution verdanken wir Recht und Gesetz, Freiheit und Demokratie".
Hans, der bewusst die Rolle des *advocatus diaboli* der Medien gespielt hatte, hatte gewonnen. In der heutigen Zeit ist die Meinung der Einzelperson weniger wichtig als die derer, die der Welt vorschreiben können, dass sie nur nach derjenigen Maxime handeln soll, durch die die Medien zugleich wollen können, dass sie ein allgemeines Gesetz werde. Der kategorische Imperativ der offiziellen „Kerngruppe" wird von den Medien aufgegriffen und heißt dann in der Umsetzung „Zeitgeist".
Hitler, Mussolini, Franco, Stalin, Tito, Bush, Bin Laden, Saddam ... Hatten alle geglaubt, selbst auch nur nach jener unanfechtbaren Maxime zu handeln? Hans, Helga, die Leute im Operncafé, in der Tennishalle, in der Kantine waren unter vier Augen oft einer Meinung, die nicht der offiziellen entsprach. Philipp Jenninger hatte Bruchteile davon im Bundestag kundgetan und sich damit der rechtmäßigen Kritik durch die gewählten Vertreter des Volkes unterworfen. Sein letzter Vortrag. Später würde sich auch das Fallschirmspringen als sehr gefährlich erweisen.
Da Egon zahlreiche Kontakte zum Ausland hatte, war ihm der Unterschied zwischen dem Deutschlandbild im Inland und dem im Ausland aufgefallen.
Im Ausland: nationaler Stolz, „am deutschen Wesen soll die Welt genesen", Zucht und Ordnung wie im alten Preußen, die Lokomotive Europas, Qualität aus Zuffenhausen.
Im Inland: Verarbeitung der Schuld aus der Vergangenheit,

loyales Mitglied der EU, weltoffen und voll den Herausforderungen der Globalisierung gewachsen, zwar kein Einwanderungsland, aber dem friedlichen, multikulturellen Zusammenleben aller ethnischen Gruppen offen.
Am Tresen in der Kneipe und hinter verschlossenen Bürotüren: Kernige Bemerkungen und markante Sprüche. Die inoffizielle „Kerngruppe".
Es ist eine aufgezwungene, von innen allein und mit den bescheidenen Mitteln der Logik nicht nachvollziehbare Doppelmoral. Die offizielle Moral, die - fünf Jahre nach dem oben beschriebenen Gespräch zwischen Egon und Hans - die öffentliche Meinung Europas zu der Verlautbarung veranlasste, in Deutschland sei die Aufarbeitung der Vergangenheit so tief im Bewusstsein der Bevölkerung verwurzelt, dass ein Rückfall in den Rassismus unmöglich sei.
Egon musste sich Jahre später anhören, diese Aussage ließe sich auf das neutrale Österreich nicht übertragen, weil das Nachbarland zwischen Donau und Wörthersee sich stets als Opfer und nie als Täter betrachtet habe. Österreich sollte bestraft werden, ließ man verlauten, weil ein dortiger Politiker in der Öffentlichkeit Bruchteile dessen ausgesagt hatte, was allabendlich in vielen Kneipen zwischen Rügen und Freiburg, zwischen Bregenz und Eisenstadt, zu hören war. Wenn man moniert, dass die ungeschriebenen Gesetze der Anständigkeit, die von den deutschen, bundesrepublikanischen Medien vorgegeben werden, im souveränen und neutralen Staat Österreich keine konsequente Anwendung finden, geschieht dies nicht vielleicht aus Angst vor neuen, unliebsamen Importen aus Österreich nach Deutschland? Und wie steht es mit dem aufkommenden Nazi-Terror in den neuen Bundesländern des angeblich nazifreien Deutschlands? Der Stoff, aus dem die Bomben sind, hatte sich vor Egons Augen materialisiert. Hinter vorgehaltener Hand hatte sich Egon gefragt, ob Österreich tatsächlich die Zielscheibe der Sanktionen gewesen sei, oder ob man nicht einfach ein Exempel hatte statuieren wollen, um vor allem den wieder vereinigten Deutschen zu zeigen, wie man von der Welt gerügt wird,

wenn man die vorgegebene Sprachregelung missachtet. Das System ist in der Lage, alles, oder fast alles, zu torpedieren, was auf eine Erneuerung hinweist, die mit der Ablösung der alten politischen Klasse einhergeht, und kann sich einer Vielzahl von Mitteln bedienen, von den Sanktionen bei als sehr gravierend empfundenen Fällen, bis zur kurzfristigen Bereitstellung von parteiinternen „Abweichlern", wenn z.B. eine mögliche Umwälzung auf Landesebene das Gleichgewicht zwischen den Parteien auf Bundesebene gefährden würde.

In jenem Bürozimmer war längst jene ungezwungene Atmosphäre ausgebrochen, die es möglich machte, im vollen Vertrauen zur Verschwiegenheit des Gesprächspartners, auch die vermeintlich dunklen Seiten des offiziellen Selbstverständnisses der Deutschen bloßzustellen. Ohne Zeugen und unter dem Siegel der strengsten Geheimhaltung. Egon hatte als gläubiger Christ Schwierigkeiten, den Zusammenhang zwischen den Gräueltaten von Vertretern der vorletzten Generation und der Kollektivschuld zu akzeptieren, von der er selbst nicht vereinnahmt werden wollte. Wenn im Leben eines Menschen die eigene Schuld vergeben werden konnte, sei es auch durch die katholische Beichte, wenn der feste Wille vorhanden war, jene Taten nie wieder zu begehen, nie wieder einer solchen Versuchung zu erliegen, wie sollte man sich erklären, dass man für Verbrechen verantwortlich gemacht werden konnte, die andere Menschen vor der eigenen Geburt vollbracht hatten? War dieser Gedanke vielleicht unbewusst der alttestamentarischen Vorstellung der Erbsünde entsprungen? Und mit der alten Vorstellung von den Juden als „Gottesmörder" verwandt, die Jahrhunderte lang so ruinöse Folgen hatte? Wieso sollte man sich minderwertig fühlen aufgrund einer ruhmlosen Periode, welche die Vergangenheit des eigenen Landes genau so kennzeichnet hatte, wie die Französische Revolution, Stalins Säuberungsaktionen oder die US-amerikanischen Vietnameinsätze? Ganz zu schweigen vom Völkermord an den Ureinwohnern beider Teile Amerikas. Der Kreis schloss sich langsam. Die Sprü-

che von links waren inhaltlich mit denen von rechts identisch geworden.
War die gewaltsame Vertreibung der Deutschen aus Schlesien nur die gerechte Rache gegen die Henker von Auschwitz und Bergen-Belsen gewesen? Waren die polnischen und tschechischen Vertreiber nachweislich die Nachfahren oder die Verwandten der umgebrachten Juden aus dem Warschauer Getto? Oder handelte es sich vielmehr um Siegerjustiz? Schweigen im Walde.
Wenn unorthodoxe Gedanken von Chaoten und Sprücheklopfern verbreitet werden, wenn Menschen auf offener Straße verprügelt werden, Synagogen oder Diskotheken angezündet, Schaufenster eingeschlagen, dann ist eine solche freie Meinungsäußerung den tonangebenden Kräften, sprich den angepassten Medien, fast sogar willkommen. Brennende Autos, blutende Menschen, Scherben sind als Blickfang gut. Man braucht sich dazu nicht mit dem Inhalt der Aussage zu beschäftigen, weil man die Personen selbst angreifen kann, die solche Meinungen vertreten.
Wenn dagegen ehrenwerte, demokratisch gesinnte, unbescholtene, langweilige Bürger, die keine Revolution und keine Gewalttaten im Schilde führen, friedlich und demokratisch eine Diskussion über Themen anregen, die als bereits ausdiskutiert gelten und bisher etablierte Meinungen mit sachlichen Argumenten zu widerlegen versuchen, dann wird es unbequem für die „Kerngruppe“ der offiziellen Denker, dann sind echte gedankliche Leistungen gefragt. Es ist nebensächlich, ob das Dritte Reich, der Vietnamkrieg, die DDR, die Agenda 2010, die Privatisierung der Bahn, die Zergliederung von Unternehmen oder andere Themen zur Diskussion anstehen, die Medien wissen schon, was das Volk denken soll und mögen es nicht, wenn Unberufene dazwischenfunken. Wenn aber eine publikumswirksame Mediendiskussion geführt werden soll, die aufreißerische Schlagzeilen verspricht, dann verschieben sich augenblicklich die Schablonen. Dann werden auch die 68er, sogar die RAF-Terroristen wieder aktuell.

Da Egon noch an das Vorhandensein menschlicher Kritikfähigkeit glaubte, beendete er die Diskussion mit dem Satz: „Seit dem berühmten Urteil über die Soldaten als potentielle Verbrecher sind wir vielleicht dem gesunden Menschenverstand ein Stückchen näher gekommen.“
Hans nickte und schmunzelte. Laut Hans hatte Hitler nur ein einziges schwerwiegendes Verbrechen begangen, die Shoah. Laut Egon hatte Adolf Nazi zwei gleich schwerwiegende Verbrechen auf dem Gewissen:die Shoah und den Aggressionskrieg. Hans, der letztendlich selbst ein Opfer der Rachegelüste der Polen nach dem Aggressionskrieg gewesen war, betrachtete dagegen den Zweiten Weltkrieg als wirtschaftliche Notwendigkeit, als unabwendbares Schicksal, das jedes Land hätte treffen können, nicht als Verbrechen. Egon vermutete, dass Hans mit seiner Verharmlosung des Aggressionskrieges nicht gänzlich ausschließen wollte, dass eines Tages ein neuer Aggressionskrieg geführt werden könne, ohne den Angreifer gleich als kriminell abstempeln zu müssen. Wer wusste, ob es nicht doch weise war, sich präventiv auf die Seite eines potentiellen Kriegstreibers zu schlagen, für den Fall, dass man eines Tages doch wieder Zigaretten und Dosenkonserven benötigte?

7
Die Angst vor der Tat

Der Dienstag ging langsam zu Ende. Der ansonsten arbeitsreiche Tag, an dem man die Montagsmüdigkeit schon mit einem gesunden Schlaf vertrieben hatte.
Man merkte, dass die Tage länger geworden waren. Ein angenehmes Licht begleitete die Fahrt von der Rotfabrik in den Taunus. Zwischen Zeilsheim und Hofheim war der Kontrast zwischen den weißen Blüten, den nunmehr in grün übergehenden Taunushügeln und den ersten gewitterträchtigen Wolken eindrucksvoll. Die wieder aufkeimende Natur hatte nochmals ihren regelmäßig wiederkehrenden Kampf gegen den geschwächten Winter gewonnen. Die weißen, noch zarten Blüten der Obstbäume widersetzten sich dem schwachen, nassen Griff eines machtlos gewordenen Winters, der aber noch in der Lage war, für Überraschungen zu sorgen. Die Sonne, die um diese Zeit ihre letzten Strahlen des Tages abwarf, wetteiferte mit den dunklen Gewitterwolken, die dem gewitterlosen Winter bereits vorausgeeilt waren. Im Stau auf der Altenhainer Straße, keine fünf Minuten von zuhause entfernt, konnte Egon seine Unfähigkeit und seinen Unwillen, den Abend zu planen, nicht mehr verdrängen. Er wusste, dass ihn gleich Gerda anrufen würde, die wusste, dass Egon den Mittwochabend mit Freunden zusammen zu verbringen pflegte. Es würde um das „Hier und Jetzt" gehen. Das Unheimliche an solchen Anrufen war die Unvorhersehbarkeit der Vorschläge, die vom anderen Ende der Leitung kamen. Manchmal plante Gerda einen Spaziergang im Taunus bei Wind und Wetter. Das war in der Regel ein schlechtes Zeichen.
Wenn eine Frau angibt, an die frische Luft zu wollen, um „nicht zu ersticken", ist meistens ein Beziehungsmief, nicht die schlechte Qualität der Luft gemeint. Es geht um den Wunsch, entweder die bestehende Beziehung zu lockern, oder sie ganz aufzugeben. Es ist gut für die flüchtige, unverbindliche Sexualität, schlecht dagegen für den Aufbau einer

ernsthafteren Beziehung, die man mit langfristigen Zielen plant. Da Egon sich aktuell nicht in einem sexuellen Notstand befand und eher die dauerhafte Beziehung suchte, hätte ihn ein solcher Vorschlag verunsichert. Hinzu kam noch seine schlechte Wetterfestigkeit.
Die zweite Möglichkeit war Schwimmen im Kurbad, Rebstock oder Bad Homburg, Königstein nicht, weil Gerda dort nicht mit Egon gesehen werden wollte. Sie war zwar nicht „die Frau, die am Freitag nicht kann“, wollte sich aber unter keinen Umständen als Teil eines Paares verstanden wissen, weil eine „normale“ Zweierbeziehung nicht ihre Sache und das damit gemeinte „Paar“ nur eine vorübergehende Erscheinung war. Sie hatte es Egon niemals ausdrücklich gesagt, sondern hatte ihm erklärt, erst mal vorsichtig sein zu wollen, um die Ereignisse nicht zu überstürzen. Egon hatte genau das verstanden, was er verstehen wollte: die übliche, idiotische „Anlaufzeit“. Egon konnte jetzt aber nichts mehr mit der Attrappe einer Beziehung anfangen: Außerdem war ihm der Chlorgestank von Hallenbädern unerträglich.
Die dritte Möglichkeit war eine kurze Nummer, entweder bei ihr oder bei ihm. Da sich Gerda nicht vorstellen konnte, eine ganze Nacht mit einer fremden Person im Bett zu verbringen, wäre dabei wahrlich keine gelassene Stimmung zu erwarten gewesen. Abgesehen davon, hatte Egon auch keine Lust, auf dem Weg nach Oberursel abermals beim Überschreiten eines hirnrissigen Tempolimits in der Kronberger Altstadt geblitzt zu werden. Eigene Vorschläge von seinem Ende der Leitung waren selten erwünscht. Von all dem wollte Egon jetzt nichts wissen. Er wollte vorerst den Kopf in den so geliebten Sand stecken und das Problem bis zum Abendessen ausblenden. Deswegen fuhr er direkt zum Parkplatz und von dort aus ging er ins Parkcafé.
Als er dort eintrat, stand Piroschka im Eingangsbereich, wo sie, an die Wand gelehnt, ihre Schuhe umzog. Stiefel statt Pumps. Wasserschutz gegen Arbeitsbekleidung. Frische gegen Schweiß. Meinte sie. Zweckmäßigkeit statt Erotik. Meinte er. Kaum hatte der in ganz anderen Gedanken ver-

tiefte Egon jene einmalige Chance aufgespürt, schon waren die Stiefel angezogen und die Pumps sauber und steril in einer Plastiktüte verschwunden. Wie das Leben es will, stehen uns oft nur Bruchteile einer Sekunde zur Verfügung, um das zu verwirklichen, wovon wir jahrelang träumen. Eben Bruchteile. Egon war meistens nicht fähig, die Gunst der Stunde so zu ergreifen, dass er sie optimal hätte nutzen können. Er reagierte oft viel zu träge, wenn ihn eine lange ersehnte Situation überraschte. Wenn er es merkte, dann stieg sein Adrenalinspiegel blitzschnell und unkontrollierbar an, der Tatendrang überschlug sich, der gute Vorsatz, der ausgerechnet, wenn es darauf ankam, nicht fähig war, die erforderlichen Reaktionen herbeizuführen und damit die gebotene Chance erfolglos verstreichen ließ.
Oft war Egons tückischster Feind der feige innere Schweinehund, der sich freute, wenn ihm eine Veränderung mit ungewissem Ausgang erspart blieb, ohne an den übernächsten, vielleicht alles entscheidenden, aber inzwischen unmöglich gewordenen Schachzug zu denken. Wenn sich dann die Verwirrung und der innere Schweinehund miteinander verbanden, dann war Egon völlig handlungsunfähig und damit verurteilt, sich während der Stunden der Muße und der Einsamkeit über jene ausgebliebene Handlung zu ärgern, die viel leicht sein Leben positiv verändert hätte. Während er sich von solchen Gedanken quälen ließ, vergaß oder verdrängte er den inneren Schweinehund, der sich grundsätzlich das Schuldgefühl nicht leisten konnte, willentlich auf etwas Wesentliches verzichtet zu haben. In Wirklichkeit lautete in vielen solcher Fälle die Frage, die er sich nicht zu stellen wagte: „Was wäre passiert, wenn ich Glück gehabt hätte?". Egon konnte nicht über seinen Schatten springen, alle Hemmungen über Bord werfen, Piroschka sofort mit einer Kontaktaufnahme der besonderen Art überfallen. Die Anmache wäre sehr offensichtlich und daher plump gewesen, im Moment der Erfüllung seines erotischen Traumes hätten ihn der unleugbare Ausdruck seiner Absichten, die blitzenden Augen und die erröteten Wangen ihn sofort verraten. Warum hatte

er so lange gewartet, sie direkt anzusprechen? Warum hatte er sich ausgerechnet jene für sie eher unangenehme Situation ausgesucht, um das lange ersehnte Gespräch aufzunehmen? Sabines Sonnenbrille und die Gretchenfrage nach den Heiratsabsichten.
Piroschkas Füße waren in diesem Stadium kein Ausdruck der männlich-weiblichen Polarität, sondern eher der heimlichen Begierden, die Egon nicht ohne Weiteres zugeben konnte. Schon im Ansatz die Bereitwilligkeit zur Selbstaufgabe, zur Unterwerfung, zur Aufgabe der eigenen Persönlichkeit. Egon wollte seine Individualität nicht leichtfertig aufs Spiel setzen, nicht dem Druck der Sinne nachgeben. So dachte er wenigstens. Der innere Schweinehund, der sich weder eine niederschmetternde Absage noch eine unkontrollierbare Weiterentwicklung leisten konnte, unterdrückte einfach das Instinktive in ihm. Eine Entsprechung von Egons Annährungsversuchen seitens des Mädchens wäre wahrscheinlich der Ausdruck einer aufkeimenden Verliebtheit oder einfach einer Neugier gewesen, welche die Bereitschaft enthielt, sich unter Umständen in ein vorerst unüberschaubares Abenteuer zu stürzen. Hätte sie positiv darauf reagiert, dann hätten sich Egon und Piroschka sehr wahrscheinlich verabredet. Spätestens beim ersten Treffen hätte sie gefragt: „Wieso hast du gerade mich ansprechen, kennen lernen wollen? Was zieht dich an mich an?"
Die mögliche, ehrliche, Antwort: *„Dei Füss."*"
Und Egon war ein ehrenwerter Mann.
Und Egon war ehrlich.
Und Egon war verdammt dumm.
Eine eher unwahrscheinliche, aber nicht ganz auszuschließende Variante wäre gewesen, wenn Piroschka ihren unbeholfenen Verehrer erbarmungslos durch den Kakao gezogen hätte. Ihre Freundinnen, sie hatte bestimmt welche, hätten über Egons Marotten gelacht und sogar in der Drogerie Kroenke hätte man erfahren, was für ein Trottel er war. Unvorstellbar. Egon wusste aus eigener Erfahrung, dass die zweite Variante zwar die unwahrscheinlichere, aber auch die bruta-

lere war. Seine Ehre fürchtete sich davor, so wie sein innerer Schweinehund die erste Variante fürchtete.

Aus diesen blitzschnellen Überlegungen heraus entschied sich Egon für die Fassade, die seinen Unwillen zur Tat, zur Veränderung kaschierte, vergaß sofort jene Füße, die ihn so oft ins Parkcafé gelockt hatten, grüßte Piroschka höflich und wünschte ihr einen schönen Feierabend. Zähneknirschend. Er war Kavalier geblieben und hatte nichts entscheiden müssen.

Falsch. Er musste doch noch über etwas entscheiden. Der Grund, weshalb er nicht sofort nach der Arbeit nach Hause gefahren war, hatte sich nicht einfach in Luft aufgelöst. Der Grund war Gerdas Anruf. Die Angelegenheit musste unbedingt noch hinausgeschoben werden. Obwohl er eigentlich keinen Grund mehr hatte, im Parkcafé zu sitzen, wollte er lieber in Sicherheit sein, sich selbst und nicht einem launischen Telefon ausgesetzt sein. Egon setzte sich an einen Ecktisch. Da ihn Piroschka nicht sehen konnte, holte er sich die „Praline“ und die „Neue Revue“ aus dem Zeitungshaufen und versuchte nach dem zweiten Korn in seelischer Ausgeglichenheit über die Natur und die Zukunft seiner Beziehung zu Gerda nachzudenken. Der disziplinierte Egon hatte sich selbst das Thema als Hausaufgabe gegeben.

Verliebt war er nicht. Gerda war es auch nicht. Die Erfüllung seiner erotischen Träume konnte nicht „Gerda“ heißen, sonst würde er nicht dort im Parkcafé sitzen und ständig auf der Suche nach gewissen Reizen sein. Muttrersatz? Ohne Potential zur Geborgenheit und ohne eine Veranlagung zum Wir-Begriff nicht denkbar. Es blieb nur eine vernünftige Erklärung übrig: Sein triebhafter Wunsch, in dem ihm vertrauten Beziehungsleben zu verbleiben, weil er der Single-Welt nicht gewachsen war. Es wurde übersehen, dass sich diese Flucht mit nicht realisierbaren Modellen begnügte und auf dem Nichts aufbaute. Es musste nur schnell gehen, ohne „Anlaufzeit“. Diese Erkenntnis ließ seine Familie in seinen Träumen immer wieder aufleben. Es war die Angst vor der gefühllosen Technologie und vor dem ungehemmten

Dschungelgesetz des Neoliberalismus. Die Umwelt änderte sich täglich und er fühlte sich ihren Änderungen nicht gewachsen. Er befürchtete, als Mensch, als Einzelwesen, unterzugehen. Egon wusste nämlich, dass die Kommunikationsgesellschaft, vom menschlichen Standpunkt aus gesehen, trotzt virtueller Kommunikation eher eine Gesellschaft der physischen Vereinsamung war. Er hatte sich keinerlei PC-Kenntnisse angeeignet, in der festen Zuversicht, eine Schreibkraft würde bis zu seiner Pensionierung den Computerkram für ihn erledigen. Würde es noch Schreibkräfte geben und würde man das Rentenalter erleben.
Gerda war für ihn in Wirklichkeit nichts mehr als der Schatten einer Attrappe, der Vorwand, beim Althergebrachten zu bleiben und sich nicht als geouteter Single von der globalen Kommunikationsgesellschaft vereinnahmen zu lassen. Sie war der letzte, morsche Splitter des Holzbretts. Da Gerda damals nur einen Mann suchte, um mit ihm gelegentliche schöne Stunden zu verbringen und um einen Begleiter ins Theater, ins Hallenbad, auf den Feldberg und ins Bett zu haben, aber bitte stets mit einem wachsamen Blick auf die Uhr, kamen offensichtlich Angebot und Nachfrage nicht zusammen. Unfähig, sich dies offen einzugestehen, beschloss Egon, vorerst die Pantomime fortzuführen, fuhr nach Hause und rief selbst Gerda an. Das Telefongespräch gestaltete sich einfach. Um neun in der Kaminstube in Königstein. Egon hatte genügend Zeit, sein geliebtes Wurstbrot mit Käseeinlage zu essen und mit bestimmten, ruhigen, langsamen Schritten in die Altstadt zu schlendern.
Während der kalten Jahreszeit konnte man, vor allem abends, überall in Königstein den Duft des brennenden Kaminholzes riechen, der im Spätwinter schon mit Aromen aus den benachbarten Fichtenwäldern des Taunus vermischt war. Ein harziger, gemütlicher Duft, der an Kindheit und an Winterurlaub erinnerte. Die Illusion, sich irgendwo in den Alpen im Urlaub zu befinden, war von der lodernden Flamme am Kamin verstärkt, die einen zur Ruhe und Besinnlichkeit auf dem Land nach einem Tag des Kampfes im Großstadtmief

animierte. Ein Kamin durfte in keinem besseren Haus fehlen und wurde gelegentlich sogar bei Partys mit voll aufgedrehter Heizung und beachtlichem Alkoholkonsum brennen lassen. Mit dem Ergebnis, dass viele der winterlichen Feten in Königstein auf dem Balkon bei klirrender Kälte stattfanden, wenn die wohlige Wärme der mittels Zentralheizung und Kamin beheizten Wohnung einfach nicht mehr auszuhalten war.
Auf die besänftigenden Eigenschaften des offenen Kamins und auf die schlichte und verbindliche Art des Inhabers der Kaminstube war auch der Erfolg der einzigen Kneipe in der Königsteiner Innenstadt zurückzuführen, die sich eher an althergebrachten Gewohnheiten und Vorstellungen orientierte, als an schnelllebigen und oberflächlichen „Spotlights“. Wie bei Mutter zu Hause, wie in alten Zeiten, wartete die Kaminstube mit jenem unnachahmlichen Duft auf, der Gemütlichkeit, häuslichen Herd und Schutz vor Wind und Wetter ausdrückte. Die Altstadt war auch deswegen für die Nase attraktiv, weil sich abends noch die verbleibenden Düfte des Geräucherten aus der Metzgerei Haug mit denen des Brennholzes und des Waldes vermischten und damit die typische Atmosphäre des Ortes wiedergaben. Tagsüber Kurort und Tummelplatz gelangweilter Hausfrauen, abends Hort archetypischer Gefühle, die einen von der erdrückenden Nüchternheit des postindustriellen Alltags zu befreien schienen, obwohl ein voll im Berufsstress stehender Zeitgenosse stets auf einen anderen solchen lauerte, um ihm den Zauber der eigentümlichen Atmosphäre und der in ihrer Nähe spürbaren Natur zu vermasseln.
Die Kaminstube war zum Treffpunkt der Urkönigsteiner mit den Zugewanderten geworden, zur Stelle der Begegnung all derer avanciert, die eine Verbundenheit zur neuen Heimat suchten und die zur alten, wenigstens vorerst, nicht aufgeben wollten. Aller, die nicht bereit gewesen wären, Hals über Kopf, Königstein mit irgendeinem anonymen Kaff in der US-amerikanischen Pampa umzutauschen. Typische Merkmale der Königsteiner Gemütlichkeit, die Egon damals be-

wogen hatten, dorthin zu ziehen, würden sich in wenigen Jahren auflösen: Der Umbau des Parkcafés, das Verschwinden der Metzgerei Haug, der Drogerie Kroenke und der Kaminstube selbst würden, zusammen mit der Erschließung der Neubaugebiete um die Parkstraße und der Eröffnung von großen Discountern, eine Zäsur im Leben des Kurstädtchens markieren, so wie die Umwandlung des Werksgeländes der unter schwer verständlichen Umständen zergliederten Hoechst AG in den Industriepark Höchst einen gewaltigen Knick in der sozialen und städtebaulichen Entwicklung von Frankfurt-Höchst bedeuten würde.
Draußen hatte die sonst im März übliche Nachtkälte spürbar nachgelassen, aber trotzdem war in der Stube die Wärme, die vom offenen Kamin ausging, angenehm. Süffige, obwohl arg überteuerte Weine beflügelten die Gedanken und die Schlagfertigkeit der Gäste und halfen sensiblen Gemütern, sich im uralten Gemäuer des Lokals wohlzufühlen. Es war das Gefühl, sich in einer trauten Gesellschaft zu befinden, vielleicht ein Überbleibsel des angestammten Gefühls, sich mit der Familie unter dem Schutz eines Höhlengewölbes und von einer Flamme erwärmt zu wissen. Oder die Erinnerung an einsame Hütten auf verschneiten Almen, die Geborgenheit inmitten einer feindlichen Umgebung vermittelten. Egon nannte diesen Begriff, der sich mit seinen Vorstellungen von „Gemütlichkeit“ deckte, „psychische Abwehr“ und meinte dabei das Bewahren des Funken von Humanität in uns, der ursprünglichen Identität und, warum nicht, der Pietät vor der Gleichmacherei und vor der Massifizierung einer im Galoppschritt voranschreitenden, zunehmend materialistisch, „wissenschaftlich“, darwinistisch erscheinenden Gesellschaft. Der Gesellschaft der Gier, die im Einzug begriffen war und jede Freude am Leben überrollen würde. Die Kneipe als Abwehr gegen McDonalds und die Betriebskantine. Die Leitkultur des Mikrokosmos, die mit ihrem Gewicht und der festigenden Kraft ihrer Wurzeln versuchte, die Lawine im Makrokosmos aufzuhalten. Ein Hilferuf, der jede, selbst die kleinste Hilfe als willkommen erscheinen ließ.

Gerda war pünktlich. Um neun kam sie herein spaziert und kam dem seit zehn Minuten wartenden Egon zügig entgegen. Küsschen-Küsschen, Wange an Wange, wie die noch bestehende Situation es befahl. Es war schwer, ein Gespräch anzufangen, wenn jeder Bezug auf Übermorgen vermieden werden musste, um nicht in die Verlegenheit zu kommen, gerade das auszusprechen, was beide unbewusst bereits innerlich entschieden hatten. Die Pantomime war anfangs gut. Sinnige Bemerkungen über die geschmackvolle Einrichtung des Lokals, Loblieder auf die Weine des Hauses, Fragen nach deren Herkunft, vorsichtige Andeutungen über die Probleme am Arbeitsplatz, die Egon mit Gerda ohne Vorbehalte besprach. Und das alles von einem forcierten Lächeln begleitet, das verriet, dass jene Gespräche bloß Ausdruck einer Verlegenheit, einer inneren Trägheit waren und Lippen und Augenbrauen zu unnötigen Bewegungen zwangen. Als brenzlige Fragen nicht mehr vermeidbar wurden, wurde die rettende Meinung des Wirtes über die Weine verlangt. Der Wirt kannte seine Pappenheimer, die sich gerade dort vor ein paar Monaten kennen gelernt hatten, und wusste auch, dass von ihm nicht eine sachkundige Antwort, sondern der Ansatz zu einem unverbindlichen, aus der Verlegenheit rettenden Gespräch verlangt wurde. Die Kaminstube war ein Lokal, das nicht zuletzt von den Gesprächen an der Theke lebte.
Für Egon völlig überraschend betraten zwei junge Damen die Kneipe. Die eine kannte Egon unter dem selbst erfundenen Namen „Piroschka “, während die andere eine ihrer Freundinnen zu sein schien. Allzu lange hatte Egon geglaubt, man müsse eine Frau direkt ansprechen, um die eigenen Absichten, sofern diese über banale Begriffe hinaus gingen, verraten zu können. Er hatte immer noch nicht verstanden, dass Frauen, egal welchen Bildungsstandes und welcher Herkunft, über eine besondere Antenne verfügen, die ihnen Dinge signalisiert, welche der so seiner *privacy* beraubte, in weiblichen Augen gläserne Mann, sich nicht einmal im Traum vorstellt. Das Interesse eines Mannes wird niemals von einer Frau ignoriert oder missverstanden: Das daraus

folgende Spiel ist stets Ausdruck der Gesinnung der Frau, die kein Mann umgehen oder täuschen kann, geschweige denn erahnen. Piroschkas Antenne war voll auf Empfang gerichtet und signalisierte ihr gleich, dass sie sich in der Nähe eines Mannes befand, der ihr nicht nur der Form halber einen angenehmen Abend gewünscht hatte. Piroschka setzte sich neben Egon und wartete. Egons Nachbarin, Gerda, hätte seine Schwester, seine Cousine, seine Kollegin sein können, oder sonst ein harmloses Neutrum. Zumal Egon und Gerda sich schon unbewusst aus einer gebührenden Distanz betrachteten und ein offensichtlich verlegenes Gespräch unter Zuhilfenahme der psychologischen Künste des Wirtes führten. Grünes Licht.

Egon errötete und wusste keinen Ausweg. Die Stunde der Entscheidung, hatte geschlagen. Rechts von ihm saß eine Dame, mit der ihn offensichtlich wenig verband, die aber das nunmehr schwindende und wenig glaubhafte Gefühl bieten konnte, ein Rettungsanker in der Angst erregenden Welt des drohenden Single-Daseins zu sein. Links saß eine, in ihrer Eigenschaft als Mensch noch unbekannte Schönheit, von der sich Egon erotisch mächtig angezogen fühlte, vor allem wegen *die Füss*. Letzteres durfte auf gar keinem Fall verraten werden. Egon musste jetzt unbedingt handeln, der innere Schweinehund hatte verlauten lassen, dass er ihm diesmal nicht beistehen würde. Entweder würde Egon die offensichtlichen, obwohl geschmackvollen Annäherungsversuche Piroschkas ignorieren, oder er musste Gerda gleich mitteilen, dass die nunmehr ausgeleierte Beziehung zu Ende sei. Diplomatische Grautöne waren nie Egons Stärke gewesen. Hätten ihm auch in dieser Situation wenig geholfen. Egon unterhielt sich verbissen mit dem Wirt, dem die Peinlichkeit der Lage nicht entgangen war, über Rebsorten und Jahrgänge, die Enttäuschung beider Damen billigend in Kauf nehmend, nur um nicht hier und jetzt seinem Leben die Wende zu geben, die ihm ohnehin als unausweichlich erschien.

Nicht nur Frauen in bestimmten Lebenslagen, auch Männern können plötzlich auftretende Kopfschmerzen aus einer misslichen Lage helfen. Egon gab an, einem so starken Kopfschmerz zum Opfer gefallen zu sein, dass er unbedingt und sofort nach Hause ins Bett müsse. Gerda war es egal, vielleicht fühlte sie sich sogar erleichtert und von der Pflicht entbunden, weiterhin eine Rolle zu spielen, die ihr nicht behagte und die sie bloß als seelische Belastung empfand. Piroschka war es nicht egal. Sie befand sich in der Kaminstube um zu kämpfen. Sie glaubte, in der gemütlichen und lockeren Atmosphäre einer Kneipe, weit weg von der Hetze im Parkcafé, die Gunst der Stunde erwischt zu haben. In bequemen Stiefeln, nicht in Stöckelschuhen. Nichts über die Bedeutung der Stöckelschuhe in Egons Vorstellungen und Wachträumen ahnend, versuchte sie mit allen ihr zur Verfügung stehenden Mitteln, ihn zu überreden, doch eine jener Tabletten einzunehmen, die sie stets zu bestimmten Zeiten mit sich führte. Egon schluckte die Aktren-Tablette und fühlte sich danach genau so elend wie vorher. Er gab an, die plötzlich aufgetretenen Kopfschmerzen seien eine Folge der unmenschlich gewordenen Arbeitsbedingungen und verabschiedete sich, im festen Glauben, damit als schutzwürdiges Opfer zu gelten.

Es ist eine abwegige Vorstellung zu glauben, ein Opfer als solches würde die Hilfe der Gemeinschaft erhalten. Eine bewusstlose Person, die am langen Samstag mitten auf der Zeil flach liegt, wird eher getreten und bestohlen als fürsorglich behandelt. Wer hat, dem wird gegeben und die Letzten fressen die Hunde.

Egon stieg auf Piroschkas Seite vom Hocker und berührte sekundenlang mit der Handfläche die Gegend zwischen Kniegelenk und Stiefel, so diskret, dass es Gerda nicht merken konnte. So spürbar aber, dass Piroschka jeden Zufall ausschließen konnte. Die Adressatin deutete das Signal richtig und ihre Augen ließen es Egon merken. Dreißig Zentimeter vom Paradies entfernt, zum zweiten Mal an einem halben Tag versagt, wieder eine vielleicht unwiederbringliche Chance vertan. Und warum? Um die Illusion nicht aufzugeben, immer noch in einer Beziehung zu stehen,

um sich um eine längst fällige Entscheidung zu drücken, um nicht wieder von vorne anfangen zu müssen, obwohl die mögliche neue Perspektive höchstwahrscheinlich attraktiver als die alte gewesen wäre. Erotik und Frische gegen Mief, eiskalte Luft und Gleichgültigkeit. Egon drehte sich schnell um und schnüffelte, von allen unbemerkt, an seiner noch warmen Hand, die soeben Piroschkas Bein berührt hatte.
Als ob alles nicht verwirrt genug gewesen wäre, gab es noch ein anderes Problem, das tief in Egons Hinterkopf saß, das er aber nicht wahrnehmen wollte: Was wäre mit der so genannten Freundschaft zu Bea passiert, wenn er etwas Konkretes, Beständiges mit Piroschka angefangen hätte? Wäre nicht die Gefahr zu groß gewesen, sich in die bisher als Mensch unbekannte Piroschka zu verlieben, während er in Wirklichkeit noch Warteschleifen um Bea drehte? Eigentlich ging es dabei eher um eine abstruse Variante der Wahrscheinlichkeitsrechnung als um eine echte Möglichkeit. Aus einem Dreieck war in Egons Vorstellungen und Berechnungen unerwartet ein Viereck geworden. Er fühlte sich überfordert und zögerte, die wohlige Wärme der Kaminstube zu verlassen, um allein mit seinen Gedanken zu sein, um keine Ausrede dafür finden zu können, dass er das Spiel, das er selbst heraufbeschworen hatte, nicht bis zum möglicherweise bitteren Ende gespielt hatte.
Noch ein Gespräch mit dem Wirt. Noch eine Auskunft über ortsansässige Klempner, die angeblich seine abgewohnte Wohnung hätten wieder instand setzen sollen. Es wurde immer peinlicher. Der Wirt konnte zwar keine Gedanken lesen, hatte trotzdem begriffen, dass das, was sich in seinem Lokal abspielte, eher ein Fall für die Psychiatrie als einer für die Kneipe war. Er blieb trotzdem höflich und verbindlich, weigerte sich aber, die Adressen von Handwerkern, die Egon nie anrufen würde, auf einer zerknüllten Visitenkarte aufzuschreiben. So, wie Egon rasende Kopfschmerzen hatte, war auch der Kugelschreiber des Wirtes defekt und konnte auf einer fettigen Unterlage nichts schreiben.
Piroschka und Gerda schauten sich gegenseitig an. Sie hatten

verstanden, dass beide sich den Falschen ausgeguckt hatten, dass beide jedoch auf der Suche waren. Diese Information wurde mit Lichtgeschwindigkeit über das weibliche Antennensystem übermittelt. Es folgte ein fast kumpelhaftes Lächeln, so jedenfalls hätte man jene unscheinbaren Blicke und leisesten Bewegungen der Lippen bei Männern bezeichnet. Zwei Frauen können nicht kumpelhaft zu einander sein, die weibliche Psyche hält immer ein Stilett parat. Sie fingen an, miteinander über Gott und die Welt zu reden, in der Hoffnung, sich mit indirekten, vorsichtig klärenden Gesprächen ein Bild über die Männersituation im Vordertaunus zu verschaffen. Egon wurde bereits mit dem ersten Augenzwinkern stillschweigend abgehakt. Kurz danach stand fest, dass sie nicht miteinander konkurrierten: Gerda suchte den Freund auf Abruf, Piroschka einen Ehemann, der ihr helfen würde, sich in die schwierige westdeutsche Gesellschaft des Vordertaunus zu integrieren. Sie suchte Liebe, Geborgenheit und Familie. Beide stellten am Ende fest, dass Egon sehr wahrscheinlich bei Piroschka besser aufgehoben gewesen wäre. Sie wussten aber nicht, dass hinter Egon die den beiden Damen unbekannte Bea lauerte, die jederzeit für eine böse Überraschung hätte sorgen können. Zum Schluss stimmten beide überein, dass Egon es nicht wert war, dass man sich ernsthaft mit ihm beschäftige. Diese gemeinsame Feststellung der beiden Damen lag Lichtjahre von Egons Erwartungen entfernt, der ohne sein Wissen gleich im Vorfeld und in Abwesenheit zur Unperson erklärt worden war. Egon hätte sich nie vorstellen können, dass das Gesetz des Dschungels sogar in der Kneipe einen fruchtbaren Boden finden würde. Hätte er das gewusst, dann hätte die im nächsten Kapitel beschriebene Fahrt sich erübrigt.

8
Auf der Flucht

Egon ließ eine Taxe rufen und sich gleich nach Hause fahren. Er spürte, dass er wieder versagt hatte, dass ihn die Phantome seiner Wunschwelt wieder eingeholt und verhindert hatten, dass er endlich eine klare Entscheidung traf. Diesmal konnte ihm nichts helfen, aus einer Niederlage einen Sieg zu machen. Der Abschied von den beiden Damen war viel zu hastig und unbeholfen gewesen. Es wäre diesmal entweder um die Fortsetzung einer realitätsfremden Vorstellung gegangen, die nur seinem Idealbild eines geordneten Zustands entsprach, oder um die Verwirklichung eher fleischlicher Instinkte. So dachte Egon. Er tat sich schwer, zwischen jenen zwei ihm gleichwertig erscheinenden Möglichkeiten der Selbsttäuschung zu entscheiden. Eigentlich wäre nur die Erste eine echte Selbsttäuschung gewesen, während die zweite, Piroschkas Füße, eher Ausdruck des skurrilen Unbekannten waren und eine gewisse Aufmerksamkeit verdient hätte. Aber er suchte eine Frau zum Heiraten, nicht nur hübsche Füße zum Verwöhnen. Und wäre die unbekannte Trägerin der hübschen Füße auch eine liebenswerte Person gewesen?
Grübel, grübel und studier. Mit jeder gedanklichen Anstrengung nahm die Klarheit ab. Egon lief ziellos in der Wohnung herum, holte ungelesene Bücher aus den Regalen, um sie nach einem flüchtigen Durchblättern wieder weg zu stellen. Er hörte zu später Stunde eine Werbung im Fernsehen, die ihm suggerierte: „Nichts ist unmöööglich ...!“ Selbst aus der Flimmerkiste wollte sich jemand über ihn lustig machen.
„Wild Turkey“ machte es an jenem Abend tatsächlich möglich. Mit einem Gemisch aus Übermut und sich anbahnender Depression, von der selbst gezüchteten Müdigkeit begleitet, lag Egon tief in seinem Lieblingssessel versunken, starrte regungslos die Decke an, als ob er dort die Lösung seiner Probleme finden würde.
Er fand sie. Sie war einfach. Nachts um zwei fing er an, sei-

nen Koffer zu packen, ohne die Socken und die Unterwäsche zu zählen, die er auf der Reise benötigen würde, weil der Zweck und damit die Dauer der Reise nicht absehbar waren. Bloß weg, in die Ferne, in eine vertraute Umgebung. Diese vertraute Umgebung hieß München. Eine Stadt, in der er niemals gewohnt hatte, wo er aber viele Leute kannte, angefangen von seiner nach München zug'reisten Mutter, die aber momentan im Urlaub war, bis hin zu Werner, den er zwar schätzte, der ihn aber zugleich verunsicherte, weil er immer für eine Überraschung gut war. Jene Überraschungen waren nicht immer von der angenehmen Art. Die Tiefe von Werners Gedankenwelt, sowie sein Unwille, Fremde daran teilnehmen zu lassen, waren für Egon paradoxerweise Abbilder seines Selbst, das gemischte und verschwommene Gefühle der Geborgenheit und der Entfremdung zugleich entstehen ließ.

Gemischte Gefühle waren zu jener Zeit in Egons ganz privater Gedankenwelt angesagt. Schuften und leiden. Gerda und Piroschka. Und die verschleierte Bea im alles beherrschenden Hintergrund. Solo oder in der Attrappe einer fingierten Zweisamkeit verfangen. Wieder Bea und der Faustische Traum von einer ewigen, sich aus sich selbst ergebenden Erneuerung, auf die er vergeblich seit Jahren wartete, in der heimlichen Hoffnung, sie würde sich zwar ankündigen, aber nie wirklich kommen.

Der Mensch ist ein triebhaftes, egoistisches, Wesen. Wie bei den Tieren, so wird auch das Leben der Menschen instinktiv auf Broterwerb, sprich Lebensunterhalt, und Fortpflanzungstrieb, sprich Sex, fokussiert. Der Fortpflanzungstrieb Egons war aber komplexerer Natur, weil seine Vorstellungen vor allem die dauerhafte Verfügbarkeit einer zur Fortpflanzung geeigneten Person einschlossen. Die mögliche Entstehung einer an sich unnatürlichen Bindung, die auf einem Irrtum beruhen konnte, schließlich kann man Füße nicht heiraten, hatte ihn schlechthin überfordert.

Der halb angetrunkene und daher waghalsig gewordene Egon hatte sich entschlossen, diesem Dilemma zu entfliehen

und sich eher der Betrachtung von Kunst und geistreichen Gesprächen zu widmen, in der Zuversicht, eine solche Ablenkung würde ihm auch die nötige Gelassenheit bescheren, eine wohlüberlegte Entscheidung zu treffen, die richtige zwischen den beiden Damen, die ihn eine Stunde davor einvernehmlich abgewählt hatten, auszuwählen. Die echte Schicksalsdame hatte er an dem Abend ausgeblendet. Es wäre auch kein Fehler gewesen, sich endgültig zu entscheiden, ob er Ausschau nach einem anderen Arbeitgeber halten sollte, anstatt bei einer Firma zu verharren, die ihm den einzigen Vorteil bot, sich juristisch nicht so einfach von ihm trennen zu können. Die offizielle Beständigkeit einer Beziehung und die rechtliche Lage eines Arbeitsverhältnisses gehörten zu den wenigen Sicherheiten in Egons Leben, waren die letzten Holzsplitter eines Schiffbrüchigen, der mit aller Gewalt nicht wahrhaben wollte, dass ein morsches Holz keine Sicherheit bieten kann. Dass die Firma, mit der er so unanfechtbar verbunden war, bald nicht mehr existieren würde, das konnte er nicht wissen. Hätte er es zumindest geahnt, dann hätte er längst bei einem anderen Arbeitgeber angeheuert.
Nachdem er also zu später Stunde alle Beteiligten am Telefon geweckt, über seine Absicht informiert und sicher gestellt hatte, dass er sich am nächsten Tag nicht mutterseelenallein auf einer einsamen Wanderung durch die Isarstadt befinden würde, ging er getrost zu Bett und stellte den Wecker auf acht Uhr.
Der Schlaf kam schnell, wie bei einer Vollnarkose: Egon konnte nicht genau feststellen, wann er vom Wach- zum Schlafzustand überwechselte. Er merkte nur, dass er immer häufiger versuchte, bestimmten Gedankengängen nachzugehen, die er zunehmend unfähig war, auf wirklichkeitsbezogene Themen zu beziehen. Gedankenfetzen, die ihn aus der Tiefe aufsuchten, die ihm erleuchtende Denkanstöße gaben, die er sich zwar für kurze Zeit bildhaft vorstellen konnte, die er aber unfähig war, über einen gewissen Punkt hinaus fortzusetzen und dann zu speichern. Denken wollen und nicht denken können. Tatsachen erkennen und nicht erkennen wol-

len. Ein ungeordneter Gedankenfluss beruhigte sich mit der Zeit und mit der einsetzenden Müdigkeit. Die Gedanken verschwanden genau dorthin, wo Egon sie haben wollten, wie kleine Kinder, die zu müde sind, um noch Widerstand zu leisten.
Am nächsten Morgen wachte Egon voller Tatendrang auf, ließ sich wie in alten Zeiten vom Reisefieber packen und begann seine Fahrt mit einem Kavaliersstart. Daimler machte es möglich, die Kollegen würden staunen. Punkt zehn raste er schon zwischen Aschaffenburg und Würzburg der Sonne entgegen.
Egon befand sich, es sei hier noch einmal besonders betont, auf der Flucht. Von unterschwelligen Bedrohungen seitens des Arbeitgebers gehetzt, von den Frauen verunsichert, vom eigenen kränkelnden Selbstbewusstsein angestachelt. Ohne die Ehrlichkeit zuzugeben, dass die ganze Raserei nach München bloß der momentane Ausweg aus der Zuspitzung einer Situation war, die entgleist war, in der er es sich nicht mehr leisten konnte, sie wie bisher als vorübergehend zu betrachten. Urlaub von den Sorgen. Denkpause.
Liebliche Weinlandschaften wechselten mit imposanten Wäldern und kanalisierten Flusstälern, bis die Hopfenplantagen in der Hallertau aus dem sich zaghaft auflösenden Morgendunst herausragten und die bayerische Hauptstadt ankündigten. Ausfahrt München-Freimann. Automatisch wie in früheren Zeiten blickte Egon auf die Uhr: Zwölf Uhr dreißig. Frankfurt bis München drei Stunden. Der dreispurige Ausbau der Autobahn zwischen Nürnberg und München hatte es möglich gemacht. Ein klarer Sieg, um die auf breiter Front aufkommenden Niederlagen auszugleichen. Wie im Rausch fuhr Egon, der siegreiche Pilot, am Englischen Garten vorbei, verfuhr sich wie üblich auf der Suche nach dem Hotel Leopold, das ihm schon längst bekannt sein durfte. Da er nicht damit gerechnet hatte, so früh aufstehen zu können und die Strecke so schnell zurückzulegen, war Egon an jenem Freitagnachmittag in München allein.
In früheren Zeiten, oder deutlicher formuliert, in weiblicher

Begleitung, wäre es kurzweilig und genüsslich gewesen, sich der Antikensammlung oder der Residenz anzunehmen und damit den verbliebenen Kulturhunger zu stillen. Jetzt aber? Mutterseelenallein - genau so, wie er es nicht haben wollte - in einer wolkigen, vom Maggi-Geruch durchtränkten Stadt, unter fremden Menschen, die fröhlich auf den näher rückenden Abend warteten. Worauf wartete Egon? Wer wartete auf Egon? Diese letzte Frage wollte er nicht beantworten, da jeder Versuch, eine vernünftige und ehrliche Antwort zu geben, unweigerlich Sinn und Zweck seiner Reise in Frage gestellt hätte. Stattdessen schlenderte er jetzt gemächlich zwischen Stachus und Weinstraße und ließ sich von den Schlagzeilen in den Zeitungen inspirieren. In seiner Phantasie bildete er sich jetzt ein, ein Politiker auf Staatsbesuch oder ein Wirtschaftskapitän zu sein, der gerade auf dem Weg zu einer Besprechung war, die der Geschichte eine entscheidende Wende geben würde. Kurz vor der Augustinerkirche sah er ein einladendes Restaurant. Er wollte nicht allein in einer simplen Braustube essen, wollte sich was Gutes antun, gepflegt speisen, sich den Abend von einem süffigen Rotwein - ja, sogar in München - versüßen lassen und danach im Taxi zurück zum Hotel fahren.
Das Restaurant hieß Mövenpick. Es erinnerte ihn an eine jugendliche München-Reise, an sein erstes und einziges *blind date*, als er dort ein bis dato unbekanntes Mädchen, über das die wildesten Geschichten kursierten, zum Abendessen eingeladen hatte. Auf der Piazza dei Miracoli zu Pisa sollte sie lange mit einer Studentenclique Handball gespielt und danach, verschwitzt und aufgedreht, den einen oder/und den anderen beglückt haben. So offenherzig wie ihre Bluse, so verschmolz sie jugendliche Frische und Sportschweiß miteinander. Hatte man ihm beim Überreichen eines Zettels mit einer Telefonnummer berichtet. Beim Treffen mit der angeblich messerscharfen Unbekannten hatte er eine bittere Enttäuschung erlebt: Sie war nicht sie. Luise, die schöne, feurige und vor allem freizügige Unbekannte, hatte Egons Telefonnummer an eine ihrer Freundinnen gegeben, die völ-

lig anders aussah, als die Beschreibung Luises es erwarten ließ. Nett, aber unattraktiv. Das brave Mädchen von nebenan ohne prickelnde Vorgeschichte. Teures Essen für eine mittelmäßige Unterhaltung. Vor allem mit der Falschen. Einsame, schlafarme Nacht.
Den bitteren Geschmack jener Erinnerung wollte sich Egon nicht zumuten, so dass er wie gewohnt zum „Franziskaner“ ging, wo er den üblichen „Münchner Teller“ mit dunklem Bier bestellte, in der Hoffnung, sich davon einlullen und beruhigen zu lassen. Es schmeckte wie Urlaub in Bayern, es war nur niemand da, dem er es hätte sagen können.
Dort aber konnte er sich der Erinnerung an ein Mittagsessen nicht entziehen, das er vor vielen Jahren dort mit seiner nunmehr geschiedenen Frau eingenommen hatte. Die Begeisterung der ersten Reise zu zweit mit Übernachtung, die romantische Flucht des Räubers mit seiner Prinzessin. Der gestiefelte Kosak mit seiner Lederbraut auf dem Weg nach Samarkand. Schon damals Stiefel und Leder? War Egon auf der falschen Vorstellung? Neblig trüb.
Die anfangs leere Bühne des Restaurants belebte sich allmählich mit Gestalten, die er für Gespenster aus der Vergangenheit hielt, die überall herum saßen, die ihn mit Verachtung und hämischem Spott anstarrten. Weiber, alles Weiber. Bleich im Gesicht, mit glitzernden Augen, spitzem Kinn und aufdringlich geschminkten Augen und Lippen. Kussmund. Mörderischer Blick. Erwartung. Stille Verheißungen. Unbeteiligt. Heuchlerisch freundlich. Käsige Wangen. Mitreißen de Miene, Beckmanns „Loge“. Egon fühlte sich wie von jenen unheimlichen Fratzen eingekreist, merkte ihre immer tiefer werdende Blicke, die ihn erbarmungslos durchleuchteten und bloß stellten und spürte deutlich einen altbekannten Sog, der drohte, ihn in eine unbekannte Dimension zu versetzen, den geheimnisvollen Lemmingen durch ihre Hinterhöfe folgend. Weit, Lichtjahre von München entfernt, weit hinter Königstein, weit hinter dem Mond. Egons Blick suchte die Bayreuther Gänge, seine Bayreuther Braut, die jetzt, als Kellnerin angezogen, ein Bier nach dem anderen brachte

und ihm die kalte Schulter zeigte. Die ersehnte Ruhe hatte sich in eine Zitterpartie verwandelt. Überall erschienen blitzartig Erinnerungen, Personen, Landschaften, die man nicht festhalten, anfassen, bereisen konnte. Einbahnstraßen, vorbeifahrende Fernzüge, die nicht an seinem Bahnhof hielten und ihm nicht einmal die Möglichkeit zum erlösenden Urschrei boten, weil niemand den Schrei hören würde. Tief verunsichert, sich im Traum wähnend und wohl wissend, hinter einem Kneipentisch zu sitzen, um eine ungeliebte Vergangenheit zu verdrängen ohne sie richtig aufarbeiten zu wollen, ohne wahrnehmen zu wollen, dass erst die Bewältigung der Gegenwart die sinnvolle Beschäftigung mit der Zukunft ermöglichen würde. Der Kreis wurde immer enger, die Gefahr rückte immer näher und besaß keine Konturen, die sie identifizierbar und damit wenigstens im Ansatz besiegbar gemacht hätten. Aus eigener Kraft konnte er die immer schneller werdende Achterbahn nicht verlassen. Er war auf fremde Hilfe angewiesen. Je bestimmter Egon versuchte, um Hilfe zu rufen, umso mehr blieb ihm die Stimme im Hals stecken. Sein Zwerchfell verkrampfte sich, im erfolglosen Versuch, den Krankenwagen, die Polizei, die Feuerwehr zu rufen. Er blieb auf der Straße liegen und merkte, dass ihn die Menge gleich zertrampeln würde. Selbst die Gendarmen fanden ihn nicht, um ihn an den Ort seines Prozesses zu führen.
Mit Bauchschmerzen wachte Egon in den frühen Morgenstunden in seinem Hotelbett auf. Am Zwerchfell spürte er einen dicken Knoten. Das Herz raste und die üblichen Schweißperlen träufelten über sein Gesicht. Das Blut pochte in den Schläfen, als ob es sich einen breiteren Weg durch die schmerzende Hirnmasse bohren wollte.
Nie wieder Alkohol? Hatte er wieder zu viel getrunken?
Schwer zu sagen. Die Symptome des Katers waren diesmal anders, als ob sich versteifte Muskeln wieder in Bewegung setzen wollten, obwohl sie die Starre nicht überwinden konnten. Der Wille war stark, der Körper dagegen schwach. Wie Mosaiksteine kamen die Bruchstücke der Erinnerung zusammen. Egon hätte nicht sofort sagen können, wo er den

Abend verbracht hatte, geschweige denn, wie er wieder ins Hotel gekommen war. Die Zeit im Wirtshaus fing allmählich an, schärfere Konturen anzunehmen, während die Fahrt ins Hotel immer noch einem schwarzen Loch glich. Da er trotz der momentanen Geistesabwesenheit noch wusste, wie leicht man in Wirtshäusern abgezockt wurde, stand er mühevoll auf und fing an, die Rechnung des „Franziskaners" zu suchen. Alle Taschen wurden durchsucht, der Fußboden genau inspiziert, so genau, wie es die stechenden Kopfschmerzen erlaubten. Auf allen Vieren kroch Egon durch das Zimmer, machte die Zimmertür auf, sollte ihm die Rechnung aus der Tasche gefallen und auf den Flur gelandet sein.

Vergeblich. Der „Franziskaner" hatte keine Rechnung ausgestellt, so wie man auch keine Fahrscheine der Bayreuther U-Bahn hatte finden können. Wackelnd und torkelnd erreichte Egon wieder sein Bett und traute sich nicht, die Augen zu schließen, aus Angst, die geheimnisvollen Gestalten würden ihn im Schlaf wieder aufsuchen. Ihn hatte die Erfahrung gelehrt, dass die unliebsamen Wesen der Nacht bevorzugt dann wieder auftauchten, wenn man sich schon in Sicherheit wähnte. Egon ließ die Nachttischlampe brennen, bis ihn der Schlaf erneut überfiel. Die während des vorausgegangenen Abends vergeudete Kraft zwang ihn, erst um zehn aufzustehen, nachdem er zwei Stunden lang mit jämmerlichen Mittelchen versucht hatte, sich selbst von der Notwendigkeit zu überzeugen, doch noch eine Weile im Bett zu bleiben. Die kreideweißen Mütter waren verschwunden. Das heulende Elend war geblieben. Jeder Lichtstrahl brachte Kopfschmerzen. Jede Bewegung erzeugte heftige Rückenschmerzen, welche die ganze Wirbelsäule wie einen Besenstiel versteiften und ihm das Verbleiben im Bett zur Qual machten. Abermals musste sich Egon entscheiden: Rückenschmerzen im Bett oder Kopfschmerzen unter der Dusche? Da ihm das Aushalten der Rückenschmerzen keine Entscheidung abverlangte, während das Aufstehen, der Weg zur Dusche, einen erheblichen Kraftakt erfordert hätte, versuchte Egon, sich noch zehn Minuten Schlaf zu genehmigen. Von Schlaf konn-

te keine Rede sein, jedoch Anlass genug, um sich zu freuen, den bitteren Kelch noch einmal von sich abgewendet zu haben. Egon freute sich diebisch darüber, während sein Selbstbewusstsein erneut anfing, Schaden zu nehmen. Aber während das Selbstbewusstsein vermeintlich in den Winterschlaf geht, holt es zum großen Schlag aus und wir wissen nicht, wann dieser uns treffen wird.
Um elf Uhr hatte er sich mit Werner in der Asam-Kirche verabredet. Ein seltsamer Ort, um einen Bekannten zu treffen. Wenn man aber bedachte, dass Werner Grafiker und Maler war, erschien eine solche Wahl eher verständlich. Als Egon sich dort einfand, saß Werner schon auf einer Bank und betrachtete mit aufmerksamen Blicken die ihm schon bis ins letzte Detail bekannte barocke Ausstattung der Kirche. Egon, der Werners Vertieftsein kannte, vermutete, dass er wieder dabei war, das Gefühl irdischer Schönheit mit himmlischen Vorstellungen, an die er wahrscheinlich gar nicht glaubte, zu verbinden, um die Sublimierung des Überflüssigen im Licht des Essentiellen zu deuten und damit zur ersehnten Inspiration für ein Element seines nächsten Bildes zu kommen.
In Werners Bilder stellte oft eine barocke Fassade das Eintauchen in die Ewigkeit dar. Das Überflüssige entstand als Urbild des Ewigen, als Steigerung des inneren Dranges nach Abstand von allen materiellen Notwendigkeiten. Die barocke, die Rokoko-Kunst als Triumph des Überflüssigen, als Sinnbild des Dranges der Menschen nach Höherem. Wie Tiepolos Wolken in der Würzburger Residenz, wie Piazzettas Darstellung der Himmelsempore in der Venezianischen Kirche San Pietro e Paolo. Die Wolken, die das anscheinend Unerreichbare darstellten, waren in der Venezianischen Malerei oft mit erotischen Szenen der milderen Art verbunden: Jupiter und Leda. Goldregen und Schwan. Die Kreatur der vollkommenen Schönheit dem schnöden, göttlichen Mammon geopfert.
Es liegt im Wesen der Kunst, dass man Irdisches als Symbol für Überirdisches benutzt, da es für letzteres keine bildhafte Vorstellung geben kann. Die Urbilder aus unserem archety-

pischen Gewissen, die im Reich der Mütter angesiedelt sind, reflektieren sich in den reellen Bildern, die wir schon als Kinder betrachten und in unserem Gedächtnis speichern konnten, die den Erwachsenen anders als den Jugendlichen beeindrucken, weil man im reiferen Alter die Brücke zwischen Symbol und Wirklichkeit selbst bauen kann. Die Verschwendung erscheint dann nicht mehr als Verschwendung, sondern eher als eine Möglichkeit, uns vom Irdischen abzuheben und winzige Mosaiksteine des Ewigen, des Kosmischens zu erahnen. Die Natur selbst ist Verschwendung, Teile der Verschwendung tragen dazu bei, sich ein Bild der Natur zu verschaffen, aus dem Teil das Ganze.

Die barocke Kunst ist paradoxerweise eher mit der expressionistischen verwandt als zum Beispiel mit der romanischen oder der abstrakten. Übrigens befindet sich die schmuckarme romanische Architektur bereits in der Nähe des Abstrakten. Eine leere Fläche, eine Wand aus Steinen oder aus Leinen muss man eben selbst von Null an interpretieren, ein barockes und ein expressionistisches Bild liefern dagegen allerlei Ansätze zur Interpretation. Irgendwann hören die Symbole als solche auf, Ersatz für schwer verständliche Begriffe zu sein. Somit werden sie eher zu Hindernissen, die es dem Menschen erschweren, von den Symbolen als Einzelelementen abzusehen, deren Deutung außer Acht zu lassen und die sich daraus ergebenden Zusammenhänge unmittelbar zu erfassen. Wenn das Ganze, das Transzendente, anfängt, sich blitzartig, als Gedankenfetzen, als vergängliche Intuition bemerkbar zu machen, dann haben die Symbole ausgedient und der dornige Weg fängt an, der dem Fleiß nicht mehr zugänglich ist, da er dem steuerbaren Einflussbereich der Hirnfunktion nicht mehr unterliegt. Wenn sich die Transzendenz spontan meldet, dann stellen manche Menschen das bisher geführte Leben in Frage, zuerst unbewusst, dann mit einem wachsenden Unbehagen, im Zwiespalt zwischen dem den Bedürfnissen des Es dienenden Ich und dem nach Einblick in eine andere Dimension verlangenden Über-Ich. Letztendlich, weil wir uns auf dieser Welt unter dem Einfluss von

Zwängen befinden, wird ständig an der Aufrechterhaltung eines Equilibriums gearbeitet.
Und welches ist dabei die Rolle der Erotik? Egon, dem die Konturen eines solchen Equilibriums noch alles Andere als klar waren, musste wieder zu der gefühlsmäßigen Definition zurückkehren, die aufzeigt, wie die vollkommene Erotik nur ein Weg zur Erfüllung der ewigen Naturgesetze ist, indem sie die Polaritäten der Sonne und des Mondes, des Mannes und der Frau, vereinigt und damit überwindet, so dass sich eine Auflösung im kosmischen Bereich ergibt, der auf der stofflichen Ebene dem Drang nach dem Erhalt der Spezies entspricht. „Schönheit" ist ein Aspekt jener ideellen Welt, welche die irdische Schöpfung in die Bahnen leitete, die wir heute als anerkannte Kanone (im Sinne von Reich-Ranickis „Der Kanon der deutschen Literatur") der Weltordnung betrachten.
„Schönheit" ist kein ursprünglicher Begriff, ist vielmehr Ausdruck der Konstante in der sich ständig wandelnden Summe archetypischer Erfahrungen, welche die Menschheit im Laufe ihrer Geschichte erlebte und unbewusst für geeignet hielt, in die Symbolik einzugehen. Die Normierung der Schönheit ergibt meistens mathematische Begriffe wie den Goldenen Schnitt, die lediglich die Einfügung unseres Vorstellungsvermögens in ein Regelwerk beweisen, das sowohl unsere Lebensbedingungen als auch die Naturgesetze, auf dieser Erde und an jeder beliebigen Stelle im Universum, beinhaltet und beherrscht. Die Willkür unterwirft sich dem Prinzip der kosmischen Ordnung und damit der Erhebung des anscheinend Überflüssigen in die Rangordnung eines Strebens zur Wiederherstellung der „entgötterten Natur", zur Befreiung von den materiellen Zwängen, die uns das subjektiv Rationelle als ordnendes Prinzip der technokratischen Gesellschaft erscheinen lassen. Und wenn wir der Versuchung nicht widerstehen können, aus den uns zugänglichen Teilen das innere Wesen einer Person zu deuten, die uns eher instinktiv als vernunftgemäß anzieht? Musste sich Egon schämen, wenn er versuchte, Piroschkas Intimwesen aus

dem Studium ihrer Füße abzuleiten? Waren es animalische Instinkte oder zielgerichtete göttliche Vorstellungen, die ihn zu einer solchen Vorliebe verführten? War es Studium oder gefühlsmäßige Betrachtung?

Waren Piroschkas Füße Kunst? Wenn ja, können dann Füße, von ihrer biologischen Funktion losgelöst, überhaupt als Symbole der Menschheit gelten? Oder sind sie nur Beispiele für das Entbehrliche, für das Verschwenderische?

Werner, der sich das ganze Geschwafel schweigend angehört hatte, war nie um eine Antwort verlegen und hatte gleich Piroschkas Füße als Zuflucht eines verunsicherten und von - für ihn - unverständlichen Kräften in die Enge der Existenzangst getriebenen Menschen identifiziert. Er wusste auch, dass Egon noch nicht imstande war, eine für ihn vernichtende Wahrheit zu akzeptieren.

Werners Antwort war langatmig und barock: „Die Entdeckung kosmischer Gesetze, die für die Menschen die einzige Möglichkeit einer Wiederherstellung der verloren gegangenen Verbindung zwischen ihnen und der Natur, dem Göttlichen Wesen darstellte, könnte sowohl von oben, also von Tiepolos Wolken, als auch von unten, also von Piroschkas Füßen, ausgehen. Wichtig ist, dass alle Bestrebungen einen geistig erhöhenden, also moralischen Zweck verfolgen. Die Wege in die bewusste Verarbeitung der Naturgesetze sind unerforschlich und können daher von niemandem vorgezeichnet werden."

Egon war vor allem vom letzten Satz beeindruckt und fing an, diese neuen, gerade aus dem Stegreif erfundenen Mosaiksteine an die bereits vorhandenen anzupassen.

Als Egon von Werner in dessen Schwabinger Wohnung eingeladen wurde, sah er im Flur ihm bisher unbekannte Bilder. Den Totentanz, Daphne, König David und die vielen anderen. Werner setzte sich hin und fing an, Egons Meinung über das „Apokalyptisches Weib" zu erfragen. Egons Antwort war für Werner ziemlich uninteressant. Wenn man nett sein will, fragt man halt. Der andere sollte sich auch wichtig fühlen. Vor allem waren die Bilder eine gute Ablenkung von dem nun offensichtlichen Zusammenhang zwischen dem Mobbing in der Firma und der krankhaften Anbetung von Piroschkas Füßen. Eine solche Anbetung grenzte schon an den Wunsch zur Unterwerfung, zur Selbstauflösung. Werner traute sich nicht zu, Egon schon am ersten Tag zur Einsicht zu bewegen.

Das „Apokalyptische Weib“ thronte auf dem Sofa und verlangte nach einer Erklärung. Es ging um jene befürchtete Verschmelzung zwischen symbolhafter Erotik und ebenso symbolhafter Einfügung in die Weltgesetze. Es war noch bei der reinen Deutung der Einzelsymbole geblieben und es ging eindeutig um ein Weib. Das Weibliche daran war in der erneuten Schwangerschaft der Frau erkennbar, die mit ihren Füßen den Kopf einer teuflischen Gestalt erdrückte. Nur ein Weib ist von Natur aus fähig, die Frucht in sich selbst zu behalten, bis sie zum Leben erweckt werden kann, die potentielle Energie in sich zu bewahren und sie zur rechten Zeit in kinetische umzuwandeln. Die Schlacht mit dem Tier entschied über die Bestimmung der Leibesfrucht. Eine ähnliche Symbolik kennt man auch aus *Rosemarys Baby*, wo das Teuflische in Gestalt eines Kindes, eines himmlischen Geschöpfs, als Werkzeug in die Welt gesetzt wurde, um die Erde seinem Geiste zuzuführen. Die Symbolik war hier also seitenverkehrt und drückte damit die Doppelrolle der Liebe aus. Die fleischliche, die eher den Namen „Begierde“ verdient, und die spirituelle, die Ausdruck eines Bestrebens ist, das Göttliche zu erahnen. Die spirituelle Liebe beinhaltet zwar auch sinnliche Momente, ist aber stets fähig, ihre ureigene Kraft selbstlos in den Bauplan der Natur einzufügen.

Werners „Apokalyptisches Weib“ stand in den ersten Fassungen dieser Grafik vor den bedrohlichen Konturen eines menschenähnlichen schwarzen Schattens. Werner meinte dazu: „Ja, mei! Dös sann die Ding, die wir uns nid vergegenwärtigen wollen, der Schatten, das Teufelchen, das Etwas, das überall auf uns lauert, der Tod, wir wollen doch den Tod nicht, der unser Leben ständig bedroht ... Wollen wir das Leben haben? Wollen wir ihm absagen? Kinder, denkt euch bei meinen Bildern das, was ihr denken wollt, aber der finstere Kamerad steht hinter euch, ihr könnt ihn nicht vertreiben, kommt in der Nacht wieder, kommt nach zwei Flaschen Rotwein wieder, klopft mitten in der Nacht an eurer Tür! Was denn? Aufmachen und endlich erfahren, wer sich dahinter verbirgt? Die Augen vor dem Unbekannten verschließen, den Kopf in den Sand stecken?“

Ja, da kam Egon langsam mit, Werner sprach ihn schon ziemlich direkt an.

Egon hatte in seiner jüngsten Vergangenheit vor allem fleischliche Genüsse kennen gelernt, die er mit Gewalt versucht hatte, vor allem nachts, in halbwegs spirituelle Bahnen zu lenken. Rein jenseitig waren diese Bahnen auch nicht, da Sinn und Zweck seiner Bestrebungen war, seine Einsamkeit auf dieser Erde auf Dauer zu beenden und eine scheinbar gesicherte wirtschaftliche Existenz nicht zu gefährden. Als Nebengeräusch hatte sich auch die Zwangsneurose der Fußerotik als Reaktion auf das Mobbing am Arbeitsplatz ausgebildet, hatte aber kaum Eingang in Egons Prioritätenliste gefunden, war in Grunde genommen mit dem Zigarrenrauchen vergleichbar, nur heimtückischer, da sie nicht ausgelebt, sondern unterdrückt wurde. Nun hatte Egon auf der gesamten Front zwischen der Ist- und der Soll- Beziehung versagt, weil er ständig Frauen kennen gelernt hatte, die sich eher wie die Hure Babylon als wie Werners apokalyptisches Weib verhalten hatten, oder solche, die sich nicht Egons Wünschen in den von ihm vorgegebenen Kategorien fügten. Es gab kaum einen objektiven Grund, jenen Frauen etwas vorzuwerfen, solange nicht Geldgier die Triebfeder ihres Handelns gewesen war: Egon hatte seine Erwartungen selten so klar artikuliert, dass sich die Frauen ein genaues Bild seiner Einstellung zur Partnerschaft hätten machen können. Oder Egon war zu feige gewesen, sich eine mögliche Absage gleich einzuhandeln und hatte daher selbst Dinge übersehen, die in offensichtlichem Widerspruch zu seinen Vorstellungen standen. Bewusst war er den Weg des geringsten Widerstandes gegangen und saftige Abstriche von seinen Wunschvorstellungen gemacht. Ständig bemüht, die Tauben auf den Dächern zu belassen und die Hände voll mit Spatzen zu bekommen, denen Egons Hände zu eng waren. Die sich dort gefangen fühlten und nur darauf warteten, wegzufliegen. Die sogenannte „Anlaufzeit“ hatte er stets abgelehnt, um damit keine kostbare Zeit zu vergeuden. Auf die Gefahr hin, wie er später schmerzlich erfahren musste, der nutzlos vertanen Zeit auch ein ramponiertes Selbstbewusstsein hinzufügen zu müssen.

Nachdem Egon solche Gedanken Werner gegenüber in verhüllter Form geäußert hatte, wurde die Stimmung frostiger. Werner hatte beim Malen dieses Bildes niemals so tiefenpsychologisch gedacht. Oder wollte er sich einfach nicht vor jedem Betrachter offenbaren. Es liegt in der Natur des Künstlers, sich seiner Inspiration hinzugeben, ohne die Hintergründe seiner Werke penibel zu hinterfragen und mit Worten zu definieren. Die Betrachter, die Kritiker, die Journalisten werden sich tausend Geschichten ausdenken, um ausgerechnet jene Ausdrucksform so zu deuten, wie sie diese selbst ausdrücken können, um sich selbst damit als große Kenner darzustellen. Der Künstler redet so, wie ihm der Schnabel gewachsen ist, ohne vordergründig an die archetypische Bedeutung seiner Bilder zu denken. Wenn dagegen die Malerei benutzt wird, um eigene oder fremde Auffassungen zu veranschaulichen, dann ist sie keine Kunst mehr, aus dem Bild wird eine Illustration. Auf der Biennale von Venedig wimmelt es von Illustrationen - oder hat der Zeitgeist diese zur einzig wahren Kunst gekürt?

Eine tiefenpsychologische Recherche ist der Kunst abträglich, so wie der Versuch, die Kunst als Mittel zur Veranschaulichung philosophischer Inhalte zu benutzen ohne es offen einzugestehen.

Tonio Kröger wusste, dass man niemals an die Kunst herankommen konnte, hätte man nicht dafür das ganze bürgerliche Leben geopfert. In der Regel bezahlt der Künstler seine Eigenschaft als solcher mit der Entfremdung aus einer Gesellschaft, die nicht bereit ist, Anregungen aufzunehmen, die mit

ihren eigenen angestammten Vorstellungen nicht übereinstimmen. Jeder, der sich als Künstler bezeichnen will, sollte sich genau überlegen, worauf er sich einlässt. Wer die eigene Begabung zugunsten der sozialen Akzeptanz unterdrückt, der wird doppelt dafür bestraft: Er hinterlässt die Botschaft nicht, die ihm anvertraut wurde und ist nicht frei, sich dem profanen Leben voll hinzugeben. Kunst verzeiht nicht. Die Welt merkt oft nicht, dass jemand aus seinem Leben eine Pantomime macht und ist gerne bereit, ihm Ehren zukommen zu lassen, wenn die Medien die Geschichte geschickt einfädeln. Wenn wir an eine göttlich eingehauchte, unsterbliche Seele glauben, dann müssen wir uns vergegenwärtigen, dass ein echter Künstler, wovon es wenige gibt, auf diese Welt gesetzt wurde, um Künstler zu sein, nicht um der Gesellschaft das zu erzählen, was sie hören will. Dass ein solches Schicksal unangenehm sein kann, haben viele Künstler bewiesen. Die Hauspoeten der Mächtigen leben bequemer.
Obwohl ihm dieser Gedankengang gewiss nicht fremd war, musste Egon selbst erst mal nachdenken, um herauszufinden, ob er selbst als Künstler oder als normaler Mensch leben wollte. Die Gretchenfrage war: „Egon, was hast du bisher als Künstler hervorgebracht? Wenn es wenig ist, bist du Willens und geistig in der Lage, mehr zu tun? Wo kann man Diplom-Künstler werden?"
Egon verschanzte sich schon wieder hinter der Vergangenheit, um seine diesmal berechtigte Trägheit nicht zuzugeben. Er suchte nach allen möglichen Begründungen, die ihm das Leben geliefert haben könnte, um sich als Opfer darzustellen. Der Weg zur Opferwerdung war die Zielgerade, die ihn jedes Mal unter die Räder der Menschen führte, von denen er sich einst Hilfe versprochen hatte. Man kann nie eine präzise formulierte Frage nicht genau so präzise beantworten. Der Gesprächspartner merkt es und, wenn er das Thema nicht aus Desinteresse fallen lässt, bemüht er sich, dennoch die wahre Einstellung seines Gegenübers herauszufinden. Die Stunde des Geständnisses kam immer näher. Die Ausreden wurden immer dünner, konstruierter, unglaubwürdiger.

Egon fühlte sich gezwungen einzugestehen, dass er sich bloß in München befand, um sich vor banalen Entscheidungen zu drücken, in der Hoffnung, dass die Zeit der Abwesenheit von zuhause ihm jene Entscheidungen erleichtern würde. Er konnte nicht offen zugeben, einfach auf der Flucht vor sich selbst zu sein.
„Also“, sagte Werner, dem Egons künstlerische Ambitionen bisher verborgen geblieben waren, „bist du, Egon, nicht bereit, die Tatsache zu akzeptieren, dass die Kunst nach einem 'Alles oder Nichts'-Gesetz funktioniert, das den Teil des Lebens vernichtet, den man ausschließt, indem man sich dem anderen hinwendet?“
Egon fragte sich:Hätte er auf ein normales, bürgerliches, Leben verzichtet, welche Chancen hätte er als Künstler gehabt? Er wäre schon gerne bereit gewesen, ein unbefriedigendes Leben gegen ein besseres einzutauschen - in seiner Verzweiflung hatte er schon erwogen, Mönch zu werden -, bewusst die Unwägbarkeiten des Künstlerlebens in Kauf zu nehmen. Der Geschäftsmann Egon fragte sich: „Wenn ich auf meine jetzigen 130.000 D-Mark im Jahr verzichte, wer kann mir garantieren, dass ich mindestens soviel als 'Künstler' verdienen werde?“
Die Frage war berechtigt, weil sie von derselben Person kam, die gerne den Tod auf Widerruf erprobt hätte. Das Problem war, dass Egon bereits im Begriff war, sehr unfreiwillig auf die 130.000 D-Mark im Jahr zu verzichten. Es war außerdem noch sehr unklar, um welche Art der Kunst es hier ging, da die Diskussion sich bisher nur im Bereich des Philosophischen bewegt hatte und munter die unterschiedlichsten Lebensbereiche durchstreifte, von den Verdienstmöglichkeiten bis hin zur Familienplanung. Diese befand sich an einer Schlüsselstelle des gesamten Lebensentwurfs, weil es mit der Zeit jedem dämmerte, dass Egon als Single sich nur leer laufen würde und nie in der Lage gewesen wäre, seine gesamte Kraft auf ein berufliches, oder auch künstlerisches Ziel auszurichten. Anderseits konnte Egon es sich nicht leisten, arbeitslos zu werden, weil er sonst kaum Aussichten

haben würde, eine passende Lebenspartnerin zu finden und damit den Teufelskreis, in den er geraten war, zu unterbrechen. Das Scheitern seiner ersten Ehe hatte ihn in eine ihm völlig fremde Welt geschleudert, auf ein Karussell, aus dem er aus eigener Kraft nicht aussteigen konnte. Und wenn er tatsächlich auf der Arbeit irgendwelche Fehler begangen und niemand dort das Standing gehabt hätte, ihn darauf hinzuweisen? Egon verdrängte diese Möglichkeit, vor allem weil es sich keines Fehlers bewusst war und niemand sich traute, ihm eine ehrliche Überprüfung der Qualität seiner Arbeit nahezulegen.

Als in München diese unerwartete Wende zur Kunst zum Vorschein kam, die Egon selbst überrascht hatte, stellte er sich eine zweite Frage: „Bisher habe ich keine nennenswerte Kunst produziert. Macht es Sinn, dass ich auf meine verbrieften Rechte, sprich auf den Kündigungsschutz, verzichte, wenn ich auf keine TÜV-geprüfte Begabung zurückblicken kann?“ Mit anderen Worten: „Woher soll ich wissen, dass ich ein Künstler bin? Wer versichert mich, dass man mich als Künstler bezahlen wird?“

Werner hatte vor Jahren solche Gedanken als „Ausdruck einer Krämerseele“ bezeichnet. Egon behielt daher die zweite Frage für sich, bedankte sich für die geistreichen Gespräche und ging ins Hotel zurück.

Der nördliche Abschnitt der Leopoldstraße war abends nur im Sommer halbwegs interessant. Im feuchten März war eine Spur von Künstlerleben lediglich in ein paar Kellerlokalen und Galerien zu finden, die sowieso ihr Stammpublikum hatten. Es war es nicht wert, als Fremder dorthin zu gehen. Bestenfalls hätten sich müde, aus der unverbindlichen Verlegenheit geborene Gespräche ergeben, die ziemlich das letzte waren, was Egon an jenem Abend gebrauchen konnte. Nachdem er diese ernüchternde Tatsache festgestellt hatte, eilte er ins Hotel, um sich in Morpheus Arme zu begeben. Egon wollte früh ins Bett und im Bett sollte gefälligst nur geschlafen werden.

Im Bett aber wälzte sich Egon stundenlang. Da nur drei Fla-

schen Bier in der Minibar standen, nahm er lediglich die drei Flaschen zu sich. Er verzichtete auf Spirituosen, weil er weder vorhatte, am nächsten Morgen verkatert aufzuwachen, noch auf den letzten Versuch verzichten wollte, mittels einer einigermaßen nüchternen Meditation die Antwort auf seine Fragen zu finden. Da sich bis Mitternacht keine Spur von Schläfrigkeit bemerkbar gemacht hatte, fing Egon fahrplanmäßig mit der Meditation an. Als Objekt wählte er zuerst das „Apokalyptische Weib“. Es war verdammt schwer, Begriffe aus der Heiligen Schrift nicht mit sehr profanen, plump erotischen Ausdrücken zu vermischen. Anstelle der Hoffnung auf die Unterdrückung des Bösen erblickte Egon in seiner Fantasie die alles verschlingenden Intimteile einer Frau. Der von dem „Apokalyptischen Weib“ zerdrückte Schädel eines Teufels wurde zum Abbild Egons selbst. *Memento mori*. Was war denn passiert? War Egon nicht mehr fähig, irdische mit himmlischer Liebe nicht zu verwechseln? War ihm die Urteilskraft zwischen irdischem Irrweg und himmlischer Bestimmung abgenommen worden? Hatten ihn die Ereignisse zum bloß triebhaften Wesen degradiert, obwohl er sein eigenes Es selbst bestrafte, indem er es mit einem bösen Wesen identifizierte?
Egon dämmerte allmählich, dass sein Über-Ich die fortdauernde Selbsttäuschung, das In-den-Sand-Stecken des Kopfes monieren wollte. Es gab nur einen Ausweg: Die Säulen stürzen, die bis dahin seine Selbsttäuschung getragen hatten, die Realität der Welt mit ihren guten und schlechten Seiten bewusst wahrzunehmen und zu akzeptieren. Das dafür benötigte Symbol war Sabines Sonnenbrille, ein Urbild aus seiner Kindheit, das sein Unvermögen ausdrückte, die Realität und nicht die Wunschvorstellung zu suchen. Jene Brille war der Beginn von Egons Neigung zur Verschleierung der Probleme und zur genussvollen Verdrängung von Entscheidungen gewesen, die Triebfeder, die ihn damals freudevoll überzeugt hatte, das Objekt seiner kindlichen Träume sei unerreichbar, und damit die Reihe der trügerischen Siege durch Feststellung der Unmöglichkeit eines echten Sieges eröffnet hatte.

Die Sonnenbrille stand für den inneren Schweinehund. Egon hatte nie wirklich wissen wollen, wer sich hinter jener Brille verbarg. Als er mit siebzehn Sabine nochmals getroffen hatte, ohne Sonnenbrille, weil es Winter war, hatte er sich innerlich immer noch die abschirmende Brille vorgestellt, um nicht für eine vielleicht reelle Chance zu kämpfen. Um seine grundsätzliche Unlust zum Wagnis weiterhin zu nähren. Er hatte die ihm ziemlich deutlich angebotene Möglichkeit, zumindest eine Freundschaft aufzubauen, verschmäht. Sabine saß ihm gegenüber in einem breiten Ohrensessel. Obwohl auch andere Gäste zugegen waren, unterhielt sie sich nur mit ihm. Sie fragte ihn, ob er gerne in die Oper ging, stand auf und holte ihren neuen, grünen, langen Abendrock. Egon ging zwar schon gerne in die Oper, wollte aber die nächste Frage vermeiden, die wahrscheinlich gekommen wäre: „Und mit wem?". Sabine hatte sich den Rock überzogen und starrte Egon fragend an, hämisch fragend. Und Egon sagte, dass er die Oper langweilig fand. Nett und zuvorkommend war die Sabine, eine ganz normale junge, verdammt hübsche Dame. Aber weit von der Göttin entfernt, die Egon sich hinter der Sonnenbrille aufgebaut hatte. Eine reelle Chance bot sich an, eine normale Freundschaft mit einem normalen Menschen anzufangen. Sabine war offensichtlich nicht abgeneigt, sie hatte schon damals den kleinen Egon als Mensch gemocht, hatte für seine Schwärmereien Verständnis gehabt, würde jetzt kein Benzin ins Feuer werfen. Egon aber hatte Angst. Er dachte immer noch an die früher angehimmelte Göttin der Liebe und wollte sich nicht einer leidvollen Situation aussetzen. Er wusste eben trotz seines jugendlichen Alters, dass die zweiundzwanzigjährige Sabine sich in einen Mann entsprechenden Alters verlieben würde. Da er noch nicht in der Lage war, zu akzeptieren, dass eine normale Freundschaft zwischen Mann und Frau auch im Café oder im Theater angenehm und geistig belebend sein kann, fürchtete er sich vor der Eifersucht, die so sicher kommen würde wie das Amen in der Kirche. Das Eintreten der Eifersucht wäre der unstrittige Beweis für sei-

ne Niederlage gewesen. Sabine hatte es irgendwie geahnt. Egon vergaß, dass es Sabines Geburtstag war. Es war das Datum, das er sich jahrelang still, als sein ganz privates Geheimnis, gemerkt hatte, um bei passender Gelegenheit damit aufzutrumpfen. Das Gefühl, im Besitz einer solchen Wunderwaffe zu sein, die Vorstellung, die sich allabendlich in seinem Kopf abspielte, die er jahrelang bis ins letzte Detail studiert, bis in die unwahrscheinlichste Variation ausprobiert hatte, hatte durch seine ganze Jugend hindurch seinen Stolz gekitzelt. Solange Sabine eine Göttin war, die man sowieso nur im Sommer sah, konnte mit an Sicherheit grenzender Wahrscheinlichkeit die passende Gelegenheit nicht vorkommen. Als dagegen der Winterregen zu tröpfeln begann, die Tage immer kürzer wurden, Sabine sich als Mensch aus Fleisch und Blut materialisierte und sogar in seine Stadt zog, war die gefürchtete Gelegenheit zum Greifen nah, schneller als es Egon sich je hätte vorstellen können. Als die Gastgeberin, Sabines Tante, den Anlass für die Feier bekannt gab, ärgerte sich Egon über sich selbst und freute sich zugleich, weil ihm eine mögliche Blamage erspart geblieben war. Nämlich öffentlich begründen zu müssen, warum er sich ausgerechnet jenen Geburtstag unter vielen gemerkt hatte.
Er konnte nicht ahnen, dass er viele Jahre später Sabine doch zum fünfzigsten Geburtstag gratulieren und damit den erhofften Aha-Effekt erzielen würde. Sabine war verheiratet und stolze Mutter, war unverändert schön und konnte sich immer noch an Egons Schwärmereien erinnern, die sie ihm mit verdeckten Anspielungen in Erinnerung brachte. Alles harmlos. Es war viel zu spät für alle Beteiligten. Alles in gewohnten Bahnen. Nett, weiter nichts.
Die Umrisse der grünen Sonnenbrille starrten ihn von der Wand des Hotelzimmers aus an. Egon fühlte sich beobachtet und herausgefordert. Er wusste nur nicht wozu, obwohl sich langsam die Ansicht breit gemacht hatte, eine klare Entscheidung sei fällig: Mitmachen oder ausweichen? Egon hatte noch nie mitgemacht. Das Gespräch mit Werner hatte ihn zumindest vorübergehend von der Sinnlosigkeit des ständigen

Ausweichens überzeugt.
Jetzt oder später? Noch eine halbe Minute, eine ganze, oder zehn Minuten?
Der innere Schweinehund, der solche Fragen stellte, wurde kurzerhand verscheucht und so konzentrierte Egon sich ungestört. Kopfschmerzen setzten ein. Die weiße Wand färbte sich allmählich gelb und Pünktchen flimmerten überall vor seinen offenen und müden Augen. Egon versuchte, die Augenlider kurz zu schließen, aber er betrachtete es doch im entscheidenden Moment als Feigheit. Er hielt durch. Ließ die Gedanken nicht beliebig um die Themen des Tages kreisen, sondern fokussierte sie, so gut wie er konnte, auf die Sonnenbrille. Diesmal konnte er es gut, fast professionell.
Etwas verdichtete sich im Raum und Egons Körper fühlte sich allmählich leichter. Er fragte nicht, versuchte, nichts fest zu halten, ließ geduldig den Strom an sich vorbei fließen. Verdrängte die Gedanken nicht mehr, die immer wieder aufkamen, bis sie rar wurden, unaufdringlich, sich in brauchbare Bausteine verwandelten. Wie Heinzelmännchen.
Langsam gestaltete sich die breiige Masse, die vor der halbdunklen Wand in der Luft schwebte, und nahm die Konturen einer Brille an. Sie warf ihren Schatten gegen die Wand, mal klarer, mal verschwommener.
Die Luft im Hotelzimmer roch nach Salz und Pinienwald. Nach Ferien und Sonnencreme. Das alte Fieber kam zurück. Die Schmetterlinge im Bauch meldeten sich wieder, konfus, undefinierbar, geheimnisvoll. Die Sonne brannte auf Egons Haut. Er hatte Hunger und Lust auf Coca Cola.
Die Brille flimmerte. Sabines Haar färbte sich heller und heller und sie machte keine Anstalten, aus ihrem traumreichen Schlaf aufzuwachen. Das Meer im Hintergrund wurde immer dunkler. Ein Gewitter bahnte sich seinen Weg zur Küste. Noch Sonnenschein, aber Blitz und Donner aus der Entfernung. Schwarze Wolken zogen heran und wurden von immer seltener werdenden Lichtstrahlen unterbrochen, die entsprechende Linien auf der spiegelglatten Meeresoberfläche zeichneten.

Schwüle Luft.
Meeresstille.
Ruhe vor dem Sturm.
Ein Blitz raste durch den wolkenträchtigen Himmel und traf Sabines Brille und Egons Augen. Die Brille zerbrach. Sabine verschwand. Hinter der Brille zeigte sich ein Schüler, der gerade aufgehört hatte, am Strand Handball zu spielen. Der seine Coca Cola gerade getrunken hatte. Der Knabe machte sich Sorgen, weil es zu spät geworden war und weil Oma wegen seiner Verspätung schimpfen würde. Die Hausaufgaben mussten noch erledigt werden, denn es waren noch keine Schulferien. Andere Sorgen hatte er nicht, denn das Geheimnis hinter der Sonnenbrille hatte sich gelüftet und er konnte frei und unbefangen in den neuen Lebensabschnitt schreiten.
Das Kind mit den grau melierten Schläfen merkte, dass es schon Mittag war, als es vor Dallmayrs' nach Kaffee duftendem Schaufenster stand. Kaffeeduft zog sich wie ein roter Faden durch die Stationen seines Lebens. Aus den Büros strömten adrette und fröhliche junge Damen in die Mittagspause, die sie bei dem schönen Wetter verlängerten. Egon drehte Schleifen am Max-Josef-Platz. Die Menschen mit Einkaufstüten aus der Maximilianstrasse waren fröhlich und gelassen. Es war eindeutig Frühling, man spürte es, vor dem „Franziskaner" standen die ersten Tische. Es roch nach Würstchen und Sauerkraut in der klaren, noch kalten Voralpenluft. Die Gäste genossen noch im Mantel jeden Sonnenstrahl und tauschten die Plätze, so wie die Sonne sich drehte. Der Kellner, der mit den bestellten Bieren aus dem Wirtshaus kam, musste jedes Mal den Besteller neu suchen und schimpfte: „Der sitzt wieder woanders! Die Volldeppen muss ich ständig suchen. Scheiß-Sonne! Das hat man davon, wenn man den Winter zum Sommer machen will!" Er wandte sich Egon zu, der auch zu den Bier trinkenden Sonnenblumen gehörte und verschonte ihn nicht. Der Ober murmelte leise: „Dumm geboren und nichts dazugelernt!"
Egon hörte und schaute weg.

9
Ernüchterung

Egon spazierte wie verträumt durch die Münchner Innenstadt und wollte nicht wissen, ob und wie er seine Flucht fortsetzen oder beenden würde. München war einfach schön, die Sonnenstrahlen, das fröhliche Volk auf den Straßen, die Farben, die schon die Nähe zum Süden durchblicken ließen, aber dennoch die germanische Eigenart der Gebäude verschönerten. Die Feldherrnhalle und die Theatinerkirche hatten zwar italienische Architekten entworfen, aber ihre Schöpfer mussten das Licht und die Atmosphäre Bayerns schon sehr gründlich studiert haben, bevor sie sich ans Reißbrett setzten. Die Erinnerungen an die Vergangenheit hingen hinter den Löwen vor dem Bierkeller immer noch in der Luft. Sie warteten nur auf den richtigen Augenblick, um einen Film aus der Vergangenheit vorzuführen. Hinter dem Siegestor führte die schnurgerade Leopoldstraße ins deutsche Kernland, war ein Vorgeschmack auf die Reichsautobahn nach Berlin. Egon beschloss, sein Hotel zu Fuß zu erreichen, etwas Bewegung würde ihm gut tun, und erst dort weitere Pläne zu schmieden.

Die bewegte Nacht, der Bruch von Sabines Sonnenbrille, die auferstandene Oma, die ihn maßregelte, hatten eine tiefe Spur hinterlassen, eine Spur des Willens zur Erneuerung, des Bruchs mit einer versifften Vergangenheit, die ihn nur zermürbte und zur Handlungsunfähigkeit zwang. Der junge Egon wollte in geordneten Bahnen, was sonst, erwachsen werden. Die Tiraden des Kellners hatten ihm einen starken Dämpfer verpasst: Sie hatten ihn in Sekundenschnelle an seinen Arbeitsplatz befördert, an jenen Ort, der für sein Verbleiben in München von ursächlicher Bedeutung war. Dumm geboren und nichts dazugelernt? Aus dem Munde eines einfältigen Obers klang der Satz bloß grob, beleidigend, undurchdacht, aber, wer hätte ausschließen können, dass sich seine Kollegen im vertrauten Kreis der „Kerngruppe“ auch so über ihn äußern würden? War Egon noch tatsächlich der integre, leistungsbereite Mitarbeiter, der jede Aufgabe schnell und zuverlässig erledigte und hohe Kreativität an den Tag legte, wie es in seinen früheren Beurteilungen stand, oder hatte er sich in letzten Zeiten doch etwas zuschulden kommen lassen, das sein Fortkommen verhinderte? Wenn es tatsächlich so war, warum hatte ihn bisher niemand darauf angesprochen?

In den „Führungsseminaren“, die man jährlich in einem einsamen Luxushotel im Odenwald absolvierte, waren zwei angeblich hochkarätige Psychologen anwesend, die den Teilnehmern ans Herz legten, niemals eine Kritik an einem Mitarbeiter aktenkundig zu machen, bevor man mit dem Betroffenen sein Fehlverhalten ausdiskutiert hätte. Schöne Worte, lobenswerte Moral, aber wann, bitte ,wurden diese moralisch hochstehenden Grundsätze je in die Praxis umgesetzt? Warum wurde Kritik lieber auf dem Männerklo als im vertraulichen Gespräch geäußert? Warum erfuhr man erst aus der Einsicht in die Akte B, die man sowieso nur zu Gesicht bekam, wenn „alles schon gelaufen war“, dass man selbst „unter Beschuss“ stand? Egon hatte blauäugig an die ehrlichen Absichten der Veranstalter der Führungsseminare geglaubt und es war ihm nie in den Sinn gekommen, dass solche Seminare eine ganztägige Beobachtung ihrer Teilnehmer einschlossen, nicht zuletzt um ihre Äußerungen und ihr Verhalten in Zeiten größter körperlicher und psychischer Erschöpfung zu beobachten, festzuhalten und an die Auftrag gebenden Stellen zu melden. Vielleicht auch um Schwachstellen der einzelnen aufzuspüren, die man bei gegebenen Anlass gezielt ins Visier nehmen konnte.

Im Odenwald fing der Tag gegen sieben Uhr mit dem gemeinsamen Joggen an, man wollte prüfen, wie es mit dem Sozialverhalten in unausgeschlafenem Zustand bestellt war. Bis zur gemeinsamen Mittagspause wurden belanglose Psychotests und Gruppendiskussionen zu vermeintlich neutralen Themen durchgeführt, wobei es galt, die Führungseigenschaften und die soziale Akzeptanz des Einzelnen, der sich aus Unwissen auf den Inhalt konzentrierte, zu beobachten.

Das sich direkt anschließende gemeinsame Mittagessen simulierte von der ersten Vorspeise bis zur Dessertwahl die Situation eines Geschäftsessens. Dabei wurden Tischsitten, Alkoholkonsum und Bereitschaft zum *small talk* mit Argusaugen beobachtet und auf unscheinbaren Zetteln vermerkt. Der Kaffee wurde in Anschluss ans Mittagessen serviert, gleich danach wurden im Seminarraum die ersten Rollenspiele erklärt und durchgeführt. Am letzten Tag betrafen die Themen meistens die - nicht anwesenden - Vorgesetzten, die Qualität der Unternehmensleitung, das Verhältnis zu den Kollegen aus anderen Abteilungen. Diesen Übungen schloss sich unmittelbar das gemeinsame Abendessen an, wieder eine feudale Mahlzeit, die erneut darauf abzielte, das Verhalten der Mitarbeiter unter harten Stressbedingungen zu prüfen. Wie eine Drohung begleitete das Abendessen die ständige Ankündigung von Professor H., der angeblich seine Teilnahme zugesichert hatte und aus undurchschaubaren Gründen am pünktlichen Erscheinen verhindert war. Der Professor, dem mit der Zeit die Züge des Komturs an Don Juans Tisch anhafteten, spielte die Rolle des Ehrengastes auf einem Geschäftstreffen, dessen Rolle eine Verspätung einfach verlangte. Als Professor H. endlich gegen halb elf erschien, hatten die meisten bereits mehrere Biere verschlungen, um den angestauten Stress abzubauen. Die Anzahl der Biere wurde peinlich genau vom Ober an die Psychologen und von diesen an die Personalabteilung gemeldet. Das Gespräch mit dem Professor verlief gelassen, ruhig, in einer von der allgemeinen Müdigkeit geprägten Atmosphäre. Am Anfang ging es um Gott und die Welt, später nahm das Gespräch eine dezidierte politische Wendung: Der Professor beteuerte, dass er sich von Helmut Kohl enttäuscht fühlte und dass er die Absicht hegte, demnächst die Grünen zu wählen. Jeder wusste, dass gerade die eigene Firma politisch selbst „unter Beschuss“ stand, weil die Verschmutzung des Mains in deren Wirkungsbereich unerträgliche Ausmaße genommen habe. Es galt, dem grün gewordenen Professor ordentlich Kontra zu geben, die Firma um jeden Preis zu verteidigen, gegen die

bösen Buben der Regenbogenpresse zu wettern. Es ging so bis in die frühen Morgenstunden und der Wunsch Einiger, sich früher von der Gesellschaft zu verabschieden, blieb meistens ungehört.
Diese Seminare spielten sich vor Egons geistigem Auge ab, während er die Leopoldstraße hinunterschlenderte. Jedes Mal, wenn er dachte, die echte Situation nicht richtig durchschaut, sich zu natürlich und naiv gegeben zu haben, riss der Film und er musste wieder von vorne anfangen, den eigenen Fehlern erneut zusehen, den Vorsatz äußern, sie nie wieder zu begehen. Die Selbstkritik fand zunächst im vertrauten Rahmen seiner eigenen Gedankenwelt statt. Bei der Offenlegung der Akte B hatte man ihm zu verstehen gegeben, dass bereits alles gelaufen war: Die Akte hatte Speck angesetzt, die erwünschten Beurteilungen waren darin enthalten, er durfte ungehindert vor der ganzen Gruppe nach fehlenden Unterlagen gefragt werden. Schluss, aus, zum Abtransport freigegeben. Schwindel und Verwirrtheit traten nach solchen Gedanken ein, die Gesichter der Passanten färbten sich weiß, sie schritten diszipliniert in geschlossenen Reihen auf das ferne Ziel zu. Egon holte tief Luft, wollte nicht hinfallen, nicht von der Menge zertrampelt werden, fühlte, dass sein Bewusstsein sich trübte, seine Gangart war jetzt unsicher geworden. Platzangst.
Hinter der Münchner Freiheit wurde die Allee noch breiter, führte schnurgerade in die Zentralen der Macht, wurde von dunklen Limousinen befahren, manche ihrer Insassen glaubte Egon zu kennen. Sie waren uniformiert und trugen vertraute Gesichter aus dem ersten Stock seines Büros; im Beiwagen eines Motorrads saß eine etwas dunklere Fratze, die sich kurz umdrehte, ihn erkannte - er war sicher, dass ihn der Kerl erkannt hatte - und ihm mit ihren glänzend weißen Zähnen angrinste. Der Fahrer gab Gas, die Fratze eilte an Egon vorbei ihrem Ziel entgegen. Die Fratze war angeblich hier zu Hause, war am Sonntag in der Kirche gewesen, so wie es in Bayern halt üblich war, war jetzt auf dem Weg zum Parteitag, würde dort berichten, dass und wie mit Egon bereits al-

les gelaufen sei, und würde dabei die Zusicherung erhalten, von Rationalisierungsmaßnahmen im Parteiapparat verschont zu bleiben.
Jetzt wusste Egon, dass man ihn selbst nicht verschonen würde, egal wie er sich von nun an verhielte.
Er suchte Zuflucht in einem Café, wollte unter normalen Menschen sein, suchte die Geborgenheit der Masse, die den Unbekannten stillschweigend in ihre Obhut aufnimmt, die ihm nicht weiter hilft, ihm aber auch nichts Böses antut. Die Anonymität der Menge war ihm jetzt lieber als die Tücken einer „Kerngruppe".
Kaffee regt auf und Bier beruhigt. Egon setzte sich an einen kleinen Tisch und bestellte ein Bier. Er nippte genüsslich an seinem Pils und beruhigte sich. Die Menschen um ihn herum hatten wieder normale, friedliebende Züge angenommen, draußen auf der Straße hatte sich der Umzug der schwarzen Limousinen verflüchtigt und die Fahrbahn normalen, zeitgenössischen Audis und BMWs überlassen. Das Bier und die Menge hatten angefangen zu wirken, hatten die Platzangst und die düsteren Visionen aus der Vergangenheit vertrieben.
Die „Kerngruppe" geisterte immer noch in Egons jetzt besonnenerer Kopf. Warum hatte man ihn nie für eine Mitgliedschaft vorgeschlagen? Was war an ihm falsch? Was oder wer hatte ihn gleich ins falsche Licht gesetzt? Egon ging die Stationen seines bisherigen beruflichen Lebens durch, stellte sich diese bildhaft vor, versuchte, sich an mögliche Fehler in seinem Verhalten zu erinnern, fand aber nichts. Dann lag der Fehler nicht bei ihm, er war einfach von der bösen Gesellschaft im Laufe der Jahre eingekreist worden und jetzt, da sich die Lage im Betrieb zugespitzt hatte, wurden die Maschen des Netzes enger, so dass er sie klar erkennen konnte. Es war kein Netz, es waren die alten Spinnweben, die ihn gefangen hielten, ihn nicht ordentlich arbeiten ließen und ihn streng beurteilten, weil seine Arbeit nicht zufriedenstellend war. Warum hatte es aber ausgerechnet ihn und eine Handvoll Kollegen getroffen? Egon war stark auf sich selbst und auf seine ganz private „Kerngruppe" der Aus-

gesonderten konzentriert, er vergaß, dass sich Unsicherheit überall, fast überall, im Betrieb breit machte und dass niemand sich in Sicherheit wähnen konnte, vielleicht mit der Ausnahme der Frühpensionierungskandidaten, die sich ohnehin auf einen verlängerten Lebensabend ohne Wecker und ohne Stau auf der B8 freuten. Egon fühlte sich nun endlich doch als Mitglied einer „Kerngruppe", die aber eine negative Auslese darstellte und der er deshalb nicht angehören wollte. Er wollte aus dem Wagen aussteigen, in den man ihn mit seinen unfreiwilligen Leidensgenossen zusammengepfercht hatte und der in eine unbekannte, nichts Gutes versprechende Richtung raste.

Jetzt ging ihm ein Licht auf. Sigmund Freud: Totem und Tribu. Er war beim Vatermord nicht dabei gewesen, hatte daher die Berechtigung nicht, sich mit denen zu verschwören, die das Totemtier als Ersatz für den gemeinsam ermordeten Urvater benennen würden. Es fehlte ihm die Blutsbrüderschaft, die gemeinsame Vergangenheit unter gleichaltrigen Kameraden, die ihre ersten Schritte in der Welt der Geschäfte als Lehrlinge oder Praktikanten gemeinsam gegangen waren und dabei Freundschaften fürs Leben geschlossen hatten. Diese hatten die Chance gehabt, frühzeitig, als sie noch nicht miteinander konkurrierten, Informationen zu sammeln über die Kommenden, über die Vorgesetzten, die den Marschallstab in der Hand hielten, die einem als Mentor, als Totemtier, dienlich sein konnten. Verschworene Gemeinschaften hatten sich bereits in jungem Alter zusammengefunden, hatten Tipps ausgetauscht, hatten sich die richtigen Bezugspersonen bei den *old boys* ausgesucht und warteten nur darauf, sich in guten und in schlechten Zeiten gegenseitig zu unterstützen. Sie hatten auch die Wertvorstellungen der *old boys* und deren Bereitschaft zur Kadavertreue, die sie Loyalität nannten, übernommen und würden sie auf Gedeih und Verderben gegen Systemveränderer verteidigen, da sie Ausdruck der weisen und wohltätigen Absichten einer aus gutem Grunde vorherrschenden Schicht waren. Auslandsaufenthalte, insbesondere im amerikanischen Kontinent, hatten den Jungdynamikern aus den Tribus auch geholfen, sich mit ähnlichen *networks* zu verbinden, zum Zweck des Austausches von Gefälligkeiten im globalen Zeitalter. Aus diesem internationalen Pool rekrutierten sich die Quereinsteiger. So hatten sich auch die Blutsbrüder der Freudschen Tribus verhalten: Das Heiraten innerhalb einer Tribu war verboten, daher freundeten sich die Männer mit Männern aus benachbarten Gemeinschaften an, um heiratsfähige Frauen auszutauschen. Es entstand so eine Blutsverwandtschaft von Tribu zu Tribu, aus der sich das Pool der damaligen Führungskräfte rekrutierte.

Im Neudeutschen beschreibt man diese Gruppendynamik am besten mit den Stichworten „Netzwerk" und „Stallgeruch". Egon verstand nur zögerlich, wieso es anscheinend Menschen mit und solche ohne Stallgeruch gab, denn der richtige Stallgeruch war offensichtlich die Bedingung, um in eine „Kerngruppe"aufgenommen zu werden, aus der sich ein Netzwerk entwickeln würde. Wahrscheinlich war es so gekommen, weil er „nur" studiert und nicht zwischen Abitur und Studium noch eine betriebliche Ausbildung eingeschoben hatte. Nach dem Abschluss hatte er kein Praktikum absolviert, sondern sofort einen richtigen Arbeitsplatz bekommen, hatte sich auch vor dem Bund gedrückt. Stimmte doch - ihm war damals aufgefallen, dass er der jüngste Akademiker in seiner Abteilung war, die Kollegen waren meistens um vier, fünf Jahre älter als er, er hatte sich nicht gefragt, woher das kam, war nur stolz, schon mit vierundzwanzig Jahren einen festen Arbeitsplatz mit einem ansehnlichen Einkommen ergattert zu haben, während die meisten Gleichaltrigen noch jobbten, Bewerbungsmappen verschickten, unentgeltlich als Praktikanten arbeiteten.

Der stolze Arbeitsplatzbesitzer schon in jungen Jahren ging gedanklich die Reihe derer durch, die bereits Einblick in die eigene Akte B gehabt hatten: Hans, Ohlig, Helga ... richtig, alle waren direkt von der Uni zur Arbeit gegangen, meistens nicht gleich in die Firma, bei der sie jetzt arbeiteten, hatten aber keine kaufmännische Ausbildung, keine unbezahlten

Praktika vorzuweisen. Damit fehlte ihnen auch der Stallgeruch, während eine kleine Truppe einige Jahre später eingestiegener Kollegen, die sich bereits vor der Arbeitsaufnahme kannten, auf eine kaufmännische Ausbildung in der Firma vor dem Studium oder auf ein Praktikum bei einem mit dieser verbundenen Unternehmen zurückblicken konnten. Herrgott nochmal, warum hatte niemand Egon gewarnt, beraten? Einfach so ins Messer laufen lassen, sich von einer frühen Eingliederung in die Berufswelt blenden lassen, von dem verbrieften - Egon liebte schon immer verbriefte Rechte - Recht auf ein gutes Gehalt!
Seine Augen schauten auf die Straße und suchten in jedem Passanten die Gesichtszüge der Personen, die ihn hätten beraten können und es nicht getan hatten. Immer mehr zufällige Ähnlichkeiten mit seinem Vater, seiner Mutter und entfernteren Verwandten konnte er in den ahnungslosen Gesichtern auf dem Bürgersteig entdecken. Er tat es jetzt unwillig, suchte, stand kurz vor dem Finden, auf einmal spürte er, dass eine Entdeckung vielleicht pietätlos wäre, suchte eine Abweichung im Gesicht der Unbekannten, deren Antlitz einige Gemeinsamkeiten mit seiner Mutter hätte haben können. Auf einmal marschierte ein Doppelgänger Heinz Ehrhards die Leopoldstraße herunter. Ehrhand, Ehrhard ... Egons Vater war der perfekte Doppelgänger des Komikers, wurde auf offener Straße angehalten und um Autogramme gebeten. Nein, der konnte es nicht sein, war viel zu dünn. Aber der junge Ehrhard vielleicht ...
Der Ober hatte Schichtwechsel, kam an Egons Tisch und wollte kassieren. Egon gab ihm ein üppiges Trinkgeld und fühlte sich mit dem Unbekannten in Dankbarkeit verbunden, wünschte ihm überschwänglich einen schönen Nachmittag und schüttelte ihm die Hand, als hätte er einen alten Bekannten vor sich. Der Ober kratzte sich verdutzt am Kinn.
Im Hotel angekommen, packte Egon seine sieben Sachen in den Koffer, rief, um sich zu verabschieden, kurz Werner an, der nur Bahnhof verstand, stieg ins Auto, verfuhr sich diesmal nicht und brauste auf der Autobahn Richtung Frankfurt.

Die neu gewonnenen Erkenntnisse über die wahren Gründe seiner Probleme auf der Arbeit beschäftigten ihn immer noch, während er vor Geiselwind im Stau stand und die Dämmerung bereits hereingebrochen war. Es ging jetzt nicht mehr um die Aufarbeitung des Geschehens, diese hatte Egon, zumindest vorübergehend, abgeschlossen. Es ging auch weniger um die Frage, auf wen Egon die Schuld für seine Schwierigkeiten hätte übertragen können. Es war ihm im Moment zu heikel: Er hatte gemerkt, wie er sich innerlich sträubte, direkte Schuldzuweisung im engsten Kreis der Familie vorzunehmen, wollte sich nicht so direkt Gewalt antun. Aber, wenn ein großer Kreis der involvierten Personen nicht in Frage kommen durfte, dann hätte er doch zumindest bei sich selbst auch fragen müssen. Wen hatte er schließlich in der Nacht erblickt, als Sabines Sonnenbrille zerbrach?
Die Schlussleuchten des Vordermanns waren schon ein ganzes Stück nach vorne gerollt, der Hintermann blinkte im Spiegel. Das rettende Stauende! Warum war Egon nach München auf Stippvisite gefahren, hatte einen vollen Koffer und eine volle Reisetasche mitgenommen, Hemden und Unterwäsche für zehn Tage, und am dritten Tag raste er schon in Richtung Zuhause? Gut, eine Erkenntnis, komisches Zeug, komische Träume, aber, schnöd monetär ausgedrückt, hatte sich die Reise gelohnt? Die Krämerseele rechnete. Konnte es sein, dass sich Egon diesmal keine Hintertür offen gelassen hatte?
Natürlich nicht: Unbewusst hatte er den ganzen Themenkreis um die Frauen zeitweilig ausgeblendet und ihn erst im dichten Kolonnenverkehr bei Würzburg-Kist aus der Wundertüte gezogen, wohl wissend, dass er damit nicht weit kommen konnte, nachdem er am letzten Abend in der Kaminstube „zwei Fliegen mit einer Klappe" vertrieben hatte. Jetzt war es an der Zeit, sich mindestens das einzugestehen: Piroschka und Gerda gehörten seit drei Tagen einer anderen, ihm nicht zugänglichen Dimension an. Und es war gut so. Was blieb vom ganzen Gebilde noch übrig? Natürlich Bea, die sowieso immer in einer eigenen Dimension gelebt hatte, an die sich

Egon nie richtig hatte herantrauen wollen. Die Richtung war klar vorgegeben, die Angelegenheit würde man in wenigen Tagen abschließend und zur vollen Zufriedenheit aller Beteiligten regeln, so dass Egon sich endlich nur mit dem Abwenden der Gefahren im Büro befassen würde.
Weiberkram erledigt sich von selbst, man muss nur richtig dran gehen, sich einen Ruck geben. Sein Vater hatte übrigens auch immer gesagt: „Mach das Studium fertig, finde einen guten Arbeitsplatz, eine Tussi zum Heiraten findet sich immer".
Hätte glatt von Heinz Ehrhard stammen können.

10
„Ü“ wie Übermut, „A“ wie Angst

Egon war wieder in seiner Wohnung in Königstein und fühlte sich dort richtig zu Hause. Keine andere Wohnung hatte er sich als so eigen vorgestellt wie diejenige, die er sich mit dem Schweiß seines Angesichtes erworben und weitgehend nach dem eigenen Geschmack eingerichtet hatte. Alle Bilder, die an den Wänden hingen, waren entweder Hinterlassenschaften aus seiner Familie oder handverlesene Stücke, die er auf Antikmärkten in aller Welt nach mühsamen Verhandlungen erstanden hatte. Nie hätte er sich von dieser Wohnung, die er als die wichtigste materielle Errungenschaft seines Lebens betrachtete, trennen wollen.
Er hatte unterwegs vergessen, etwas fürs Abendessen einzukaufen, und da stand er vor einem Koffer, einer voll gepackten Reisetasche und einem leeren Kühlschrank. Pizza-Fahrer gehörten noch nicht zum globalen Kulturgut einer Kleinstadt wie Königstein, die Pizza hätte man sich damals noch eigenhändig beim Pizzabäcker in der Limburgerstraße holen müssen. Egon fand Reste von Parmesankäse und Schwarzwälder Schinken, die sich in der kurzen Zeit seiner Abwesenheit noch gehalten hatten, vor, dazu eine Flasche Spätburgunder aus dem stets gut bestückten Keller. Fürs Überleben hatte er ausgesorgt. Er zündete sich nach dem kargen Abendessen eine Zigarre an, als Anbahnung zum Gesundheitsschlaf. Sie schmeckte würzig, betörend, raumfüllend.
Plötzlich fiel Egon das Unvorstellbare ein: Er hatte kein Bier! Eine Zigarre und kein kühles Bier danach, um die Mundschleimhaut zu erfrischen? Konnte nicht sein, wäre eine unerhörte Vergewaltigung gewesen. Er schaute auf die Uhr und stellte fest, dass es erst zwanzig Uhr war, die Fahrt war trotz Stau bei Geiselwind flott gewesen und Anfang März waren die Tage noch kurz. Vor allem wurde ihm klar, dass die Susanne im dritten Stock bestimmt noch wach und munter war und dass er sie bitten konnte, ihm eine Flasche Bier auszuleihen. Er rief sie schnell an und Susanne sagte,

dass er gerne um jede Zeit kommen konnte, sowohl um sich das Bier zu holen, als auch um ein bisschen zu plaudern. Eine solche Einladung konnte Egon, der sich gerade einsam fühlte, gut gebrauchen.

Susanne war eine braunhaarige, blauäugige, groß gewachsene rheinische Schönheit, die ein munteres Leben führte, mal war sie ganz allein, mal ging sie an der Seite eines geheimnisvollen Mannes, der in Hanau wohnte und oft mit ihr zusammen verreiste. Sie gehörte zum Bodenpersonal der Lufthansa und konnte es sich durch ihre Gratis-Meilen leisten. Man hatte sich näher kennen gelernt, als Egon noch mit seiner Verflossenen zusammen wohnte und Susannes Freund gerade zu Besuch war: Feuchtfröhliche Grillabende im Garten mit dem lustigen Teil der Nachbarschaft hatten eine gewisse Vertrautheit zueinander entstehen lassen. Susanne und Egon hatten eins gemeinsam: Beide waren flotten Sprüche und - siehe da - dem Glauben an das Übersinnliche nicht abgeneigt.

Nachdem Egon die duftende Zigarre diesmal zu Ende geraucht hatte, ging er zu Susanne. Sie wartete schon ungeduldig, wäre aber gerne bereit gewesen, auch länger zu warten, so Egons erster Eindruck. Das Begrüßungsküsschen, das normalerweise an der Wange Halt machte, reichte diesmal bis zu den Mundwinkeln und es gab ihrerseits Anstalten, auch die Lippen zu vereinnahmen. Solche Signale wusste Egon gebührend zu schätzen. Susanne bat ihn, sich hinzusetzen, nach einer langen Autofahrt gäbe es nichts Besseres als entspanntes Sitzen auf einer bequemen Couch. Sie verkniff sich merklich die Fortsetzung ihres Gedankenganges, nämlich: „neben einer schönen Frau“. Dass Susanne schön war, hatte Egon nie bestritten, nach dem Auszug seiner Ehemaligen hätte er sich auch gerne mit ihr näher beschäftigt, konnte sich aber nicht mit der Vorstellung anfreunden, bloß ein Liebhaber für die freien Stunden einer gelangweilten Frau zu sein, die irgendwie fest mit einem Anderen liiert war und keine Absicht erkennen ließ, sich von diesem zu trennen. Egon suchte die nächste Frau fürs Leben, die nächste Ehe-

frau, er hatte genügend reine Bettgeschichten gehabt, das Leben hatte ihm eingeschärft, so seine momentane Überzeugung, dass Sex ohne eine Perspektive am besten in der Elbestraße zu bekommen war. Die preisgünstigste Mätresse war immer die, welche ihren Preis gleich nannte. Auch die Eigenliebe hatte schließlich ihren Preis.
Susanne hatte einen weiten Trainingsanzug an und trug weiße Wollsocken. Sie saßen nebeneinander auf dem Sofa und sie rückte ihm immer näher, so nahe, dass ihrer beider Po-Backen und Oberschenkel sich lange berührten. Egon konnte es nicht lassen, einen Blick auf ihre Füße zu werfen, die er zum ersten Mal mit einem gewissen Interesse betrachtete, aber er fand nichts besonders Aufregendes daran. Die Socken saßen zu locker, die Wölbung war zu stark ausgeprägt, Susannes Füße waren für die Körpergröße ihrer Trägerin zu klein.
Nach einiger Zeit, nach dem ersten Anstoßen mit dem Champagnerkelch - sie hatten bereits vor Jahren miteinander Brüderschaft getrunken - schaute Susanne geradezu unverschämt zwischen Egons Beine und entdeckte die leichte Anschwellung, die zu entdecken sie getrachtet hatte. Die Anschwellung war noch zu leicht, die Emotionen der vergangenen Tage saßen noch zu tief, es war klar, dass die Stunde noch nicht geschlagen hatte. War auch Egons unausgesprochene Meinung. Das diskrete, gelassene Sich-aneinander-Reiben der Körper war eine gute Einstimmung auf eine geruhsame Nacht, es vermittelte die simple menschliche Wärme, die Egon seit Langem vermisste. Beim Abschied schlug Susanne vor: „Egon, wenn du mal Zeit hast, kannste wieder zu mir kommen und da machen wir es endlich, weißte, die Séance, dat Ding mit den Geistern!“ Damit wusste sie, dass Egon ihrem Vorschlag über kurz oder lang nicht widerstehen würde, obwohl es ihm schon dämmerte, welche Geister sie anrufen würde, vom Bacchus bis zur Aphrodite.
Egon hatte seinen Schlummertrunk bekommen, seine von der Zigarre ausgetrocknete Mundschleimhaut wieder gebührend angefeuchtet und konnte sich endlich, erschöpft aber

entspannt, ins Bett legen, aber nicht, ohne den Wecker auf sechs Uhr gestellt zu haben. Für den nächsten Tag, den ersten Bürotag nach dem abgebrochenen Urlaub, hatte er sich eine ganze Menge vorgenommen, und das erforderte ein waches Gemüt.
Nach einer durchgeschlafenen Nacht ohne besondere Träume und Visionen - es hatte wahrscheinlich in den letzten Tagen genug davon gegeben - wachte Egon pünktlich auf, machte sich zügig fertig, brauchte nicht zu rasen und steckte überpünktlich um acht Uhr zwölf. Der Wille zu einem Neuanfang machte sich schon bei Kleinigkeiten bemerkbar. Als er in seiner Bürotür stand, merkte er, dass es dort schon nach Pfeife roch, und ein grinsender Hans kam ihm entgegen.
„Guten Morgen Herr Kollege! Sie müssen es geahnt haben und deshalb den Urlaub abgebrochen!"
Nichts hatte Egon geahnt. „Wie bitte? Ich bin zurück, weil sich in München alles viel schneller regeln ließ als gedacht, was ist denn hier passiert?"
„Na, kommen Sie mit, ich zeigs Ihnen gleich!"
Sie gingen ein paar Schritte über den Flur und standen schon im Vorzimmer des Chefs. Allerdings nicht allein: Etliche Kollegen pilgerten dorthin unter fadenscheinigen Vorwänden. Als sie den Urlaubsabbrecher sahen, verstummten die leisen Gespräche, die Augen zeigten genau jene Verlegenheit, die sie nicht ausdrücken wollten. Die Mienen wirkten wie auf der Beerdigung eines Unbekannten. Hans richtete seinen Blick auf die Reihe der Postfächer, die dazu dienten, die interne Post, die über den Chef oder direkt von ihm kam, an die Mitarbeiter zu verteilen. Schön rot beschriftet, präsentierte sich ein neues Fach. Der Schriftzug darauf lautete: „Sonderpost Egon W."
Hätte sich Egon geschmeichelt fühlen sollen, ein ganz eigenes Fach zugewiesen zu bekommen, mitsamt der Berechtigung, „Sonderpost" zu erhalten? Das behauptete zumindest ein spottender Hans: „Na, kaum sind Sie weg, werden Sie so vermisst, dass Sie Sonderpost bekommen! Schön, was?" Die Kollegen, die gekommen waren, um Blumen zu gießen, um

Briefe zu fotokopieren, um Faxe zu versenden, warteten verlegen auf Egons Reaktion. Dieser hatte die Bedeutung des rot beschrifteten Davidsterns gleich erkannt, errötete, fand keine Worte, verließ den Raum. „Die haben nicht mehr alle Tassen im Schrank, wirklich wahr!“, murmelte er im Flur. Egon enttäuschte sein Publikum von Beobachtern und Prüfern nicht immer, aber immer öfter.

Egons Arbeitslust war in Sekundenschnelle verflogen, die überpünktliche Fahrt ins Büro würde wahrscheinlich eine Ausnahme bleiben. Hans war zum Kaffeeautomaten gegan gen, damit sein Kollege in aller Ruhe die Verleihung des Sternes verarbeiten konnte.

Scheiße, was gab es noch zu verarbeiten? Es war sonnenklar: Einkreisung, Pranger, Ausschluss aus der Gemeinschaft. Die erste Frühlingssonne, die durch den Morgendunst die rauchenden Schlote auf der nördlichen Mainseite beleuchtete, sah so hämisch aus wie das Grinsen auf Hans´ Gesicht und das gekünstelte, stumme Beileid der Kollegen. Was wollte dieser blöde Frühling von ihm? Weg, alles Mist, gleich kommt Ostern, alle strahlen, suchen bunte Eier, bereiten sich auf den Urlaub vor, fröhliches Kindergeplärr und heile Welt, Osterglocken! Jubelt, Christus ist auferstanden! So wie in Bayern, jeden Sonntag in der Kirche. Und Egon würde mit seinem Davidstern auf der Brust auf den Abtransport warten, während die auf dem Obersalzberg feiern. Pack! Am liebsten hätte Egon gleich ausgecheckt und sich in seiner Wohnung verkrochen, ging aber nicht, man konnte nicht dem ganzen Büro beweisen, dass man nicht belastbar war, aus einem Verdacht eine Sicherheit werden lassen. Er schaute in die Leere, die er jetzt als schlimmer empfand denn je, weil sie mit ihrer dämlichen Sonne und den kindischen Schneeglöckchen alle anderen glücklich machen würde, nur ihn nicht. Man würde endlich die Feste feiern, auf die man ihn nicht einladen würde, er würde sich über die laute Musik im zweiten Stock beschweren, an der Tür klingeln, gleich sehen, wie alle seine Nachbarn sich zu später Stunde köstlich amüsierten und ihn und seine läppischen Beschwerden als

lästig empfanden.
Als er sich gedanklich bereits mit einem Benzinkanister und einem Feuerzeug in der Hand im Treppenhaus befand, mit festen Schritten auf dem Weg zur Wohnung im zweiten Stock, wo gerade gefeiert wurde, trat Hans vorsichtig ein und sondierte: „Der Kerl hat es keinem gesagt, auch seinen engsten Freunden nicht. Gestern gingen als erste Ismail und Hoppe zu ihm hinein und die Sekretärin zeigte ihnen das Fach. Waren auch verblüfft, hatten so ein Ding nicht erwartet. Nur die Sekretärin muss Lunte gerochen haben. Als ich sie vorgestern auf Sie ansprach, sagte sie so beiläufig, sie könne sich nicht vorstellen, dass Sie noch viel länger bei der Firma bleiben wollen, das wisse man einfach, man höre es ständig im Flur und am Kaffeeautomaten. Ich hab nichts gesagt, aber, wenn ich Sie wäre, würde mir schon sehr überlegen, ob ich hier noch länger bleibe!"
Hans konnte nicht wissen, dass Egon sich beim Autofahren einen strammen Marschplan vorgegeben hatte, von dem er auf keinem Fall abweichen würde, der als nächsten Schritt vorsah, das Frauenproblem zu lösen. Genau das war vorerst kaum möglich geworden, denn selbst der von der eigenen Strategie überzeugte Egon verstand, dass es sich schlecht in Trauerstimmung und mit massiven Problemen am Arbeitsplatz um die Hand einer Frau anhalten lässt. Wie wird man schnell munter? Suff, Tabletten, Elbestraße, Gras ...
Würde ihm alles nichts nutzen, die Gestalten der Nacht würden sich schon rächen, ihn mit Horrorvisionen bestrafen und beim Aufstehen säße nur ein Häufchen Elend auf seiner Bettkante. Hans hätte ihn beraten können, Egon wollte ihn aber nicht zu sehr in sein Privatleben einweihen. Was sich zwischen ihm und den Frauen abspielte, war seine reine Privatangelegenheit.
Hans war Soziologe, bei passender Gelegenheit hätte er auch gerne in seinem eigentlichen Beruf gearbeitet, hatte in seinen vielen Bürojahren ein Gespür für die unausgesprochenen Nöte anderer Menschen entwickelt. Und wollte sich selbst beweisen, dass er vielleicht in der Pharma-Industrie nicht die

größte Karriere gemacht hatte, aber als Soziologe unschlagbar war, nicht nur mit Worten, sondern auch mit echten Leistungen, mit Erfolgen. Ein seelischer „Leistungsträger", wie er sich Jahre später gerne bezeichnen würde.

„Wissen Sie, die Angst geht um. Glauben Sie bloß nicht, dass Sie der einzige sind. Viele schämen sich, geben vor, ganz normal zu arbeiten, meinen, dass ihnen die Arbeit, diese Arbeit, die mit der Sonderpost, Spaß macht. Oder sind gleich weg. Ja, ich weiß, Bewerbungen schicken ist nicht mehr so wie früher, heute werden viele der Anschreiben nicht mehr gelesen, Lebensläufe von Unbekannten bloß überflogen ... Aber, immerhin klappt es manchmal, tatsächlich, vielleicht nicht heute, nicht morgen. Und wenn man weg ist, weg will, dann reden die Personalmenschen mit einem in einem ganz anderen Ton, es springt sogar manchmal was raus, wenn die verstehen, dass man von sich aus das Feld räumen will. Nur kuschen, in die Landschaft glotzen, aussitzen, das, Herr Kollege, das bringt nichts, nur Ärger. Sie werden hier weiterhin in eine Sackgasse getrieben und so kann auch privat nichts laufen. Wenn Sie acht Stunden am Tag so traktiert werden, dann kriegen Sie abends auch keinen hoch!"

Egon errötete verlegen. Ja, das war es. Wenn er beim ersten Mal mit Bea schlapp machte - die wartete bestimmt nicht auf den müden Märchenprinzen, die Frau kriegte schon Schwänze, jede Menge, auch wohlhabende Schwänze und solche in ungekündigter Stellung, wenn sie nur wollte!

Egon dachte auf einmal, Hans könne seine Gedanken besser deuten als er selbst, und das war gefährlich, weil ein gläserne Kollege mit Links verraten und verkauft werden konnte. Unbedingt ein anderes Thema wählen!

„Haben Sie vielleicht gehört, ob eine Rechtsberatung sich lohnt? Oder die Kontaktaufnahme mit dem Betriebsrat? So erst eine Weile Ruhe, dann kann man zu sich kommen, was unternehmen ..."

„Mag sein, ich weiß nichts Direktes, wenn es einer tut, der posaunt es nicht heraus. Aber das kann auf Dauer keine Lö-

sung sein, die werden nur besser aufpassen. Verstehen Sie, die wollen das Personal reduzieren, ich weiß auch nicht warum, der Firma geht es nicht schlecht. Und da scheint es Listen zu geben. Da stehe ich auch drauf, was glauben Sie? Aber in einem Jahr werden die mir den Vorruhestand mit fünundfünfzig anbieten. Nichts wie weg, und dann mit Handkuss!"
Holde Jugend! Egon war erst vierzig, musste sich also was Anderes überlegen.
„Ich hab vorige Woche vom Ohlig gehört, dass eine ganze Truppe zur Inlandsabteilung versetzt werden soll, er will unbedingt hin, man soll ihm das Blaue vom Himmel versprochen haben!"
„Wenn wir nur zwischen uns beiden Detektiv spielen, kommen wir nie auf einem grünen Zweig. Wissen Sie übrigens, wer Chef beim Inland wird?"
„Der Metzger bleibt noch, oder habe ich was verpasst?"
„Eben. Metzger wurde schon von einem Jahr gesagt, er möge sich bei anderen Firmen umsehen. Der hat die richtigen Freunde, die mit ihm zusammen im Ausland waren, die haben es kommen sehen und haben ihn gewarnt. Jetzt geht er nach Basel, kriegt hier von der Firma, so munkelt man wenigstens, an die 50.000 Märkli nur dafür, dass er keinen Ärger macht, und ist fein raus. Nein, unser Chef geht zum Inland! Baff, was?"
Auf dem Parteitag war also doch Wichtiges entschieden worden.
Jetzt war klar, warum Tassen-Ohlig seit Monaten fast krankhaft die Nähe seines einstigen Peinigers suchte. Es war nicht Masochismus, nicht nur Kaffeesatzleserei.
„Gut, wird wohl stimmen, dann sind wir ihn los! Das Arschloch!"
„Sind Sie sicher, dass man die Stelle neu besetzen wird?"
„Ist mir doch egal, wenn sich das Arschloch verdünnisiert, dann bin ich erst mal mein Problem los. Das Postfach soll er sich sonst wohin stecken, sputen soll er sich nur, nur dass ich seine Fratze nicht mehr sehe!"

Hans war sich seiner Sache jetzt unsicher. Er wusste aus zuverlässiger Quelle, nämlich vom Ismail, dem der Chef stets reinen Wein einschenkte, dass man die Stelle nicht besetzten würde, weil man mit dem Gedanken spielte, den gesamten Bereich auszulagern. Für die Übergangszeit würde der Chef im Amt bleiben und die laufenden Projekte entweder zügig abschließen oder abwürgen. Nur, wenn er das jetzt Egon gesagt hätte, wäre die ganze erlösende Wirkung des Hoffnungsschimmers verpufft. Wie er Egon einschätzte, hätte ihn die Kenntnis der Ausweglosigkeit seiner Situation eher in die Depression getrieben, als ihn motiviert, sich verstärkt bei der Konkurrenz zu bewerben. Hans schwieg. Egon atmete auf, war froh, dass der Albtraum des frühen Morgens sich in Nichts aufgelöst hatte, wartete sehnlichst darauf, nun seinen Plan mit den Weibergeschichten so umzusetzen, wie er ihn hinterm Steuer in jedem Detail ausformuliert hatte.
Am späten Nachmittag lag ein Umschlag im Sonderpost-Fach: Es handelte sich um ein umfangreiches Projekt, um die Korrektur eines dicken Lehrbuchs über Prostaglandine, das von einer französischen Autorin auf Englisch geschrieben worden war und ins Deutsche, Spanische und Italienische übersetzt wurde. Das Buch sollte weltweit von den eigenen Firmenvertretungen, solange sie es noch geben würde, verteilt werden, um die Ärzteschaft auf das neue Produkt, von dem man übrigens nicht genau wusste, ob es die geheimnisvolle Umstrukturierung überleben würde, positiv einzustimmen. Bei der ersten Durchsicht war das Werk ziemlich harmlos. Egon hatte in seinen ersten Jahren bei der Firma genügend wissenschaftliche Texte geschrieben und viel Korrektur gelesen. Beim genaueren Hinsehen fiel ihm dennoch auf, dass dieses Buch eine Vielzahl von Tabellen und Diagrammen enthielt, in denen Pfeile und Kästen eine entscheidende Rolle spielten und nicht verändert werden durften, sollte das Buch nachvollziehbar bleiben. Wenn Egon sich erleichtert fühlte und den Kopf frei hatte, dann war ihm keine Aufgabe zu schwer, kein Auftrag zu heikel, keine Aktion zu waghalsig. Er machte sich an die Arbeit und

freute sich sehr, in der Sonderpost „nur“ eine Aufgabe vorgefunden zu haben.
Sein Freund Ralf, den er noch kurz vor seiner Münchner Reise in der Mittagspause in der „Stadt Höchst“ getroffen hatte, wäre für so eine Sonderpost sehr dankbar gewesen. Ralf war Informatiker bei derselben Firma und hatte zehn Jahre lang die Programme für die Abteilung „Synthese“ entworfen. Auf einmal, aus heiterem Himmel, wie er sagte, wurde er von der Personalabteilung zitiert, man machte ihm klar, dass eine neue Organisation bevorstand und seine Personalakte „zu dick“ war, um an potentielle neue Vorgesetzte weiter gereicht zu werden. Ralf war ein schweigsamer Mensch, der im Büro nicht laut werden konnte und jämmerliche Geschichten nur unter vier Augen mit seiner Frau besprach, die ähnliche Probleme am Arbeitsplatz plagten und ihn daher gut verstehen konnte. Ralf hatte dem Personalmenschen gesagt, dass er einen Vertrag mit der Firma und nicht einen Vertrag mit einer bestimmten Abteilung hatte, dass es ihm schließlich egal war, für welche Abteilung er in Zukunft die Programme schreiben würde. An seiner Stelle hätte Egon noch hinzugefügt: „Und Sie bekommen Ihr Gehalt, um sich um Umsetzungen zu kümmern, machen Sie gefälligst Ihre Arbeit, so wie ich meine immer gemacht habe“.
Ralf aber war aus einem anderen Holz und in der Kneipe hatten sich die Beiden gestritten, ob *soft* besser als *hard* war. Ralf hatte eine festgefahrene Meinung: „Wir sind von den Typen irgendwie abhängig. Die kriegen Anweisungen, müssen das Personal reduzieren und wissen in den meisten Fällen nicht, warum. Dann geht es nur um die Auswahl. Wenn ich diesem Würstchen Freundschaft und Unterwerfung signalisiere, dann schlägt er sich möglicherweise auf meine Seite und mobbt einen anderen. Wenn ich ihm die Zähne zeige, dann weiß er, dass ich nur bellen und nicht richtig beißen kann, wer von uns kann schon hier beißen, und verfolgt mich erst richtig. Wir haben einfach keine Waffe, wir müssen nur sympathisch und unterwürfig wirken, der Kerl soll spüren, dass er mächtig ist!“

Egon war keineswegs von dieser Taktik überzeugt, er war nicht bereit, irgendeinem Kerlchen in den Arsch zu kriechen, komme was da wolle. Das war auch einer der Gründe, weswegen er nicht die große Karriere in den Farbwerken gemacht hatte. Anderseits hatte auch Ralf nicht von seiner Unterwürfigkeit profitiert, sonst hätte man ihm die „Akte B“ nicht gezeigt.
„Du, Ralf, wenn die sehen, dass einer labil ist, dass er bereit ist, sich jedem Scheiß zu fügen, dann ist es für diese Leuten ein gefundenes Fressen: Der leistet keinen Widerstand, hat resigniert. 'Innere Kündigung', so heißt es dann. Also egal, was wir mit dem tun, der wird uns keinen Ärger machen. Wir lassen den schmoren, der ist dann mit der Zeit nervlich am Ende, bricht zusammen, weißt du, Herzinfarkt oder so, dann haben wir den raus, so oder so. Nein, wir müssen signalisieren, dass wir kämpfen werden, dass wir die Saukerle zur Not vor den Kadi zerren, wir lassen sie einlochen, an Schmerzensgeldzahlungen verarmen!“
„Unsinn, das geht nur in deinen sozialistischen Träumen! Deutschland hat eine langsame und träge Justiz, und das weiß jeder Kriminelle. Die vertrauen darauf, wissen, dass die meisten Verfahren schon im Vorfeld vom Untersuchungsrichter eingestellt werden, die Kerle sind mit Arbeit überlastet und froh, wenn sie Fälle vom Hals haben. Also, die Strafverfolgung fällt flach und bleibt nur die Schmerzensgeld-Klage übrig. Hier sind wir nicht in Amerika: Schmerzensgeld ist in Deutschland nur ein schlechter Witz, wenn die was bezahlen müssen, dann sind es maximal ein paar Tausender, für so Leute ein Taschengeld. Nö, auf Psychologie machen, die müssen sich wichtig vorkommen! Man steckt doch nicht die größten Leuchten in die Personalabteilung, die wissen schon, dass sie nur Rausschmeißer sind, brauchen Erfolgserlebnisse, jemanden, der ihnen schmeichelt.“
„Total falsch! Historisch bewiesen. Und was passierte den Kapos, die sich ihren Peinigern angebiedert hatten? Zum Schluss wurden sie auch durch den Schlot gejagt! Nein, glaube mir, Gefügigkeit bringt nichts. Es ist besser, im Krieg

tapfer unterzugehen, als sich in falschen Friedensvorstellungen sicher zu wähnen!“

Die Standpunkte waren unvereinbar und die ungeschriebenen Gesetze gerade im Umbruch, aber ein solches Wissen wurde Egon und Ralf sorgfältig vorenthalten. Die Diskussion wurde abgebrochen, als der Werksbus draußen hielt. Gemobbte scheuen jeden Anlass zur Verfolgung, auch das - für Mitarbeiter, die nicht der besonderen Beobachtung der Personalabteilung unterliegen, straffreie - Überziehen der Mittagspause.

Nach vielen Monaten der Scheinbeschäftigung arbeitete Egon nun wieder an einem konkreten Projekt. Damit war er unter- und überfordert zugleich. Es war, wie sich mit jeder Zeile, mit jeder Tabelle, mit jeder Fußnote bestätigte, eine akribische Fleißarbeit, die wenig mit seiner Stellenbeschreibung und seinem Gehalt zu tun hatte, er musste nur höllisch aufpassen, denn die falsche Übersetzung eines einzigen biochemischen Fachausdruckes hätte das ganze Buch unverständlich gemacht. Beim Spanischen war Egon nicht so sattelfest: Er konnte sich in dieser Sprache mühelos über Alltag, Politik und Geschäft unterhalten, hatte aber nie ein spanischsprachiges Buch der Biochemie zu Gesicht bekommen. Er ging in die Bibliothek und ließ sich ein wissenschaftliches Wörterbuch Englisch-Spanisch ausleihen. Eine Weltfirma bietet eben Vorteile, er hatte es immer gewusst.

Hans konnte es immer noch nicht begreifen: Der Kollege hatte die Akte B zu Gesicht bekommen, jeder wusste im Flur, dass er unter schwerstem „Beschuss“ stand, bekam sogar ein Fach für die „Sonderpost“ zugewiesen, den Davidstern, wie es ihm auch nicht entgangen war und ... erhielt normale Arbeit, zumindest eine, die damals schon als „normal“ empfunden wurde. Hans hatte vor zwei Monaten die letzte „normale“ Arbeit zugewiesen bekommen.

Die neue Situation empfand Hans als besonderen Mist. Solange Egon auch mehr oder minder unbeschäftigt auf seinem Bürostuhl hockte, konnte er mit ihm zusammen an der Größten Weltverbesserung Aller Zeiten basteln und es sah immer

noch wie Arbeitszeit aus. Von nun an hätte er aber den Mund halten müssen, um den Kollegen, den er jetzt heimlich beneidete, bei der Arbeit nicht zu stören. Hans wusste etwas, was Egon noch nicht wissen durfte: Die Ruhe war die Ruhe vor dem Sturm, sehr wahrscheinlich vor dem endgültigen Sturm.
Und Hans hatte innerhalb kürzester Zeit den am Rande einer tiefen Depression stehenden Egon beruhigt und von einem Silberstreifen Hoffnung am Horizont träumen lassen. Hans war der Größte Soziologe Aller Zeiten. Ein solches Genie konnte auch den Umgang mit dem Computer lernen, um sich die Zeit mit Computerspielen zu vertreiben.
Egon blieb noch lange im Büro, er hatte keinen Anlass mehr, sich auf die Suche nach den berühmten Füßen zu machen, sich von Bier und Schnaps betören zu lassen, lief nicht mehr Gefahr, trügerischen Visionen anheim zu fallen, die ihn immer ins Reich der Mütter befördern wollten, es aber nie taten, weil sie ihm keinen Tod auf Probe zugestanden. Er hatte Arbeit, eine Aufgabe, konnte daher seinen Plan so durchführen, wie er es sich vorgestellt hatte.
Er musste sich nur sputen, verdammt sputen. Als ob er Hans' Gedanken hätte lesen können, die in den Rauchwolken des abendlichen Büros schwangen und die bläulichen Tabakwolken zum Mitschwingen aufforderten. Nichts geht in der Natur verloren, wir glauben nur, dass unsere verborgenen Gedanken, für alle anderen unsichtbar, nicht mehr existieren, sobald wir den nächsten Gedanken formulieren. Gedanken, Gedanken aller Art, die guten wie die bösen, gehören nie uns allein, verflüchtigen sich nicht so einfach, wie wir es oft gerne hätten, bleiben eine Zeit in der Luft, in der Materie hängen, unsichtbar zwar, aber fühlbar, spürbar, hörbar, so hörbar, dass sie uns gelegentlich überraschen, zu unseren eigenen werden und uns indirekt das mitteilen, was gesprochene Worte nie gewagt hätten, zu formulieren ...
„Mach mal, du Penner!"
Gemeint war das „Regeln der Weibersachen", der Anruf bei Bea. Die Zigarre wurde zerdrückt, der Aktenkoffer mit den

wichtigsten Tabellen des viersprachigen Werkes vollgestopft und fast rabiat zugeknallt, den Mantel hätte man fast nicht mehr gebraucht, aber der Weg zum Parkplatz konnte noch für eine Überraschung sorgen. Schubladen zu, Tür zu, Egon verließ fast polternd sein Büro, stürmte das Tor, den Weg zum Parkplatz, trotzte dem kühlen Wind des zögerlich beginnenden Frühlings, Autotür auf, zu, Gurt an, Start!

Auf der Autobahn dachte unser Held, dass es sich eigentlich gehören würde, sich auch formell von Gerda zu verabschieden, bevor er seinen Wanderschaften von Frau zu Frau ein erlösendes Ende setze und offiziell um Beas Hand anhielte. Es handelte sich nur um eine Formsache, am anderen Ende der Leitung würde es bestimmt kein Geheule geben, nach dem Abend in der Kaminstube war es doch beiden klar geworden, dass es wenig Sinn machte, eine verschlissene Situation noch künstlich am Leben zu erhalten, Angebot und Nachfrage waren allzu offensichtlich nicht zusammengekommen, diesmal war die „Anlaufszeit" doch sinnvoll gewesen, sicherlich war auch Gerda einsichtig, dass man sich ohne Groll trennen würde, vielleicht Freunde bleiben ...

Und wenn es mit Bea doch nicht klappte? Das letzte Hintertürchen sollte noch offen bleiben. Schließlich wusste Gerda nicht, dass er bereits von München zurück war, wusste vielleicht sogar nicht, dass er dahin gereist war. Sicher war sicher. Der Abschiedsanruf an Gerda wurde vertagt.

Kaum stand Egon zu Hause im Flur, klingelte das Telefon. Es war Bea. Sie wollte wissen, ob er am übernächsten Tag mit ihr ausgehen wollte, sie hatte anstrengende Tage bei der einsamen Vorbereitung auf das Examen verbracht, wollte wieder unter Menschen sein, aber ein Tennisspiel war ihr noch zu stressig. Aperitif im Opern-Café, dann Abendessen im kleinen, gemütlichen Lokal in der Kleinen Bockenheimer, und dann ... mal sehen. Und später, fuhr sie fort, würde sie ihm von einer Überraschung erzählen und war gespannt, wie er darauf reagieren würde. Ihre Stimme klang ruhig, aber eindeutig anschmiegsam, so wie sie Egon selten gehört hatte. Kein Wort über die üblichen, wilden Sexgeschichten,

nur entspannte Müdigkeit und freudevolle Erwartung kamen zu Egon herüber. Die Sterne meinten es gut mit ihm.
Es ist nicht gut, wenn man das Glück überstrapaziert, wenn man die Phantasie zu solchen Höhenflügen animiert, die schon hart an Erzwingung von zugespitzten Situationen grenzen, die man mit der Ratio allein nicht befugt ist, als Realität zu bezeichnen. Egon wäre gerne höher geflogen, wollte sich aber nicht übernehmen, wollte von möglichen Abstrichen von seinem Wunschdenken nicht enttäuscht werden. Er hielt sich an der einzigen stofflichen Realität fest, die er anfassen, beschriften, bearbeiten konnte. Der Aktenkoffer wurde in aller Ruhe ausgepackt, die Übersetzungen ordentlich sortiert und für die Zeit nach dem Abendessen auf den Schreibtisch ausgebreitet. Ein Blick in den Kühlschrank verriet, dass Egon ein sehr sparsames Essen vor sich hatte, weil er wieder nicht einkaufen gegangen war. Susanne konnte er nicht wieder um Speis und Trank bitten, sonst hätte sie Verdacht geschöpft, die Kaminstube hatte nur kleine Häppchen, es blieb nur die Schneidhainer Pumpe übrig, die mit den saftigen Pfeffersteaks und dem König Pilsener vom Fass. Gesagt, getan. Egon stieg erneut ins Auto und rollte die zwei Kilometer nach Schneidhain hinunter, blieb nicht vor der ersten Kneipe stehen, die ihn zu sehr an peinliche Episoden aus den vergangenen Wochen erinnerte, parkte genau vor der Tür der Pumpe. Er wollte sich etwas Gutes tun und das Alleinsein an dem Abend würde ihn auch nicht stören.
Die Rauchschwaden, die ihm gleich entgegenkamen, atmete er mit Wollust ein, die Luft roch auch nach dem brutzelnden Fett der Pfannen, in denen die leckeren Steaks gebraten wurden, eine dezente Note Klogeruch rundete die waschechte Kneipenatmosphäre des Lokals ab. Egon blieb nicht lange allein am Tresen. Petra, die Kellnerin der Pumpe, die ihn dort lange nicht gesehen hatte, fragte ihn ganz unverblümt, warum er das Lokal gemieden hatte, ob ihm das Essen dort nicht geschmeckt hätte, das Bier, die Gesellschaft. „Eihorschemol, was ist mit Ihne denn los, Herr Doktor W.?“ Die Petra hatte einen hübschen Ausschnitt, eine freche, boden-

ständige Stimme und die Begabung, jeden Kunden, sei er auch nur bisher eine Eintagsfliege gewesen, wiederzuerkennen und mit einer passenden Anrede ins Gespräch zu verwickeln. Egon setzte sich an die Theke, bestellte ein Pils, lächelte Petra an und antwortete ohne die Spur von Verlegenheit: „Ich war lange dienstlich im Ausland, wäre gerne öfter hier eingekehrt, ging leider nicht! Und Sie, was machen Sie so?"

„Nix Berühmts. Der Lade läuft, die Bezahlung mickrisch, wie inde Branch halt üblisch, isch kann nedd klage. Habb misch blous gfragt, wieso Se uff Reide mit der Firma gäje unn Ihre Kolleschen all Angst um de Arbeitschplatz hawwe. Bis uff die paar Glücklische, die an de rischdische Schtelle hogge, die verkehre awwer nedd do, bleiwe brav bei Fraasche dehaam."

Es war ein erhebendes Gefühl zu wissen, dass man über Nacht in eine privilegierte Stellung gekommen war, dass die früheren Leidensgenossen, die übrigens viel zahlreicher waren, als man sich je hätte vorstellen können, noch ängstlich im Karpfenteich schwammen, während man sich selbst mit dem Hecht arrangiert hatte. Die einstige Solidarität war dahingeschmolzen, seit Egon sich in Sicherheit wähnte.

„Wissen Sie, man tut, was man kann, man gibt sich Mühe, besser als die anderen zu sein. Leistung ist gefragt. Ja, natürlich muss man dafür auch mehr arbeiten, sehen Sie, ich komme gerade vom Büro, habe nichts einkaufen können, so bin ich bei Ihnen. Und für die Zeit nach dem Essen habe ich noch Arbeit nach Hause gebracht, es wird eine lange Nacht. Von Nichts kommt aber Nichts, die Zeiten sind vorbei!"

Petra machte sich auch Sorgen: „Sie moin, nach der Wervereinischung weht ein anderer Wind? Da gäjd s mäi um Kampf, um Auslese? Mer müsse all kürzer trete, bald schpüre mer s aach do, inde Kneipe. Wenn die Angst um de Arbeitschplatz um sisch greift, da schpare die ebe, nedd so veel Penunze für Bier unn schöns Spachdeln! Beim Trinkgeld habb isch s schunn gemerkt: Die fedde Jahre sinn vorbei!"

Egon bestellte das berühmte flambierte Pfeffersteak mit den

vielen Zwiebelringen und den grünen Pfefferkörnern. Da er das Fleisch englisch haben wollte, ließ das Essen nicht lange auf sich warten. Ein längeres Gespräch mit einer Bedienung war zur Stoßzeit fast ein Ding der Unmöglichkeit. Er goutierte das Steak, hatte seine Freude an den Blutstropfen, die mit jedem Stoß der Gabel in die leckere Fleischmasse auf den Tellerrand spritzten, trank schnell sein schäumendes Glas Pils und bestellte ein zweites. Es sollte an jenem Abend gefeiert werden, es war seine ganz private Feier, er prostete sich Gesundheit zu, in Gegenwart und in Zukunft. Petra merkte an seinen Augen die Bereitschaft zum Feiern.

„Gibts heit en besondere Grund zum Feiern? Hot der Herr Doktor Geburtstag? Warte Se mol, bei jeder Feier is die Petra aach mit debei!“

„Darf Ich Ihnen was verraten? Vielleicht ist es das letzte Mal, dass ich hier alleine feiere. Es tut sich eben was bei mir, Sie werden staunen!“

„Was Sie nedd saache! Horddisch ging des awwer! Vor einem guden Jahr ware Se mit Ihre ehemalige Fraa do, dann ein paar mol mit der Subberfraa, mit der Blonde ebe, Se sagte des war Ihre Schweschder, awwer so wie se hot se nedd ausgsäje. Da kummt e Naie! Hergoddnochmol, geschputet hawwe Se sisch!“

Na ja, Egon hatte sich schon gesputet, in Gedanken wenigstens. Und hatte auch der Versuchung nicht widerstehen können, eine andere Person an seinem innigsten Geheimnis teilnehmen zu lassen. Bedienungen in Kneipen sind zuverlässig, tratschen nicht, Bea war sowieso Frankfurterin aus der Innenstadt, könnte beim besten Willen keine Verbindung zur Königsteiner Petra haben. Was soll’s, es war doch gelaufen, das mit der Akte B und das mit Bea. So gut wie gelaufen, jetzt reine Formsache!

„Petra, es ist doch die Blonde ...“

„Säje Sie? Zisch halb Ihnen damals kann Wort geglaubt, war klar, dass Se was minanner hatn, blous war s noch nedd schpruchreif, Se ware sisch Ihrer Sach nedd so sischer... Na, uff Eehr Wohl unn uff des Wohl... der Blonde!“

Es wurde angestoßen und diesmal ging das Bier auf das Haus. Beide Biere. Aufs Herzlichste verabschiedete sich Egon von der Bedienung mit Herz, stieg ins Auto und düste nach Hause, wo er sich bis in die frühen Morgenstunden in die mitgebrachte Arbeit vertiefte. Nach einer Stunde merkte er, dass er das Steak nicht verdauen konnte, die viele Butter und die Zwiebelringe lagen ihm wie Blei im Magen. Das Mittel dagegen kannte er: „Wild Turkey". Nicht aus Verzweiflung, nicht zur Schlafanbahnung, nicht um seine Sorgen zu vergessen, sondern lediglich als Medizin nahm er das volle Glas Whiskey, den kleinen braunen Bruder seiner schweren Stunden, zu sich und verdaute damit auf Anhieb das fette und eiweißreiche Gericht. Den Tabellen und deren mehrsprachigen Beschriftungen bekam der kleine braune Bruder nicht so gut: Linien krümmten sich, Doppelbuchstaben wurden übersehen, Pfeile zeigten in die falsche Richtung. Aus der Synthese der Prostaglandine drohte die Anweisung zum Bau einer Handgranate zu werden. Beas blaue Augen starrten ihn liebevoll aus der blanken Wand an und flüsterten ihm zu, dass er nur träumte, dass alles schon richtig war, wenn nicht, würde sowieso keiner die Tabellen lesen und seine Flüchtigkeitsfehler würden unbemerkt ihren Weg in die weite Welt der Farbwerke finden. Er konnte sich erst in den frühen Morgenstunden entschließen, ins Bett zu gehen, und auch dann nicht gleich einschlafen. Er stellte sich das Treffen mit Bea vor, ihre schicke Aufmachung, die treuherzigen Augen, die ihn diesmal liebevoll und verträumt anschauen würden. Und was war denn die Sache mit der Überraschung? In seinem Leben hatte Egon selten freudige Überraschungen erlebt, das Gute hatte sich ihm meistens als gelungener Teil eines sorgfältig ausgeklügelten Plans offenbart, als Belohnung für seine Voraussicht.

Eben, und so sollte es auch weitergehen: Er überlegte sich den ersten Satz, wo er eine Pause einlegen würde, um Bea kommen zu lassen, dann die vorsichtige Andeutung, der erste, bedeutungsvolle Körperkontakt, durfte nicht so stürmisch, musste aber eindeutig genug wirken, um die Frau in die gewünschten Bahnen zu lenken, dann erste, vorsichtige Andeutungen an eine gemeinsame Zukunftsplanung, dann kam das unplanbare *open end*. Nur mit der Überraschung hatte er noch Probleme, stellte aber fest, dass diese unmöglich den ganzen Plan über Bord hätte werfen können, das Telefonat war einfach zu spontan gewesen, es konnte nichts Gefährliches sein.

11
Die letzte und die erste Nacht

Eine schlafarme, aber mit versöhnlichen Gedanken gespickte Nacht. Die selbst verordneten Schmetterlinge im Bauch hatten im Morgengrauen Egons Waden und Füße erreicht. Er rieb die Füße ständig gegeneinander und eine wohlige Wärme stieg in seine Gliedmaßen empor, ließ ihn in einem Zustand der Zufriedenheit verharren, in der Erwartung, dass sich diese bald in Seligkeit verwandeln würde, um mit neu gewonnener Frische die letzten Schachzüge im Büro zu planen und den Chef endlich matt zu setzen. Egon hatte immer einen guten Grund, um morgens das Bett nicht verlassen zu wollen.

Diesmal verhalf ihm seine von der Ratio versachlichte Vision auf die Beine, ins Bad, in die Garage, auf die Autobahn, durch das Werkstor, acht Uhr fünfzig zur Stechuhr, in sein Bürozimmer. Hans saß nicht dort, wollte den Kollegen beim Arbeiten nicht stören, wollte die neuesten Gerüchte nicht verpassen. So stand er am Kaffeeautomaten. Helga war dort Mittelpunkt der Aufmerksamkeit: Ohne ein Wort der Warnung hatte sie einen internen Brief der Personalabteilung erhalten, in dem stand, dass man sie Ende des Jahres in die Staaten versetzen würde. Vorerst würde man die Versetzung noch als Abordnung betrachten, aber sechs Monate nach dem Umzug würde man ihren deutschen Arbeitsvertrag in einen US-amerikanischen umwandeln. Selbstverständlich, fuhr das Schreiben fort, würde sie keine Einkommenseinbuße erleiden und der Krankenversicherungsschutz würde bestehen bleiben. Es wurde verschwiegen, dass die USA keinen Kündigungsschutz kannten und dass mehrere jungdynamische, nicht mit allzu viel Fachwissen befrachtete US-Manager nur darauf warteten, sich auf die Arbeitsplätze der Deutschen, die zwar ihr Fach verstanden, aber dem neuzeitlichen Zahlenjonglieren nicht gewachsen waren, zu setzen.

Für Helga war damit die lange gefürchtete Katastrophe eingetroffen: Ihr Mann hatte einen guten Arbeitsplatz in Neu

Isenburg und sie hatten gerade angefangen, ein freistehendes Einfamilienhaus in Darmstadt zu bauen, und sich dafür bei beiden betrieblichen Pensionskassen zu gleichen Anteilen nicht unerheblich verschuldet. Wäre sie in die USA gegangen, dann hätte sie wohl ihren Teil der Schulden zurück bezahlen können, hätte aber ihren Mann und ihre schulpflichtigen Kinder nur in den Ferien gesehen. Die Chancen, dass ihr Mann eine entsprechende Arbeit jenseits des Atlantiks bekäme, standen schlecht, sein Abschluss war in den Staaten nicht anerkannt. Außerdem fühlte er sich in Deutschland wohl und dachte nicht im Traum ans Auswandern. Hätte Helga die Firma selbst verlassen, dann hätte sie wahrscheinlich keine Abfindung bekommen, möglicherweise sogar Probleme wegen der Nicht-Einhaltung der zwölfmonatigen Kündigungsfrist. Alle Akademiker hatten bei der Einstellung unterschrieben, dass sie bereit waren, auch im Ausland im Auftrag der Firma tätig zu werden und einen Arbeitsplatz in Amerika hatte man ihr schließlich angeboten.
Hans versuchte sie zu trösten: „Aber, Frau Kollegin, wenn jemand von alleine geht, dem wird heute der rote Teppich ausgerollt, die lassen bestimmt über Geld mit sich reden, Sie würden es doch der Personalabteilung sehr leicht machen ..."
War aber nichts: „Mag sein, aber die 200.000 D-Mark fürs Darlehen der Pensionskasse muss ich sofort zurückzahlen, und wo kriege ich das Geld jetzt her?"
„Dann können Sie Ihr Haus verkaufen und noch eine Weile zur Miete wohnen bleiben, bis Sie eine neue Anstellung gefunden haben. Sehen Sie, es gibt überall Wege, man muss sie nur erkennen ..."
„Kaufen Sie mir die Baustelle ab? Die ist nicht einmal so viel wert wie das unbebaute Grundstück!"
An den Grenzen der globalisierten Marktwirtschaft hatte Hans' Soziologie das Ende der Fahnenstange erreicht, an der Uni kannte man damals die Möglichkeiten von verstrickten Multis, die Verflechtungen des internationalen Kapitals noch nicht. Helga brachte in ihrer Verzweiflung noch einen beachtenswerten Satz ins Gespräch: „Und wenn wir uns auch

krummlegen, die Zelte hier abreißen und neue drüben aufstellen, dann braucht dem dortigen Chef mein Gesicht bloß nicht zu gefallen, drei Monatsgehälter, dann bin ich wieder auf der Straße und muss mich bei der Bahnhofsmission melden, wenn wir kein Dach überm Kopf mehr haben und auch kein Einkommen, um Miete zu bezahlen!“
Die Ecke des Kaffeeautomaten war von überall einsehbar, Helgas Stimme war so laut gewesen, dass man sie auf dem ganzen Flur gehört hatte. Von allen unbemerkt hatte ein Personalmensch sich an das Grüppchen herangeschlichen und die letzten Sätze genau mitbekommen. Eine Stunde später, als Hans in den Kopierraum ging, wo sich eine Anschlagtafel für Mitteilungen an die Belegschaft befand, konnte er dort eine interessante Notiz der Personalabteilung entdecken:
„*Es wird darauf hingewiesen, dass in den nächsten Tagen Versetzungen, auch nicht nur vorübergehender Natur, bekannt gegeben werden. Es wird hiermit eindringlich davor gewarnt, im Falle einer solchen Versetzung selbst genutzte Immobilien in Deutschland zu verkaufen. Diese Empfehlung erfolgt angesichts der angespannten Lage des Immobilienmarktes im Rhein-Main-Gebiet*“.
„Herr Kollege, hier ist schon Ausverkauf, sagte ich Ihnen! Die ziehen irgendwohin und wollen uns alle nicht mehr haben. Über kurz oder lang werden wir, das alte Eisen, das Feld räumen müssen. Ich, sowieso, aber Sie ...“
Egon hatte sich jahrelang als zu jung gefühlt, man hatte ihm eingeschärft, man solle nicht so sehr in jungen Jahren auf Karriere bedacht sein, vor allem, es nicht jeden wissen lassen. Erst im gereifteren Alter würde man einen „ansprechen“ und auf künftige, höhere Aufgaben vorbereiten. Das war noch in den guten alten Zeiten, wie die Petra von der Pumpe es erfrischend klar auf den Punkt gebracht hatte: vor der Wiedervereinigung. Dann brach der Kommunismus zusammen, der Neoliberalismus wurde als „das Ende der Geschichte“ gefeiert, die Jungdynamiker waren auf dem Vormarsch, freilich diejenigen mit Beziehungen zu den *old boys*, die eine auf dem gemeinsam begangenen Mord am Ur-

vater begründete Blutsbrüderschaft oder auch nur die Zeit beim Bund verband. Von heute auf morgen war Egon von „zu jung“ zu „zu alt“ geworden. Und ohne Mentor obendrein. Hans war so von der Aufbruchstimmung in den Fluren gepackt, dass er vergessen hatte, dass sein Kollege vorerst von Negativmeldungen verschont bleiben sollte. Er tröstete sich damit, dass Egon die dicke Luft in den Fluren offenbar schon sehr bald selbst wahrnehmen würde.
Es dauerte jedoch etwas länger, bis Egon sein Zimmer verließ und beurteilen konnte, ob die Luft im Flur dick oder dünn war. Er hatte sich in die Tabellen gestürzt, wollte die „richtige“ Arbeit auskosten, sich mit jenen geheimnisvollen Linien und Formeln verschmelzen, tief ins Papier eindringen, so tief, das ihn dort der Lärm der Welt, der eiskalte Wind, die dicke Luft in den Fluren, die nächste „Sonderpost“ nicht erreichen würden. Er klammerte sich an die einzige Sicherheit, die ihm im Berufsleben verblieben war, er würde sie niemals loslassen, vor allem nicht, bevor er den „Weiberkram“ erledigt hatte. Tabellen als Aphrodisiakum. Morgen war der große Tag. Würde sich die große Nacht an den großen Tag anschließen? Egon war nicht unbedingt darauf versessen, er wusste nur, dass eine schlappe erste Nacht mit Sicherheit auch die letzte Nacht mit Bea gewesen wäre. Solange er mit den Tabellen, nur mit den Tabellen, beschäftigt war, konnte eigentlich nicht viel passieren. Außerdem handelte es sich um keine schnelle und einfache Arbeit, er hatte genug Arbeit für zwei Wochen, und wer wusste, wie schnell der Verlag auf seine Korrekturen reagieren würde?
Die Mittagspause verbrachte der arbeitswütige Egon im Büro, rief nur kurz zuvor Ralf an, um zu wissen, wie es ihm ging und wann man sich auf ein Schwätzchen treffen konnte. Es war auch wichtig zu wissen, wie die Stimmung in anderen, auf demselben Gebiet tätigen Abteilungen war. Die Globalisierung hatte mit ihrer ganzen Wut in der Firma zugeschlagen, der eisige Wind in den Fluren war der Vorbote des Sturms gewesen und jetzt warteten alle auf den Hurrikan aus dem Mittleren Westen, der über den Atlantik im Anflug war

und demnächst auf Rhein-Main landen würde.
Ralf meldete sich mit belegter Stimme und war wortkarg. Eine junge, männliche Stimme dozierte im Hintergrund am anderen Apparat, machte auf gestressten Manager, benutzte bei seinem Gesprächspartner am Telefon die Sprache der Jungdynamiker, die total coole Art der neuen Schnösel. Kein Wunder, dass Ralf sich mit dem Typen da im Zimmer unwohl fühlt und kaum sprechen wollte! Ralph hatte am nächsten Tag in der Mittagspause Zeit, wie immer in Höchst, in der Kneipe in der Hostatostraße.
Der Nachmittag verflog im Nu, gleich wurde es Feierabend, Hans hatte insgesamt nicht mehr als eine Stunde im Zimmer verbracht, hatte von Tassen-Ohlig gelernt, wie man in fremden Zimmern hospitiert. Als Soziologe brauchte jedoch Hans die Krücke der Tasse nicht, er konnte sich auch so Gehör verschaffen.
„Herr Kollege, ich gehe jetzt nach Hause! Lassen Sie sich von der Arbeit nicht so verrückt machen, nichts wird so heiß gegessen wie gekocht. Morgen mache ich Ihnen einen Auszug aus den Gerüchten, die ich mir heute so angehört habe. Reisen bildet."
Egon winkte mit der Hand, zog noch die letzte Linie unter die vorletzte Tabelle und ging in den Flur. Nachdem er sich vergewissert hatte, dass der Chef schon weg war, trat er auf leisen Sohlen ins Vorzimmer, machte das Licht nicht an, tastete vorsichtig das Fach für die „Sonderpost" ab, war ziemlich sicher, dass er nichts finden würde. Aber es lag doch ein Umschlag drin. Im Umschlag steckte eine kleine interne Notiz: *Angesichts der Wichtigkeit des von Ihnen betreuten Projekts werden Sie gebeten, mir morgen im Laufe des Vormittags einen schriftlichen Bericht über den Stand der Korrekturarbeit vorzulegen und den Tag der voraussichtlichen Fertigstellung zu nennen.*
Auf den ersten Blick war die Notiz vielleicht streng formuliert, aber inhaltlich harmlos. Der Teufel steckte im „Tag der Fertigstellung", da dieser nicht nur von Egon selbst abhing, sondern eine zügige Bearbeitung seitens des Lektorats im

New Yorker Verlag voraussetzte. Mit der Zeit hatte unser Held seine Blauäugigkeit abgelegt und konnte sich gut erinnern, wie vor einem Jahr der Chef mit einem Abteilungsleiter jenes Verlags lange telefoniert hatte, um über die an ihn auf ein Schweizer Konto zu zahlende Provision für die Vergabe des lukrativen Auftrags zu verhandeln. Nachtigall, ick hör dir trapsen!

Egon wäre gut beraten gewesen, auch jetzt, vielleicht zum letzten Mal, den Kopf in den Sand zu stecken, zumal er nichts unternehmen konnte, um die Bedrohung, die von jenem verschworenen amerikanischen Verlag ausging, einzuschätzen. Hätte er sie eingeschätzt, hätte er trotzdem nichts dagegen unternehmen können, die genaue Kenntnis der Gefahr hätte nur der möglichen „ersten Nacht" verholfen, zur „letzten Nacht" zu werden. Am Steuer überlegte sich Egon die Vor- und Nachteile einer jeden Verdrängungsstrategie - es war schon mal gut, dass er jetzt die Verdrängung mit ihrem richtigen Namen nannte. Medikamente wirken wohl, sind aber unberechenbar, im Eros-Center kann man sich zwar die eigene Männlichkeit bestätigen lassen, aber dort besteht auch die Gefahr der Überdosierung aus lauter Übermut, und dann erreicht man beim *real thing* das Gegenteil. Das Gute an Kombinationspräparaten ist, dass sich die Wirkung aus dem Zusammenspiel aller Bestandteile ergibt, während die niedrige Dosierung der Einzelwirkstoffe die Nebenwirkungen reduziert. Dann, wenn pharmakologische Entspannung den Geist beruhigt und ein sexueller Erfolg das Selbstbewusstsein stärkt, kombiniere man beide Methoden, aber niedrig dosiert. Die Abschwächung von Anxiolytika ist Schnaps, davon kann man aber zu viel trinken und am nächsten Morgen verkatert sein. Kannte Egon bestens und wusste auch, dass ein Kater das depressive Morgentief verstärkte und dass ein Depressiver keinen guten Liebhaber abgab. Die Abschwächung von Schnaps heißt Wein. Allein eine ganze Flasche trinken war allerdings nicht das Wahre, aber Susanne würde mittrinken! Die Abschwächung von Bumsen ist Schmusen, und das konnte Susanne

bestens. Oft entpuppt sich ein dickes Problem als Sturm im Wasserglas.
Um halb sieben war der Feierabendverkehr auf der A66 in Richtung Frankfurt lebhaft, man sah schon beim Abbiegen auf die B8, dass sich zwischen Frankfurt-Höchst und dem Eschborner Dreieck alles staute. Komisch, dachte Egon, normalerweise ist es um diese Zeit ruhig, weil die meisten ihre Büros gegen fünf verlassen. Was machte er selbst so spät bei Nacht und Wind im Auto? Mit dem Hinweis auf geleistete unbezahlte Überstunden hätte man ein Argument gehabt, um sich bei den Personalmenschen zu verteidigen, vorausgesetzt, die würden auch einem zuhören und seine Anmerkungen so sorgfältig aufschreiben, wie sie die Schmierzettel der Günstlinge, die mit den Bezichtigungen, in der Akte B verwahrten. Die Angst vor dem Mobbing lässt Arbeitnehmer abends länger im Büro ausharren, und sei es auch nur, um hinter verschlossenen Türen Zeitung zu lesen. Als praktische Konsequenz würde Egon am nächsten Tag pünktlich die Firma verlassen, weil ein Gehetzter keinen guten Liebhaber abgibt und außerdem gleich einen schlechten Eindruck, nämlich den des gehetzten Gemobbten, macht. Und wer will schon einen Gemobbten heiraten?
Susanne war gerade nach Hause gekommen. Als Egon sie anrief, war sie noch im Mantel und fühlte sich einsam, sie meinte auch, eine gute Flasche bei einem guten Gespräch würde sie entspannen und gut einschlafen lassen. Egon betrat bald ihre Wohnung und Susanne drückte ihn an sich, fest, während er mit den Händen ihren schmalen Rücken streichelte. Es war die Zeit fürs Abendbrot, aber keiner wollte kochen. Sie holten sich ein paar Butterbrote mit Lachs und Kaviar aus dem Kühlschrank und Egon stellte die Flasche Chablis, die er aus dem Keller geholt hatte, auf den Küchentisch. Beim Belegen der Brote wanderten die ersten Lachsscheiben in die hungrigen Münder, gleich nach dem Entkorken wurde der Wein probiert, sie tranken erneut Brüderschaft, Susanne bekam einen liebevollen Klaps auf den Po verpasst, sie tranken die Flasche noch in der Küche aus. Die

Dame hatte Lust auf mehr Entspannung und signalisierte es mit einer augenzwinkernden Bemerkung: „Trockene Brote kannste nich mit leeren Gläsern essen, die bleiben im Hals stecken!“. Und sie holte ihre Flasche aus dem Kühlschrank: Pfälzer Riesling, eine Literflasche. Mit dem Tablett mit den Broten und den Gläsern und der vollen Flasche in der Hand, begaben sie sich ins gedämpft beleuchtete Wohnzimmer, wo bereits die leisen Töne der neuen Kuschelrock-CD ertönten. Madonna begleitete sie beim schnellen Abendbrot *like a virgin* und entführte sie mit der Flasche Riesling ins *Spanish Paradise*, natürlich im Rahmen der von Egon bereits im Vorfeld festgelegten Schranken, mit denen auch Susanne einverstanden war. Unser Held hoffte, dass Susanne die anstehende Sache mit den Geistern auf eine andere Gelegenheit vertagen würde, zumal das Übersinnliche unvorhersehbar für sehr unangenehme Überraschungen sorgen und sämtliche Vorstellungen von einer entspannten Schlafanbahnung über Bord werfen konnte, wie er im Laufe seiner schlafarmen Nächte vom Sonntag zum Montag oft genug erfahren hatte. Susanne kam ihm zuvor: „Weißte, ich bin nicht so richtig in Stimmung für die Geister, dat Whitchboard steckt irgendwo oben im Schrank, habe keine Lust, jetzt noch dat doofe Ding zu suchen! Kommst bestimmt wieder, und dann machen wa Geister, volle Pulle! Wat meinste?“ Sie setzte sich eng an Egons Seite und schlug die Beine übereinander. Sie hatte sich nicht umgezogen, war nur aus dem Mantel geschlüpft, trug noch die Stöckelschuhe. Der Pumps an ihrem rechten Fuß schaukelte über jene Wölbung, die Egon vor zwei Tagen noch als zu ausgeprägt vorgekommen war. Susannes Füße kamen ihm diesmal nicht zu klein vor. Vielleicht lag es diesmal an den Seidenstrümpfen, vielleicht an der Ermüdung, oder am Wein, oder einfach an Egons erneut ramponiertem Selbstbewusstsein ... Egon schaute sich Susannes Fuß genauer, fast begehrlich an. Während Susanne von der letzten Urlaubsreise erzählte, merkte sie, wie ihr Gesprächspartner den Oberkörper leicht nach vorne gelehnt hatte, ihr seltener in die Augen schaute, dafür umso länger flüchtige Blicke auf ihren rechten Fuß warf. Susanne war eine Frau von Welt. Sie rückte Egon noch näher, ließ ihren Fuß noch merklicher mit dem Pumps spielen, legte in ihrer Erzählung längere Pausen ein. Egon fühlte sich ertappt, wie ein Kind, das gerade Marmelade geklaut hat, konnte sich aber nicht die Blöße geben, es einzugestehen und dem Fuß keine Blicke mehr zuzuwerfen. Susanne fuhr ihm vorsichtig mit der Hand auf das Knie, stellte den Reisebericht abrupt ein und schaute ihn direkt in die Augen. Nach einer Schweigeminute, die Egon ewig vorkam, führte sie ein herausforderndes Lächeln auf und brach damit das für sie eher lustige als verlegene Schweigen: „Hab ich mir schöne Pumps gekauft, wa? Echtes Kalbsleder, fass an, super geschmeidig ...“ Egon trank sich Mut an, leerte das Glas mit einem Schluck, sagte kein Wort, streckte den Arm und fasste an. Nicht den Pumps, richtig den kleinen, gewölbten, betörenden, beruhigenden, einlullenden Fuß der Susanne. Sie leerte auch das Glas, lehnte sich zurück, schaute nach oben, entspannte sich. „Schön machste dat! Den ganzen Tag im Stehen, die neuen Schuhe sind noch zu eng, da braucht man echt ´ne Massage. Gut, schön langsam, so ist schön, so, ja!“. Egon massierte mit äußerlicher Gelassenheit und innerer Verkrampfung beide Füße. Wenn unangenehme Gedanken ihn wie böse Geister streiften, vertrieb er sie mit einem festeren Druck auf die Füße, die er so beflissen massierte. Er kannte sein Handwerk verdammt gut, Susanne spürte es. Als ihr Körper völlig entspannte, der süffige Wein und die kräftige Massage ihre Wirkung voll entfalteten, legte sie ihre Beine auf Egons Oberschenkel und ihren Kopf auf die Armlehne an ihrer Seite, als ob sie sanft einschlafen würde. Sie machte die Augen zu und atmete tief und langsam. Egon nutzte diesmal die Gunst der Stunde, bückte sich, fasste begehrlich zu und küsste lange die beiden Füße, die auf seinem Schoß lagen und gerade einen ganzen Tag im aufkommenden Frühling beschuht unterwegs gewesen waren. Er atmete die Erfüllung der nie eingestandenen Begierden ein, Erschöpfung und Mut, versank in eine bisher nur geahnte Weiblichkeit, die seine Gedanken und seine Sorgen vereinnahmte und sie mit ihrem Duft erdrückte, würgte, verschlang. Dabei wurde er nicht gehetzt, beobachtet, beurteilt. Susanne schaute ihm im Halbschlaf zu und fand es gut so. Entspannung beiderseits, Genuss ohne Reue. Nach einer Weile stand sie langsam auf, ging in die Küche und kam mit einem Glas und einem Wässerchen zurück.

„Komm, Egon, Rescue-Tropfen von den Bach-Blüten, ich merk's, dat brauchste für morgen!“

Nach dieser kleinen Hexerei lagen sie sich noch kurz in den Armen, jetzt echt wie Bruder und Schwester. Dann Tür auf, Tür zu, Egon ging schlafen. Mitternacht, Geisterstunde. Die hatte man verschoben.

Rescue wirkte Wunder. Egon konnte gleich schlafen und fühlte, wie sich seine Muskeln schön entspannten. Leises Kribbeln unter den Füßen, jetzt hätte er selbst eine Massage gebraucht. Im tiefen Schlaf wechselten sich knallbunte, kurze Traumfetzen ab, verschwanden, hinterließen nur eine Anmutung an die jeweils dominanten Farben, die zum Teil in den nächsten Traum übergingen. Das Gehirn arbeitete auf Hochtouren, die Maschine stand ordentlich unter Dampf.

Er wachte am nächsten Morgen ausgeruht auf und konnte sich an keinen der Träume erinnern. Rescue hatte während der Nacht sein Reservoir an Phantasie ausgeschöpft und ihn gleich nach dem Erwachen in die Wirklichkeit geschleudert. Es war der große Tag. Ausgiebig duschen, Rasierwasser üppig am ganzen Körper, ja auch dort, verreiben, Doppelreiher von Boss, Schlips auch von Boss, fertig war er.

Mist, da gab es noch den Bericht über die Übersetzungen und es war noch zu früh, um in den Staaten anzurufen. Macht nichts, der Chef hatte zwei Fragen gestellt, er bekam gleich die Antwort auf die erste, mit dem Hinweis, man könne erst gegen elf beim Verlag nachfragen. Zwischen neun und elf sputete sich Egon, machte die erste Hälfte der Arbeit fertig und faxte sie gleich nach New York mit dem Vermerk *Urgent matter.* Kurz vor zwölf rief er an, ließ sich mit der Dame verbinden, die das Projekt dort betreute. Die Stimme, die sich am anderen Ende der Leitung meldete, machte einen

richtig professionellen Eindruck: Akzentfreies Englisch, wohlmodulierte Stimme, nicht die Spur von Koketterie, kam gleich zur Sache, hatte aber den Text noch nicht erhalten, vielleicht war das Fax noch mit der internen Post unterwegs, *sorry, terribly sorry*, rufen Sie bitte im Laufe des Nachmittags noch mal an!
Im Sonderpost-Fach lag jetzt die fotokopierte Notiz von Egon an den Chef; der Hinweis auf das Telefonat mit dem Verlag war gelb markiert und trug ein dickes Fragezeichen am Rand. Daneben stand das berüchtigte „b.R.“, bitte Rücksprache. So wurde unser Held in die Mittagspause entlassen.
Egon traf an der Haltestelle des Werksbusses mit Ralf zusammen. Ralf meinte, es sei besser, im Bus nur über das Wetter zu reden, man wisse schließlich nie, wen man gerade neben sich habe. Das Wetter versprach Besserung, die Sonne schaute immer wieder durch die hellen Wolken durch, es wurde langsam frühlingshaft. Aus den Bäumen kam das erste Vogelgezwitscher der Saison und die Stiefmütterchen in den weißen Kübeln belebten den noch fast winterlichen Rasen um den Teich. Der Bus nach Höchst war nicht mehr so voll wie früher, dafür waren die Schlangen in den Kantinen länger geworden, Gerüchte waren jetzt viel wichtiger als Schaufensterbummel und „Biersche“ - und die drittbeste Gerüchteküche nach dem Männerklo und der Kaffeemaschine war eben die Kantine, wo man gelegentlich auch Nachrichten aus anderen Abteilungen erfahren konnte. In der Kneipe war Ralf schwer aus der Reserve zu locken, die Stimme des Schnösels, der neulich im Hintergrund telefoniert hatte, brachte ihn nun in die Verlegenheit, Näheres über jene unliebsame Person erläutern zu müssen.
„Kaum zu glauben, sage ich dir. Vor zehn Tagen komme ich gerade aus der Mittagspause zurück und mein Schreibtisch ist weg. Leeres Zimmer, verstehst du? Da steht so ein junger Mann in der Tür und fragt mich, ob ich die Umzugsleute gesehen hätte. Kein Wort der Vorstellung. Ich wusste nichts von einem Umzug und kannte den Typen auch nicht. Da erscheint der Hausmeister mit den Umzugsleuten und lässt

einen nagelneuen Schreibtisch ins Zimmer bringen. Der Schnösel gibt präzise Anweisungen, zeigt auf den Platz am Fenster, lässt den neuen PC auf einen Nebentisch stellen. Alles, als ob es mich gar nicht gäbe. Da frage ich den Hausmeister, ob ich umziehen soll. ‚Nix Umzug, Se bleiwe da, im Zimmer ds Herrn Wilson. Mer finde schunn en Schreibdisch aach für Se!' Was bin ich denn, der Adjutant dieses jungen Hüpfers? Und Wilson heißt er noch dazu, spricht aber normales Deutsch."
Es kamen zwei Pils, beide tranken einen großen Schluck. Egon suchte nach Worten, stellte sich vor, das wäre ihm passiert, es würde ihm eines Tages wirklich passieren.
„Hat es denn keine Andeutungen gegeben, nicht einmal den Anruf des Hausmeisters, der die Uhrzeit eines Umzugs mitteilt? Da setzen sie dir einen Unbekannten ins Zimmer ..."
Ralf bohrte gerne mit dem Finger in der eigenen Wunde: „Es ist sein Zimmer, ich bin dort der Gast. Mein Name steht zwar noch an der Tür, aber ich bin praktisch weg. Der Wilson kriegt die Post, die Anrufe, die Besucher. Obendrein ist Wilson nur einer von einer Leihfirma."
„Was hat dieser Wilson für eine Aufgabe?"
Ralf leerte mit einem Schluck das Glas, schaute an die Decke, legte eine Pause ein, spielte eine Weile mit dem Bierdeckel, zerknüllte ihn vor Wut mit einem Schlag und steckte ihn in einen Aschenbecher.
„Der Arsch hat meine Aufgabe. Ich darf nichts tun, nicht einmal ihm helfen. Sitze nur noch an einem kleinen Schreibtisch, ohne Schubladen. Gestern habe ich den „Spiegel" von zuhause mitgenommen, so maximal eine Stunde gelesen, dann stand Wilson vor mir und fragte, ob ich immer die Zeitung im Büro lese. Er selbst käme seit Wochen nur noch dazu, HR3 im Auto zu hören, und dann Arbeit, Besprechungen, Telefonate, nächste Woche ein Spezialkurs in Toronto. Ja, die Zeiten seien härter geworden, man stehe ständig unter Strom, nur Spitzenleistungen erhielten den Arbeitsplatz, so ein Zeug. Sagt er, nachdem er mir sogar die Zeitung madig gemacht hat. Keine Arbeit, keine Zeitung, Einzelhaft unter

ständiger Beobachtung!“
Es wurde still bezahlt, die Mittagspause war vorbei. Egon schwitzte in seinem Mantel und kaufte sich eine Flasche Rasierwasser bei Hertie.
Es war schon zwei Uhr und der Anruf in den Staaten stand an. Diesmal lag das Fax der Lektorin vor, nur die Linien konnte sie nicht so richtig erkennen, der Stift war nicht dick genug gewesen, die Fax-Übertragung hatte einiges verwischt, man möge bitte alles nochmals mit einem dicken schwarzen Stift zeichnen und erneut an sie faxen. Sie wollte nicht genau die Seiten angeben, die schlecht leserlich angekommen waren und Egon hatte keine Zeit, ganze fünfundvierzig Tabellen zu kopieren und praktisch neu zu beschriften. Die Verlagsfrau hatte auch keine Zeit, um genauer hinzuschauen, musste gleich *to the meeting for the budget*. Es war Ende März, komische Zeit für die Budgetbesprechung. Und komische Beschäftigung für eine Lektorin.
Egon ging an den Kopierer, kam mit zweimal fünfundvierzig Seiten zurück, suchte einen dicken schwarzen Stift und machte sich an die Arbeit. Er schätzte, in zwei Stunden würde er es schaffen, dann gleich faxen, warten, dass sich die Frau damit befasse, am nächsten Spätvormittag anrufen. Aber bis dann würde er bereits sein Privatleben in Ordnung gebracht haben und die Angelegenheit ganz gelassen sehen.
Der Chef betrat das Zimmer, dachte nicht im Traum daran, anzuklopfen und einen guten Tag zu wünschen, sah, dass Egon fleißig am Werk war, fragte in einem barschen Ton: „Na, wann sind die Übersetzungen fertig, Herr...?“
„Habe ich heute Morgen an den Verlag gefaxt, sind aber zu blass angekommen, ich muss die Tabellen jetzt dicker markieren und wieder hinfaxen.“
Erklärungen waren für den Chef nichts als Ausreden.
„Ich hatte Ihnen gestern geschrieben, dass ich heute Morgen wissen wollte, wann die Korrekturen fertig sind. Jetzt haben wir schon halb fünf und Sie wissen immer noch nicht, wie lange Sie brauchen werden. Nie eine klare Antwort, immer nur Ausreden, ich weiß wirklich nicht, wie lange es noch so

weitergehen kann!"
„Vor elf konnte ich nicht in Amerika anrufen, Zeitverschiebung, und dann ..."
„Ich habe Sie gefragt, wie lange Sie brauchen werden, nicht was der Verlag macht. Es ist Ihr Projekt. Wenn es nicht schnell vorwärts geht, dann muss ich das Projekt streichen und dann frage ich mich, was Sie hier noch tun können. Sieht nicht gut aus, wirklich nicht!"
Tür zu, im Flur schwere Schritte in Richtung Klo.
Rescue wirkte nach und so konnte sich Egon vom Rest der Welt abschirmen und nur an das denken, woran man ihn hätte objektiv beurteilen können, an den einzigen echten Gegenbeweis für die Kündigungsschutzklage. Vierzig Seiten hatte er bereits neu beschriftet, als er plötzlich unverständliche Linien, falsche Formeln, eine komische, breite, fast unleserliche Schrift vorfand. Es waren die Tabellen, die er nachts zu Hause bearbeitet hatte. Hier war der kleine braune Bruder mit am Werk gewesen, die ganze Arbeit war für die Katz. Unter Stress arbeitet man nicht viel genauer als mit dem Glas in der Hand, man ist gehetzt, will man die Aufgabe um jeden Preis in der vorgegebenen Zeit erledigen, übersieht klein geschriebene Passagen, vereinfacht schwierige Stellen radikal, diesmal bewusst, um nicht die knappe Zeit mit Nebensächlichkeiten zu vertrödeln. Die Tabellen wurden doch irgendwie fertig, es war doch nicht so schlecht gewesen, dass er sie praktisch neu bearbeiten musste, die Tussi des Verlags würde bestimmt nicht merken, wenn so ein Komma fehlte, Hauptsache, man würde das Buch schnell drucken. Die Blätter wurden durch das Faxgerät gejagt.
Egon ging nicht an sein Sonderpost-Fach.
Tja, die Ereignisse des Tages hatten ihm keine Zeit gelassen, um sich auf die in zwei Stunden anstehende Besprechung vorzubereiten. Er lehnte sich zurück, zündete sich eine Zigarre an und ordnete die privaten Vorgänge, die er bereits am Vortag bearbeitet und bis ins letzte Detail ausgefeilt hatte. Auf jede Frage würde die passende Antwort kommen, auf jeden Zug der richtige Gegenzug.

Mensch, Egon, ist dir der Unterschied zwischen der Frau deiner Träume, einer Besprechung und einem Schachspiel nicht klar?
Im Eifer seiner Planung hatte Egon völlig vergessen, dass er in Bea verliebt war, dass er kurz vor der Krönung seiner jahrelangen Träume stand, dass es doch etwas sehr Romantisches gewesen war, das ihn an Bea herangeführt hatte. Jetzt war Bea Mittel zum Zweck und seine größte Sorge war, dass er vielleicht während der ersten gemeinsamen Nacht dem Anforderungsprofil der Entscheidungsträgerin nicht entsprechen würde. In gewissen Kreisen Frankfurts gewährten damals schöne Frauen nicht selten vor der ersten Nacht die letzte. Wenn er aber Teil 1 heute, am Donnerstag, gut abschloss, dann konnte er Teil 2 auf den Sonnabend vertagen und sich inzwischen gut ausruhen und auf den Bewährungstest vorbereiten. Aber wenn sie unbedingt heute die erste Nacht haben wollte? Risiko. Ein Minimum an Vorbereitung musste sein, er hatte schließlich in der Mittagspause geschwitzt, hatte sich das Fläschchen Rasierwasser gekauft, die Tür mit dem Schlüssel zu geschlossen und sich mit dem Rasierwasser eingerieben. Überall, ja, auch dort.
Egon zwang sich zur Ruhe auf dem Weg zum Parkplatz: Auf keinen Fall durfte er gehetzt aussehen, Bea würde von ihm die Gelassenheit des Erfolgreichen erwarten. Die Zeit machte aber bei seinen Vorstellungen nicht mit. Die Autobahn wurde immer enger, verlief durch brodelnde Ameisenhaufen, wurde zum schlecht beleuchteten Tunnel. Der Mann mit dem Hammer unter dem Campanile schlug immer schneller, hastiger, verbissener, die Gelbphase der Ampel am Platz der Republik hielt nur eine halbe Sekunde an, da kam noch Querverkehr, schnelle Fußgänger, die keine Zeit hatten, auf die Zebrastreifen zu warten, die Einfahrt der Tiefgarage am Opernplatz verengte sich schnell wie im Zeitraffer, bis der Daimler es gerade noch schaffte, mit quietschenden Reifen die Schranke zu passieren, bevor sie sich endgültig schloss. Der Nebel der Abgase hatte sich verdichtet, es war stickig, nichts wie raus, schnell, die Treppe hoch, die hundert Meter

bis zum Opern-Café, Tür zu, hinter dem dunklen Vorhang in die Arme eines gehetzten Obers fallen, schnelle Blicke durch den winzig klein gewordenen Raum, in dem sich die ganze Welt gerade ein Stelldichein gegeben hatte. Stühle, zehn an jedem Tisch, alle mit Rücken belegt, nichts frei, kein Kellner gibt Auskunft, alle rasen nur von Tisch zu Tisch, volle Garderobe, ein Schal liegt auf dem Boden und wird von der Menge zertrampelt, noch drei Minuten Zeit, um einen freien Tisch zu finden, bei vertraulichen Gesprächen kann man sich nicht zu anderen Leuten setzen. Dort in der Ecke, da steht gerade ein Paar auf, schnell, nichts wie hin! Geschafft, mit kalten Schweißperlen auf der Stirn.
Egon setzte sich hin, fand keine Zeitung, bestellte ein Bier, das Bier kam nicht, auch nach zehn Minuten nicht, Mensch, und was ist, wenn Bea nicht kommt? Soll ich sie dann anrufen, oder lieber auf einen Anruf von ihr warten? Ob sie mich hier im Café ausrufen lässt? Der ganze Saal glotzte seinen Ecktisch an, beurteilte den Gehetzten, der unruhig mit seiner Uhr spielte, ständig dem Ober zurief, ob er an sein Bier denken würde. Ein Bier hätte ihn gerettet, nur ein Bier, zur Not auch nur ein kleines. Mach mal, du Lahmarsch!
Als endlich der Ober mit dem Bier vor seinem Tisch erschienen war, merkte Egon, dass die Zeit still stand, dass sich das Café erhellt hatte, dass alles schwieg. Ein Lichtkeil strahlte Bea an, die an dem Tag so glänzte wie noch nie zuvor. Ihre blonde Mähne war aus purem Gold. Ihre leuchtende Aura füllte den Raum. Sie blieb kurz stehen, schaute sich um, genoss ihren Auftritt und das nun leise Murmeln, sah Egon am Ecktisch, der gerade sein Bierglas angefasst hatte, warf ihm einen strahlenden Blick zu, öffnete ihren kurzen, dunklen Mantel, drehte sich um, schritt behäbig zu Egons Platz, blieb stehen und lächelte. Um sie ein übernatürliches Licht.
Das Bier war zu spät gekommen und so stotterte Egon bei der Begrüßung leicht. Bea wusste, dass sie sich mörderisch schick gemacht hatte, dass sie sowieso die Schönste in ganz Frankfurt war, fühlte sich so von Egons leichtem Stottern ge-

schmeichelt. Eine dicke Umarmung, schön Wange an Wange, eine Zeit so bleiben.
„Bea, was soll ich da noch sagen? Bin sprachlos!"
„Ja, ja, heute habe ich mir ein bisschen Mühe gegeben. So etwas Pflege, ein Duftbad, sich eincremen, dann ist der ganze Stress auf einem Schlag weg. *Wellness* ist das neue Wort, weißt du, steht in Marie-Claire und in der Cosmopolitan. Du aber, du machst mir Sorgen. Blass, Augenringe, warte mal, dass ich dir die Schweißperlen abwische ..."
Noch im Stehen zog sie aus der Handtasche ein Tempo-Taschentuch, an dem diskrete Spuren von Lippenstift zu erkennen waren, und trocknete fürsorglich Egons nasse Stirn.
„Sag nicht, dass man dir bei der Arbeit übel mitspielt! Sachen hört man, überall, kaum hat jemand das Standing nicht, benimmt sich einmal daneben, hat die richtigen Freunde nicht, da wird ihm das Leben zur Hölle gemacht. Es muss Personal reduziert werden, daran führt kein Weg vorbei, und man fängt mit den schwächsten Gliedern der Kette an, natürliche Selektion, Darwin. Der Sozialstaat ist pleite, man kann sich Großzügigkeit nicht mehr leisten"
Jedes neoliberale Wort von Bea bohrte sich wie ein Stiletteinstich in Egons Selbstbewusstsein. Er wollte sich nur schnell wieder hinsetzen und sein Bier in einem Schluck austrinken. Endlich setzten sie sich, Bea diesmal ganz dicht bei ihm, die Knien berührten sich, gelegentlich auch die Ellenbogen.
„Es ist nur so eine Phase in der Abteilung, ein eiliger Auftrag, den ich zwischendurch einschieben musste, inzwischen war ich fast eine Woche dienstlich in München, eine Besprechung jagt die nächste, es wird bald wieder ruhiger."
„Ja, eben, wenn es nur so eine Stoßzeit ist, dann ist es gar nicht so schlecht. In diesen Zeiten ist viel Arbeit ein gutes Zeichen, wenn man keine Aufgabe mehr bekommt, dann ist man auf der Abschussliste. Das sagen auch meine Freunde, der Martin, den hast du auch gekannt, der junge Abteilungsleiter, der Schicke. Der Thomas, der mit der roten Brillenfassung, ach, den kennst du ja nicht, ist aber ein ganz Süßer,

weißt du, der meint es auch, der muss es wissen, keine fünfunddreißig und schon Direktor bei der Niersteiner Bank. Ja, ja, ist schon ziemlich sicher: Wer viel Arbeit hat, der braucht sich keine Sorgen zu machen. Sonst, gnadenlos weg, die Firmen haben die besten Anwälte, die Personalabteilungen stecken mit den Betriebsräten unter einer Decke, ist überall so, in jeder Firma! Und gerade bei dir, wenn der Dormann was sagt, die kuschen alle im Vorstand. Man mischt sich nicht in die Politik eines *shooting star* ein!"
Egon merkte, wie stark der soziale Umgang die Denkweise prägt, nahm sein Bier in die Hand und stürzte es hinunter. Er wollte humorvoll und gelassen wirken.
„Ich war etwas früher gekommen und hatte ein Bier bestellt. Es wird langsam Frühling, man braucht eine Erfrischung. Jetzt trinken wir aber etwas Schönes zusammen. Ober, zwei Campari-Orange, bitte!"
Während sie auf die Getränke warteten, kam Bea gleich mit ihrer Neuigkeit heraus: Professor Kunze, der Bea immer wohl gesonnen gewesen war, war nach Berlin versetzt worden. So hatte er ihr angeboten, das letzte Semester in Berlin zu absolvieren, die Diplomarbeit bei ihm zu schreiben, dann würde er schon dafür sorgen, dass sie eine Stelle als seine Assistentin bekäme.
Was nun? Frankfurt-Berlin: 600 km ... Während Bea weiter über das Thema der Diplomarbeit redete, weit ausholte, in Details ging, ließ sich Egon die Liste der in Berlin ansässigen Pharmafirmen durch den Kopf gehen - war eigentlich nicht viel, Schering, Berlin-Chemie, Lichtwer und das war es auch. Diese drei wären die ersten Bewerbungen, die er schreiben würde, aber wenn seine jetzige Firma doch noch eine Weile brauchte, um über sein Schicksal zu entscheiden? Bei Eigenkündigung gibt es keine Abfindung, nur den nackten Absprung vom kündigungsgeschützten Arbeitsplatz in eine Probezeit. Und wenn er sie nicht bestand, den falschen Stallgeruch hatte, sich in keine Berliner „Kerngruppe" eingliedern konnte? Haus steht leer in Königstein und Egon auf einer Straße in Berlin, dann aber mit Sicherheit allein.

Bea hob ihr Glas, machte es sich bequem, genoss die weltstädtische Atmosphäre: „Salut!“. Als Egon das Zuprosten erwiderte, fiel ihm auf, dass Bea eine sehr durchsichtige Bluse und keinen BH darunter trug. Wie freche Knospen zeigten sich ihre kleinen, aufrechten Brustwarzen, für jeden zu bewundern, sah fast so aus, als sie auch für jeden zu haben gewesen wären. Niemals zuvor hatte sich sie so offenherzig gezeigt, so jenseits von jeder spießigen Vorstellung von Prüderie. Egon behielt seine Fassung und ließ sich nicht anmerken, dass er jene Signalwirkung wahrgenommen hatte, schließlich kannte er aus der Sauna Beas Brustwarzen in- und auswendig. Aber jetzt, vor der ganzen selbst ernannten Schickeria, das war ein neues Gefühl, dessen Ziel er sehr wohl erahnte. War es die Anbahnung für die erste oder auf die letzte Nacht? Beas blaue Augen verrieten es nicht.
Es ging dann immer noch nach Plan weiter: Ein kurzer Spaziergang im lauen Frühlingsabend über die Fressgasse, bei der Viktoria-Apotheke rechts, ab in die enge Kleine Bockenheimer. Beim Spazieren rückte Bea wie zufällig Egon immer näher, es ergaben sich kleine Zusammenstöße, sich aneinander reiben, Schulter an Schulter, Hüfte an Hüfte, dann drehte sich Bea ohne Grund um, öffnete wiederum grundlos ihren Mantel und stolzierte mitten auf der Straße mit ihren fast blanken, mittelgroßen, aber sehr festen Titten. Egon konnte sich einen Blick nicht verkneifen, sagte nichts dazu, weil er sich vorgenommen hatte, die ganze Angelegenheit erst nach einigen eindeutigen Worten anzusprechen. In seinem Kopf flog die erste Nacht schon auf ihn zu, in der gleichen atemberaubenden Geschwindigkeit, mit der sich die Autobahn, die Taunusanlage und die Schranke der Tiefgarage verengt hatten. Er konnte die Zeit nicht mehr aufhalten, sie raste an ihm vorbei, während Bea sich ruhig und gelassen gab und über alle Zeit der Welt verfügte.
Das Restaurant und das Essen wurden ausgeblendet, in Egons Gedächtnis blieben nur die häufigen Andeutungen an Berlin hängen, die anscheinend zaghaften Versuche Beas, seine Hand zu berühren, doch Körperkontakt zu suchen, aber

es war anders, als er es sich vorgestellt hatte, er merkte, dass ihm die Situation entgleist war, dass er nicht mehr Herr der Dinge war, dass seine Pläne nichts mehr nutzten. Er ließ sich fallen, vergaß den ganzen einstudierten Kram und überließ Bea die weitere Gestaltung des Abends. Vorsicht bei der Bestellung, Wein in Maßen kann helfen, die Alltagssorgen zu vergessen, aber zu viel davon endet in einer Schlappe. Vorsicht, Vorsicht, genau berechnen, mäßig bestellen, sich bloß nicht verführen lassen! Bea bestellte zuerst eine Flasche Vernaccia di San Gimignano, dann, als die flambierten Steaks auf den Tisch landeten, eine Flasche Rioja, Marqués de Cáceres Reserva, Egons Lieblingsmarke.
„Na, du hast mich wohl richtig erzogen, beim Wein. Ich hoffe, du wirst mich weiter so gut erziehen, in allen anderen Dingen des Lebens!“
„Ach, herzlich gerne! Apropos, hast du dir die Bilder des Verkaufs der Stücke der Berliner Mauer angesehen? Na, jämmerlich, da wird die Wiedervereinigung nur vermarktet, dem schnöden Mammon preisgegeben!“
„Und ausgerechnet ich soll in drei Wochen nach Berlin umziehen! Na, mal sehen.“ Sie fasste Egons Hand und er merkte, dass auch sie schwitzte.
Nebel. Dunkles Loch. Wirbel. Der Strudel befand sich wieder im Egons Gehirn, der Tod auf Probe, nur drei Minuten, zwei, eine , die Glocken läuten zum Osterfest und die Kinder suchen Ostereier, ein Gamsbart steht auf dem Hut eines deutschen Ägypters, der zum Obersalzberg unterwegs ist, während Egon sich unter der Last des Davidssternes bückt und weder ein noch aus weiß. Posaunen am Himmel, das letzte Gericht ist voll im Gange, da wird nur die „Kerngruppe“ reingelassen, die anderen, die Randerscheinungen, die Möchtegern-Mitglieder, alle raus, in die Kälte, ins Vorzimmer, von den Vorzimmer-Drachen überwacht. Kettengeklapper. Von der Maas bis an die Memel Jubelzeichen, bald ist es soweit, bald kommt die Army, würdigt unsere Verdienste, spannt uns wieder ein. Generation nach Generation wird das Darwinsche Prinzip weitergegeben: Alpha-Tiere vor Omega-

Tieren. Der Mittelstand soll sich entscheiden. Die, die es nicht verstehen, sind zum Untergang bestimmt. Götterdämmerung, das war eine Phantasie Wagners: Heute werden die göttlichen Funken von Generation zu Generation weitergegeben, die, die nicht den „Kerngruppen" angehören, sterben aus, weil sie nicht mehr vermehren können, weil sie keine Frauen finden, weil sie nach der ganzen Behandlung im Arbeitslagern keinen mehr hoch kriegen. Und die Frauen werden sich dahin wenden, wo sie die strahlenden Helden, die Jungdynamiker mit Ausstrahlung und Führungskompetenz vermuten, die, welche mehrere *assessment centers* erfolgreich überstanden haben, die mit leichter Hand Mitarbeiter ohne Stallgeruch wegmobben. Ein Strudel öffnete sich, er durfte nicht hinein, er durfte nichts bestimmen, weil es den Strudel auf Probe bekanntlich nicht gab. Einen Arbeitsplatz in Berlin würde es ohne Probe auch nicht geben.

„Aber Egon, du schaust doch komisch heute! Erst mal die Schweißperlen, dann diese Abwesenheiten. Ich will dir nicht zu nahe treten, aber wir sind doch irgendwie miteinander verbunden, was wissen wir von dem, was die Zukunft mit uns vor hat - mir, deiner Schwester, deinem besten Freund, mir darfst du alles sagen, komm schon!"

Ihre blauen, treuherzigen Augen bettelten jetzt, hatten die selbstsichere Miene abgelegt, sie warteten auf Egons Antwort, auf ein Lebenszeichen von ihm. Sie hatte aber „Schwester" und „Freund" gesagt, Bea überließ ihre Wortwahl nie dem Zufall.

„Da muss ich echt die Hose runterlassen. Man munkelt, dass die Amis unsere Firma aufkaufen und den Standort Frankfurt aufgeben. Ist noch nicht hundertprozentig sicher, es fällt nur auf, dass gelegentlich Kollegen in die Staaten versetzt werden und das ist meistens ein Zeichen, dass die was vor haben in der Richtung."

Für Bea war es nichts Neues: Sie war mit zahlreichen „Kerngruppen" befreundet, die sie bei einer Flasche Champagner selbst in sehr sensible Bereiche der Wirtschaft einweihten.

„Man munkelt nicht, man weiß es, es ist nur umgekehrt: Die

Deutschen kaufen sich bei den Amis ein und diese booten die Franzosen aus. Der große, lange, der mit dem Scheitel, der Dormann eben, ist gerade in Houston auf einem Gipfel und kommt am Dienstag mit allen Details zurück. Du hast mir in letzten Zeiten nichts von deiner Arbeit erzählt, nichts von Problemen und Sorgen, alles eitel Sonnenschein. Und ich dachte, wenn gerade bei ihm in der Firma der Teufel los ist, dann ist Egon entweder eine kommende graue Eminenz, die nichts sagen darf, oder er verschweigt mir was. Hättest mich nur gefragt! Ich kann dir Infos besorgen, von denen die anderen nur träumen!"
So, so, Hans geht den ganzen Tag Gerüchte sammeln, Ohlig horcht monatelang die Kollegen aus, Helga trifft die Versetzung wie ein Blitz aus heiterem Himmel, Egon selbst weiß nicht, wie er Bea seine Probleme beibringen soll. Und sie ist seit Langem voll im Bilde, eine hübsche Studentin weiß mehr als eine ganze Truppe von Bürohengsten, die sich tagtäglich damit herumschlagen. Als ob Bea über eine Wanze im Männerklo verfügte. Jetzt war es eigentlich uninteressant, ob man gemobbt wurde oder nicht. Die tun es nur, damit die Mitarbeiter selbst kündigen und man ihnen keine Abfindung zu bezahlen braucht. Praktisch gesehen, wäre es jetzt ein Fehler, sich bei einer Firma in Berlin zu bewerben, so würde man in Frankfurt auf jede Abfindung verzichten, um in Berlin bei einer Probezeit zu landen.
Wie machte man aber hier weiter?
Bea quasselte ohne Unterbrechung vor sich hin, schaute ab und zu Egon in die Augen, drückte ihr Knie gegen das seine. Das Wort „Berlin" fiel dabei oft, aber nur, wenn es um ihre Karriere ging. Berlin und die unausweichliche Perspektive des Verlusts seines Arbeitsplatzes hatten Egon einen dicken Strich durch die Rechnung gemacht. Er antwortete nur auf die Themen, die sie selbst anriss, aus denen sie sehr sorgfältig jeden Hinweis auf eine gemeinsame Zukunft, auf die Zukunft überhaupt, entfernt hatte.
Wieder sorgte ein Ober für momentane Entspannung, brachte die Rechnung. Und was tut man um elf Uhr mit dem ange-

brochenen Abend und mit dem noch anstehenden Hauptpunkt der Tagesordnung?
Jetzt war es Egon, der den Abend nicht so beschließen wollte; wenn er sich schon vorgenommen hatte, genau an dem Abend seinem Leben eine entscheidende Wende zu geben, dann musste der Fahrplan eingehalten werden. Auch wenn ein Triebwerk ausfällt, versucht der Pilot, das Flugzeug ans Ziel zu bringen. Wie immer hatte Bea nichts dagegen, den noch jungen Abend in einem anderen Lokal ausklingen zu lassen. Wenige Schritte vom Restaurant entfernt gab es die Bodega Barcelona, eine spanische Pinte, deren Ambiente sehr gut zum Rindsfilet und dem Rioja-Wein passte. Bea wusste diese Achtsamkeiten Egons sehr zu schätzen. Das besagte Lokal befand sich in einer engen Parallelstraße der Kleinen Bockenheimer, war auf zwei Stockwerken angesiedelt, ging eher in die Höhe als in die Breite. Unten war es hoffnungslos, auf einen Tisch zu warten, die Chancen waren oben viel besser. Jetzt hielten Bea und Egon Händchen, die Händchen, die sich während der Konversation im Restaurant gefunden hatten und die anscheinend nicht mehr ohne einander auskamen. Beider Hände schwitzten andauernd, was man schlecht mit der spätabends noch kühlen Außentemperatur in Verbindung bringen konnte. Ins Obergeschoss wurden die Getränke, was anderes gab es dort nicht, mit einem Seil und einer Rolle befördert. Man legte das Geld in den Eimer, die vollen Gläser kamen hoch und man ließ sich das Getränk schmecken.
Hier kam das Wort „Berlin“ andauernd vor. Bea sprach von Fußball, und schon nannte sie Hertha, sprach von Wiedervereinigung, und schon nannte sie die Berliner Mauer, sprach von ihren beruflichen Perspektiven, und dabei war das Wort „Berlin“ einfach nicht zu vermeiden.
Egon merkte, dass sie ihn aufs Glatteis führen wollte, dass sie sich nicht zu weit aus dem Fenster lehnen wollte, die Schweißperlen auf seiner Stirn wurden immer mehr, er fing an, seinen eigenen Schweiß unter den Achselhöhlen zu riechen, obwohl es sich so gründlich gewaschen und parfümiert

hatte. Beas Achselhöhlen rochen übrigens jetzt auch sehr streng, sie rochen nicht, sie dufteten.
„Bea, komm, wir haben noch das Entscheidende zu besprechen. In diesem Lokal ist es mir nicht zumute, über ernsthafte Dinge zu reden. Hier geht es nur um *viva la vida*, lustige Cliquen sitzen zusammen, hoch die Tassen, und wir beide haben noch etwas Ernsthaftes zu besprechen! Lass uns weggehen, zur Not bleiben wir auf dem Parkplatz vor deiner Wohnung stehen, es ist nicht mehr so kalt draußen"
Bea tupfte abermals die Schweißtropfen von Egons Stirn, schaute sich kurz um, stimmte dem Vorschlag mit einem Kopfnicken zu.
Auf dem kurzen Weg zur Garage dachte Egon, dass er alles daran setzen musste, um aus jener möglichen ersten Nacht nicht die letzte werden zu lassen. Schweißtropfen wie aus einem undichten Rohr sind ein sicheres Zeichen dafür, dass der Sympathikus den Parasympathikus beherrscht. Und die Erektion ist eine Aufgabe des Parasympathikus, ist eine Ruhereaktion, während der Sympathikus für die Fluchtreaktionen verantwortlich ist. Und Egon befand sich eben seit Monaten auf der Flucht, trotz der Tabellen und des kleinen braunen Bruders. Sie betraten die Opernplatz-Tiefgarage eng umschlungen, *cheek by jowl*. Frisch verliebt, so sahen sie aus.
In wenigen Minuten stand der Daimler auf dem Parkplatz unter Beas Wohnung. Menschenleer, schon frühlingshaft lau war es, Bea knöpfte ihre Bluse auf und ließ die Brüste frei im Raum schwingen. Egon schaute nicht gleich hin, es war genau das, was er an jenem Abend partout vermeiden wollte. Bea musste nach Berlin.
Bea wollte nach Berlin, hatte die Nase gestrichen voll von Frankfurt, wollte sich in Frankfurt nicht länger sehen lassen, vor allem bei bestimmten Leuten nicht, bei denen, die in gewissen „Kerngruppen" verkehrten. Bei denen, welche die geheimen Pläne ihrer Firmen kannten und ihr diese in seliger Stimmung verraten hatten. Sie wollte nicht weiter unfreiwillig Mata Hari spielen.
Egon dachte an ein Wochenende in Berlin und wollte noch

nicht raus mit der Sprache.
Bea dachte an sehr viele Wochenenden in Berlin.
Egon befürchtete, es würde nur um ein einziges Wochenende gehen. Bea schlug normalerweise zu, wenn sie vorhatte, den letzten Kuss noch vor dem ersten zu gewähren, die letzte Nacht noch vor der ersten.
Egon wollte den letzten Kuss nicht bekommen und drückte sich vor dem ersten. An jenem Abend, dem eine ganz besondere Bedeutung zukommen würde.
Bea packte Egon fest und zog ihn zu sich.
„Du schlängelst dich dauernd davon, empfindest du heute nichts für Berlin? Nicht einmal Hass?"
„Sollte ich?"
„Und was empfindest du für mich? Sag endlich was!"
„Dass ich dich seit damals liebe, so wie ich noch keine Frau geliebt habe!"
„Siehst du die Tränen nicht? Endlich wird was! Weiter, rede weiter!"
„So sehr, dass ich dich nicht verlieren will, nie, verstehst du, nie, nie!"
„Ach, so ist es dann? Und du sagst mir den ganzen Abend kein Sterbenswörtchen? Du lässt mich so einfach schmoren? Ich versuche, dich auf das Thema zu bringen. Du sagst nichts, wie ein Holzklotz, unberührt, unbeteiligt ..."
Egon war nun sehr berührt.
„Wann ziehen wir dann nach Berlin? Das hast du mir noch nicht gesagt. Ist wichtig. Habe den ganzen Abend darauf gewartet."
Und Egon streichelte Beas blonde Locken, küsste sie lange am Hals, streichelte ihre Oberschenkel, küsste ihren Busen.
Und Bea weinte ihm das Auto voll.
Egon drückte seine Lippen fest auf Beas Lippen, versuchte mit seiner Zunge in ihren Mund einzudringen, stieß diesmal auf fest geschlossene Zähne.
„Wirklich nicht?"
„Mmmm, nein!"
Draußen gingen die Lichter aus, in den frühen Morgenstun-

den sparte die Stadtverwaltung mit der Straßenbeleuchtung, verblasste Sterne kündigten das Morgengrauen an. Die sternklare Nacht versprach einen prächtigen Frühlingstag.
„Lass den Wagen hier stehen und bleib bei mir, komm schon!“
Egon schaute auf die Uhr.
Bea schaute in die Leere und suchte die Luftbrücke am Himmel.
Rhein-Main bis Tegel. Eine Stunde. An jedem Freitag hin, an jedem Montag zurück. Egon gähnte und dachte an die Notiz, an den Anruf, an die Blockade der verschworenen Lektorin, an die abfälligen Bemerkungen des Chefs, an die Auflösung der Firma ins Nichts. Er dachte an all die Sorgen, die zwischen dem Kampf um eine Abfindung und einem möglichen Umzug ins Blaue, nach Berlin, lagen.
Die erste Nacht wäre ihm zum Verhängnis geworden, wäre sehr wahrscheinlich die letzte gewesen, es musste nicht gleich sein, eine Woche, zwei Tage, das Wochenende, bitte nicht jetzt!
„Ich möchte so gerne bleiben, muss aber morgen um neun im Büro sein und kann nicht unrasiert antanzen.“
„Keine Sorge: Ich habe ein Rasiergerät und Rasierwasser bei mir.“
Egon wusste, dass sie für Beas letzte Küsse bestimmt waren und wollte den ersten Kuss nicht bekommen.
„Und ein frisches Hemd hast du bestimmt auch.“
„Habe ich.“
Der erste Kuss vor der letzten Nacht war in Anmarsch und musste hinausgezögert, gestoppt werden.
„Glaub mir, bin schlaftrunken um diese Zeit, übermorgen ist Samstag, wenn man schon zwei Jahre aufeinander wartet, dann macht der eine Tag auch nicht mehr viel aus.“
Auch Bea war eine Frau von Welt.
„Wenn es dir lieber ist, können wir heute in zwei getrennten Betten schlafen“
Egon gaffte plump Beas nackten Busen an, streichelte ihre angefeuchteten, saftigen Oberschenkel bis ziemlich weit

oben und wusste, dass sie nicht in zwei getrennten Betten schlafen würden.
„Es war ein wunderschöner Abend heute, wir haben noch jede Menge Zeit, jede Menge Wochenenden in Berlin, in Frankfurt, auf dem Mond vor uns - ich muss jetzt aber nach Hause, habe meine Akten noch auf dem Schreibtisch liegen!“
„Gut, hast recht. Schlaf gut!“
„Du auch, ich rufe dich morgen in der Mittagspause an!“
Bea presste ihre Lippen fest auf Egons Lippen. Ihre Zähne blieben geschlossen.
Auf der Rückfahrt im Morgengrauen war die Autobahn leer, breit, öde. Nur Schichtarbeiter und die ersten Laster waren unterwegs, fuhren ruhig und vorsichtig. Egon fuhr auch langsam. Er hatte eine seltsame Leere im Kopf, die er nicht imstande war, mit Gedanken zu füllen. Ganze drei Stunden Schlaf würde er sich gönnen können, dann wieder auf in den Kampf. Schluss, die Sandmännchen kommen! Sie kamen sofort, als er sein Bett bestieg, und leisteten ganze Arbeit: Drei Stunden Schlaf, wie er im Buche steht.
Beim Aufwachen war Egons Kopf immer noch leer. Er stand auf, ging die ganze morgendliche Routine durch, beim Rasieren sah er sich im Spiegel. Ja, da war was gewesen, gestern Abend, etwas Neues ...
Umschalten auf Knopfdruck. Jetzt hatte er's: „Seit heute Nacht bist du mit der Bea zusammen!“ Und Egon freute sich auf das kommende Wochenende.

12
Der holde Frühling

Um acht strahlten die Ausläufer des Vordertaunus in einem diffusen, noch etwas diesigen, aber hellen, sehr hellen Licht. Die Knospen der Apfelbäume hatten sich über Nacht geöffnet und sogar die erste Magnolie stand kurz vor dem Aufblühen. Der Verkehr stockte zwar wie immer, man grüßte sich aber freundlich, fädelte sich diszipliniert in die A66 ein, ging gelegentlich vom Gas und suchte mit den Augen die ersten Primeln auf den Wiesen. Es lag etwas in der Luft, nicht nur der leichte Frühnebel. Nach dem Krifteler Dreieck führte die Autobahn in die neblige Senke des Flughafens, wo sich auch die Dämpfe des Industriegebietes, vor allem die weißen Wolken des Wasserdampfes aus der Kraftzentrale der Firma, verdichteten und die Sonne leicht verschleierten. Der Rauch stieg aufrecht in den hellblauen Himmel und kündigte für das Wochenende die erhoffte Wende zum richtigen Frühling an. Egon freute sich auf das Wochenende, auf die Ostereier, auf eine saftige Lammkeule im gedämpften Licht eines holzgetäfelten Lokals. Bea würde ihm gegenüber sitzen und die Ausstrahlung der liebenden Verlobten würde alle Sorgen des Lebens vertreiben, würde Egon die Kraft und die Gelassenheit verleihen, die entscheidende Wende im Beruf zu vollziehen. Die Firma war jetzt nur eine Attrappe, sie würde es in wenigen Monaten nicht mehr geben, zumindest nicht mehr an jenem Ort. Warum auf die Kollegen, denen es anscheinend besser ging, neidisch sein? Die Titanic würde untergehen und ein gemeinsames Schicksal würde alle treffen, die aus der „Kerngruppe“ und die ohne Stallgeruch. Das Wrack würde sich im Wohlgefallen auflösen und jeder woanders andocken. Dafür gab es *Headhunter*, Agenturen, Weiterbildungskurse, den Sozialstaat. Ein Einzelschicksal interessierte die Gesellschaft nicht, erst die Massen bewegten die Presse und die Politiker. Kein Grund zur Panik! Hauptsache, das Private wäre vorerst geregelt.

Das gute Gefühl verhalf Egon zu einem pünktlichen Stechen

und zu einem erstaunlich gelassenen und souveränen Auftreten in den sonnendurchfluteten Fluren. Die Kollegen staunten, beneideten ihn, fragten sich leise, wieso er zu neuem Leben aufgewacht sei, wem er das Wunder zu verdanken habe. Gleich fragte der erste, ob man ihm eine Riesenabfindung angeboten hatte, man wollte wissen, wie riesig diese wirklich war, ab wann man ihn bei vollen Bezügen von der Arbeit freistellen würde. Die Gerüchte entstanden blitzschnell an der Ecke der Kaffeemaschine, wo die Putzkolonne gerade den Teppichboden saugte und Staub und Milben aufwirbelte, die lange in der Luft hängen blieben und unter den direkten Sonnenstrahlen wie ein leiser Schneefall wirkten. Hans ging wenige Minuten später ins Männerklo und berichtete, dass Egon eine halbe Million Abfindung angeboten worden sei, allerdings keine Freistellung, weil er sein Projekt mit den Tabellen noch abschließen müsse. Kaum hatte Hans hinter seinem Schreibtisch Platz genommen, erschien die Paula, die an dem Tag wieder einen durchsichtigen Rock trug, der im Gegenlicht fast so wenig Körper verschleierte wie Beas Bluse im Operncafé. Hans glotzte, Paula wusste, dass er glotzen würde und stellte sich richtig gegen die Sonne. Als sie Egon sah, den sie nicht hinter seinem Schreibtisch vermutet hatte, ging sie mit einem herzhaften Lächeln auf ihn zu und gratulierte ihm. Er ahnte, worum es ging, und ließ sie einfach kommen.

„Moje Herr Doktor! Isch habb s gerade erfahrn! Na, Se hawwe nix verlaute lasse, awwer jetz hawwe Se s wägglisch nimmer nötisch. Saache Se mol, wie lange hawwe Se denn verhandelt, um uff die voll Million zu kommen? Was werre Se jetz damit machen? So, lebe uff großem Fuß, Weltreise, tausend Haremsdaamn, die Se hege unn pfleje..."

Egon lachte sich ins Fäustchen und dachte an die wundersame Verdoppelung der Abfindung auf dem Weg zwischen Kaffeemaschine und Klo. Er wollte die nette Dame nicht enttäuschen, aber auch nicht unbedingt auf dem Weg zum Aufzug gleich zum Milliardär werden.

„Wie die Gerüchte so um sich greifen! Jetzt aber Vorsicht,

ganz unter uns: Ich musste unterschreiben, dass ich die Höhe der Abfindung und die sonstigen Abmachungen sehr vertraulich behandeln werde. Ich darf Ihnen leider nichts mehr verraten, es ist mehr als genug, was sich so herumgesprochen hat."
Paula machte ein ernstes, verschworenes Gesicht, drehte sich um, führte Hans nochmals ihren Bobbes im Gegenlicht vor, schloss die Tür und peilte die Kaffeemaschine an. Hans hätte sich anscheinend gerne ausführlich mit Egon unterhalten, sah aber davon ab, weil der gleich an seine Tabellen ging. Egon hatte sie eigentlich schon am Vortag an den Verlag gefaxt, aber eine erneute Durchsicht konnte nicht schaden, er hatte sowieso keine andere Aufgabe und traute sich nicht auf den Flur, wollte nicht in die Verlegenheit gebracht werden, ständig Fragen über die Höhe seiner Abfindung beantworten zu müssen. Noch eine Stunde, dann würde er die Lektorin anrufen, sich über ihre Zeitvorstellungen schlau machen, die gestrige schriftliche Frage des Chefs schriftlich beantworten. Sicher war sicher, auch auf der Titanic auf hoher See.
Punkt elf Uhr rief Egon beim Verlag in New York an. Die Lektorin meldete sich sofort, hatte aber ein Gespräch am anderen Apparat, so dass die Verständigung nicht die beste war, nicht nur akustisch. Mit den letzten Druckfahnen würde es mindestens bis Mitte nächster Woche dauern, zumal sie Anweisung bekommen habe, die Tabellen zur nochmaligen Prüfung an die Autorin zu faxen. Man könne natürlich nicht wissen, wann Frau Professor gerade Zeit habe, aber einige Tabellen sahen schon merkwürdig aus, habe man ihr gesagt. Mist! Das Werk des kleinen braunen Bruders war aufgeflogen! War Peanuts, selbst wenn sich Fehler in die Tabellen eingeschlichen hatten, war es längst kein Grund für eine verhaltensbedingte Kündigung und eine betriebsbedingte Massenentlassung stand ohnehin bevor. Eine kurze Notiz an den Chef mit dem Wortlaut der Antwort der Lektorin und der Angabe der genauen Uhrzeit des Telefonats wurde diktiert und der Postfrau mitgegeben.
Es war Mittagspause, das Telefonat mit Bea stand an. Egon

war nicht allein im Zimmer, Ismail, der Vertraute des Chefs, war auch auf dem Klo gewesen, hatte auch von der Abfindung gehört und suchte eine Bestätigung. Er setzte sich unsrem Helden gegenüber, hörte zu, wie dieser die Notiz an den Chef diktierte, wusste gleich, worum es ging, und stellte ganz naive Fragen zu Luxushotels, Privatyachten und den tausend schönen Dingen des Lebens, die man sich mit einer millionenschweren Abfindung hätte kaufen können. Egon gab nur sehr allgemeine Antworten von sich, schaute auf die Uhr, wollte Bea ausgerechnet am ersten Tag „danach“ nicht warten lassen, signalisierte kurz dem Kollegen, dass er jetzt wirklich anrufen musste. Ismail lächelte und blieb auf seinem Stuhl sitzen. Egon blendete ihn aus und fing das Gespräch locker an, ohne in irgendwelchen Erinnerungen an den Vorabend zu schwelgen. Beas Stimme hörte sich gut gelaunt an, sie war aber ziemlich kurz angebunden und sprach auch nicht direkt über die neue Situation, sie nahm sie am Telefon einfach nicht zur Kenntnis. Nach zehn Minuten unverbindlicher Konversation brauchte Egon die Rückkopplung wie die Luft zum Atmen und sagte, dass er gleich nach Feierabend Gerda anrufen würde, um sich von ihr zu verabschieden. Er wisse übrigens nicht so richtig, wie man es anstelle, wenn man eine Frau für eine andere verlassen wolle, was man so an Märchen erzähle. Bea antwortete, dass sie es selbst noch nie getan habe und fragte, ob er sich so sicher sei, dass es eine andere gab. Ismails Augen wurden richtig dunkel und penetrant, er schaute Egon direkt ins Gesicht. Machte keine Anstalten, zu verschleiern, dass er plump spionierte. Was war nun schlimmer, die Beobachtung und die sich daraus ergebende strenge Beurteilung oder eine vermeintliche Sicherheit, die plötzlich ins Wanken geriet? In der Tat war die Gegenfrage, ob er sich so sicher sei, dass es eine andere Frau gab, sehr bedenklich gewesen. Sie war doch selbst die andere Frau! Er wurde langsam nervös, Ismails bohrende Blicke und seine diskreten Hinweise auf die Uhr erleichterten ihm eine gescheite Antwort nicht. „Bea, weißt du noch, was wir heute Nacht besprochen haben?“

Bea wusste es noch. Egon schlug dann vor, am nächsten Tag, einem Sonnabend, nochmals zu telefonieren, um sich fürs Wochenende zu verabreden, so im Büro in der Mittagspause war es nicht das Wahre und am Abend hatten beide bereits Verpflichtungen, Egon die Eigentümerversammlung, log er, und Bea ein Abendessen mit der Clique der Banker. So verblieben sie.

Kaum wurde der Hörer aufgelegt, meldete sich Ismail mit ernster Miene: „Ich habe die ganze Zeit kein Wort gesagt, aber jetzt verstehe ich, wieso Sie mit der Arbeit nicht nachkommen. Ihre Frauengeschichten beschäftigen Sie mehr als ihre Arbeit, das kann nicht gut gehen, der Chef hat es richtig gesehen!“ Egons Nerven lagen blank. „Wenn Sie schon dauernd auf die Uhr gucken, wundere ich mich, dass Sie nicht kapiert haben, dass es Mittagspause ist. Wenn ich mich lieber am Telefon ... verlustiere, als in die Kantine zu gehen, dann ist es mein Bier, nur mein Bier. Klar so?“ War anscheinend nicht so klar, Ismail lächelte gelassen, lehnte sich zurück und antwortete: „Sehen Sie, ich gehe auch nicht in die Kantine, telefoniere aber nicht die ganze Mittagspause. Wenn ich eine Aufgabe habe, dann arbeite ich auch durch, ganz ohne Mittagspause. Sie haben eine Aufgabe, kommen damit nicht weiter, schieben die Schuld für Ihre Verspätung dem Verlag in die Schuhe und in der Mittagspause hängen Sie mit den Mädels am Telefon.“

Egon hatte noch nie im Büro laut geschrien, aber es gibt für alles ein erstes Mal. „Verdammte Kacke, Sie arbeiten jetzt auch nicht, oder? Sie schnüffeln nur so rum, schauen mir beim Telefonieren zu, lauschen jedem Wort, das ich sage und das nennen Sie Arbeit? Sie hätten auch in die Kantine gehen können! Jetzt gehen Sie richtig arbeiten, nehmen Sie ihren fetten Arsch von meinem Stuhl und machen Sie, dass Sie wegkommen!“

Ismail war nicht um seine orientalische Fassung zu bringen.

„Man merkt, wie gestresst, wie gehetzt Sie sind. Ich bin nur bei Ihnen, um Ihnen zu helfen, ich wollte verstehen, was mit Ihnen los ist. Wissen Sie, wenn die Leistung im Keller ist,

das hat bei jedem andere Ursachen. Bei Ihrem Vorgänger war es der Schnaps, bei Ohlig waren es seine Kinder, die ihn nachts nicht schlafen ließen, bei Ihnen sind die Mädels. Entweder gleich wieder heiraten, oder ein paar Jahre ganz aussetzen, sonst sehe ich bei Ihnen schwarz. Der Chef sieht es übrigens auch genau so."
Doch es gab noch eine Möglichkeit, ihn matt zu setzen: „Wissen Sie was? Jetzt, wo ich die Abfindung kriege, können Sie mich alle mal, kreuzweise! Ich habe es nicht mehr nötig, mich mit solchen Würstchen zu ärgern. Yachten, Kreuzfahrten, Haremsdamen, ist alles drin. Und Sie werden weiter schuften müssen!"
„So aufgeregt, so gehetzt, wie Sie reden, haben Sie bestimmt keine Abfindung bekommen, keine gute zumindest! Schönen Nachmittag wünsche ich Ihnen, bis morgen dann!"
Dumm war der Ismail nicht, logisch, alles verdammt logisch, was er von sich gegeben hatte. Das mit „gleich wieder heiraten" hatte sich Egon schon selbst als die beste aller denkbaren Lösungen vorgestellt, da war nur jetzt Sand im Getriebe. Bis zum nächsten Tag konnte er nur abwarten, Bea war bei den Bankern und die Tabellen auf dem Weg zur Autorin. Nur die Fassung bewahren, nichts durchblicken lassen! Feindselige „Kerngruppen" merken sofort, wenn jemand gereizt ist und schlagen genau dort zu, wo einst das Blatt auf Siegfrieds Schulter gefallen war.
An jenem Nachmittag war es wieder wie in guten alten Zeiten: Keine Arbeit in Sicht und Hans hatte Lust auf ein Schwätzchen. Wie versprochen präsentierte er Egon eine Auslese aus den Gerüchten, die er in den letzten Tagen eingesammelt hatte.
Die Vermutung, Egon habe eine gute Abfindung angeboten bekommen, war schon begründet. Es hieß, der Bekannte Obere, der gerade in den Staaten mit den Unbekannten Oberen konferierte, habe seine Statthalter in Frankfurt angewiesen, die Daumenschrauben des Mobbing für eine Weile zu lockern und zu versuchen, die Leute mit Geld aus der Firma zu locken, schließlich war es seinen Leuten in Amerika auch

peinlich, dass man zunehmend Parallelen zwischen dem Personalabbau in der Firma und der Reichskristallnacht zog. Und wenn diese Übertreibungen die Presse erreicht hätten? Schließlich dauert es nicht lange, bis Karikaturen aus den Zeitungen den Atlantik überqueren und seine Leute hätten es nicht gemocht, wenn deren angesehener Verein mit alten Ewiggestrigen in Verbindung gebracht worden wäre. Man hatte der öffentlichen Meinung in den USA zu verstehen gegeben, dass man mit dieser Aktion ausgerechnet die ewig gestrigen Überreste der IG-Farben ausrotten würde.

„Verstehen Sie, Herr Kollege? Der Ami kann sich unter Deutschland nur *nazi* und *no speed limits* vorstellen. Und genau das könnte hochkommen, dass man in den USA annimmt, man würde Geschäfte mit einer *nazi-company* betreiben! Dass würde noch dazu Leute betreffen, die sich als menschenfreundliche Heilsbringer verstehen. Darf auf keinem Fall passieren. Wenn die in der Personalabteilung so weiter machen, weiterhin die Chefs zum Mobbing bis ans Äußerste zwingen, dann geraten sie unter massiven Verdacht."

Aha, dachte Egon laut, dann sind nicht nur wir die Spinner, die gewisse Parallelen sehen. Das Sittengesetz der Aufklärung berechtigt eine selbsternannte Elite, ein Netzwerk von „Kerngruppen", die eigenen Maximen als allgemeine Gesetzgebung zu betrachten. Selbstreferentielles elitäres Denken führt zur selbstherrlichen Einteilung der Menschheit in Alpha- und Omegatiere, wobei die Mitglieder der „Kerngruppen", die Menschen mit Stallgeruch, sich selbstverständlich als Alphatiere verstehen und den Omegatieren kaum Rechte über die nackte Existenz hinaus zubilligen. Kanonenfutter, Fremdarbeiter, Untermenschen, Opfer von Bombardements aus purem Hass, Bauern auf dem Schachbrett des globalen Kapitals, die von den Offizieren geopfert werden, um den in seinem Bunker zugebuddelten König zu verteidigen. Die man „*frei*setzt"- komischer Beigeschmack das Wort „frei", was?- wenn man ein besseres Dreimonatsergebnis braucht, damit die Aktienkurse vorübergehend steigen und in den oberen Etagen viel Geld mit Stock-Optionen verdient werden kann. Die Aufklärer erfanden das Schafott, die spätromantischen Nationalisten im Ersten Weltkrieg experimentierten mit Kampfgasen und jagten die Soldaten mit den Bajonetten durch den Kugelhagel, rechte Oligarchen erfanden die Arbeit, die frei macht, linke Oligarchen die Gulag und die öffentliche Selbstkritik, die dorthin führte. Der nach dem Zusammenbruch des Kommunismus zum allein selig machenden System avancierte Turbokapitalismus beschäftigt Psychologen und Juristen, um den von der Sozialdemokratie eingeführten Kündigungsschutz zu unterminieren: Mobbing wurde als Wunderwaffe lange ausgefeilt, verbessert, generalüberholt, auf den neuesten Stand der Technik gebracht und sorgte mit seinem perfiden Einkreisen, mit seinen Lügengebäuden, die schwer zu widerlegen waren, mit seinem Potenzial selbst zur psychischen und physischen Vernichtung von Menschen für die globale „Flexibilität", welche die neuen „Kerngruppen" sich hämisch auf die Fahnen geschrieben hatten. Die „Kerngruppen" der Alphatiere werden so immer kleiner und einflussreicher, die der Omegatiere immer größer und undifferenzierter, der Masse wird klar gemacht, dass sie anonym, durchschaubar, machtlos und flexibel zu sein hat. Zwischen Alpha und Omega gibt es immer weniger. Das nennt man heute „Freiheit". Zum Schluss erschlug Egon sein Gegenüber mit einem Zitat Rosa Luxemburgs über die Bedeutung von Freiheit: „Freiheit und Gleichheit können nicht voneinander getrennt werden. Beide zusammen sind Voraussetzungen einer demokratischen Gesellschaft".

Hans staunte, weil Egon diesmal einen fast druckreifen Vortrag gehalten hatte, so, aus dem Stegreif. Eine merkliche Spur von Neid kam auf, das grenzte schon an Hans' eigene Soziologie, in der er selbst der große Meister war. Er wollte schlagkräftig antworten, das ging aber nicht. Kopfschmerzen, Gefühl der Fülle der Begriffe und der Leere im Gehirn. Es war verdammt viel Stoff, um ihn so schnell verarbeiten zu können. Hans brauchte Zeit, um nachzudenken, um die Schwächen in Egons Gedankenkette aufzuspüren, um ihm dann, ebenfalls unter vier Augen, einen Gegenvortrag mit den Korrekturen des Fachmanns zu halten. Wie brachte er den Kollegen dazu, seine Gedanken zu Papier zu bringen?

„Und das haben Sie sich alles hier, jetzt, einfach so ausgedacht? Hat sich toll angehört, gratuliere!"

Egon ging ihm auf den Leim.

„Na, wir hatten doch gewisse Diskussionen, bevor ich die Tabellen mit der Sonderpost erhielt ..."

„Ja, eben, die Themen kamen mir schon bekannt vor, habe sogar gemerkt, dass Sie die Vertreibung aus Schlesien nicht erwähnt haben. Aber das, was mich fasziniert, ist die Verkettung der Argumente, die bestechende Logik. Könnten Sie mir ein paar Notizen machen, damit ich es auch behalte?"

Noch hatte sich die Mobbing-Situation nicht gelockert, es ging nur das Gerücht um, dass sie sich demnächst lockern würde. Egon dachte an die Notizen vom Dirk, der ihm stets Freundschaft vorgespielt hatte, bis er eines Tages unter dem Siegel der Verschwiegenheit erfuhr, dass Egon „unter Beschuss" stand und er helfen sollte, Egons Akte B anschwellen zu lassen. Zum ersten Mal misstraute Egon Hans. Der Personalabteilung wäre der Schmierzettel mit Egons handschriftlicher Ahnentafel des Mobbing Gold wert gewesen. Hätte Hans auch nichts Böses im Schilde geführt, konnte man nie eine Unachtsamkeit ausschließen, das Liegenlassen des Zettels neben der Tasse im Männerklo oder auf einem Stehtisch beim Kaffeeautomaten.

„Ich mache Ihnen einen Vorschlag: Ich schreibe mir selbst am Wochenende einige Stichworte auf, dann am Montag diktiere ich Ihnen einen Text, den Sie dann selbst aufschreiben. Sie kennen meine Handschrift, Sie könnten sie bestimmt nicht lesen!"

Hans hatte nicht so weit gedacht, er wollte dem Kollegen wirklich nur zeigen, dass er, Hans, doch immer noch der Bessere war. Nichts aber gegen Egons Gegenvorschlag.

Feierabend. Man brauchte keinen Mantel mehr, um bis zum Parkplatz zu laufen, der Frühling hatte Einzug ins Rhein-Main-Gebiet gehalten und selbst der ungepflegte Rasen um

den Parkplatz duftete nach den ersten Blumen, die man um halb sechs noch klar erkennen konnte. Auch auf dem Parkplatz hinter Tengelmann hatten sich die Gemüter besänftigt, man winkte sich freundlich zu, fragte artig, ob man am Ein- oder am Ausparken war, hielt sich die Tür auf. Die Kundschaft spürte den lange ersehnten Frühling und freute sich auf den ersten Ausflug an die Bergstraße, auf das Blütenmeer, das sie am Wochenende dort erwartete, auf die Terrassencafés. Egon freute sich auch auf das erste richtige Wochenende mit Bea, war aber von gewissen Wermutstropfen verunsichert. Das Abendessen brauchte nichts Feudales zu sein, Schwarzwälder Schinken, Edamer, eine fertige Schüssel Salat. Dazu Bier. Den kleinen braunen Bruder, den würde er erst am Sonntagabend, nach bestandener Prüfung, trinken.
Diesmal drückte sich unser Held vor dem Anruf bei Gerda nicht. Keine Doppeldeutigkeit, kein flaues Gefühl im Magen, er würde nicht in die Verlegenheit kommen, Vorschläge akzeptieren zu müssen, die er innerlich ablehnte, nur um den Schein einer Beziehung zu wahren. Trotz Wermutstropfen wollte er seiner Linie treu bleiben, klar Schiff machen und sich nicht mit Ausflüchten um eine ehrliche Aussage winden.
Das Telefonat gestaltete sich denkbar einfach: Gerda hatte sich am letzten Wochenende die Sache durch den Kopf gehen lassen und war selbst der Meinung, es habe wenig Sinn, in einer Beziehung zu verharren, die ihr als zu eng und Egon als zu locker vorkam. Egon hätte sie am liebsten gleich umarmt und auf die Stirn geküsst.
Der Schlaf ließ auf sich warten und Egon tat das, was er normalerweise verabscheute, er schaute sich einen Fernsehkrimi an. Es ging um eine Irrfahrt zweier Bankräuber, um der Polizei zu entkommen und die Beute, die sie im Kofferraum verstaut hatten, in Sicherheit zu bringen. Kreuz und quer durch Frankreich und Spanien, vom Heulen der Sirenen gehetzt, in Seitenstraßen getrieben, durch Staubwolken im verdorrten Andalusien gejagt, standen sie plötzlich vor der Straße von Gibraltar und wollten nach Marokko hinüber, nach Fes, wo ein Freund der beiden wohnte und ihnen Unterschlupf ge-

währen würde. Das Problem war, dass die spanische Polizei Algeciras umzingelt und den Fährbetrieb nach Afrika eingestellt hatte. Wie eine Fata Morgana erschien im Morgengrauen die Küste Marokkos, hinter der Küste die weiten Steppen mit den bestechlichen Polizisten, dann die verwinkelten Gassen der Medina von Fès, die tausend Geheimgänge, in die sich kein Fremder traute, die rettende Weite der Wüste. Die Polizei belagerte aber den einzigen Hafen, von dem aus die Schiffe in den sicheren Unterschlupf fuhren. Tagelang warteten die Räuber darauf, dass die Polizei die Suche aufgebe, man konnte schließlich den Verkehr nicht auf ewig lahm legen. Nichts, überall Polente, wohin man hinschaute. Der eine Räuber flippte aus, rannte auf die Mole, stürzte sich ins Wasser. Sein Kumpel schrie ihm zu, dass er so Fès niemals erreichen würde. Der drehte beim Schwimmen den Kopf um, schaute ihm mit einer hysterischen Grimasse an und antwortete laut, wiederholte ständig denselben Satz, zuletzt mit Schaum vor dem Mund: „Ich gehe dahin, nach Marokko, jenseits von Raum und Zeit! Jenseits von Raum und Zeit! Jenseits von Raum und Zeit!“. Und tauchte seinen Kopf zum letztem Mal ins Wasser.
Egon trank das dritte und letzte Bier des Abends und konnte gut einschlafen. Der letzte Schrei verhallte in seinen Träumen, der gehetzte Räuber war in den Strudel gesprungen, hatte sich tief fallen lassen, bis ans geheimnisvolle Ende, dort wo der Mensch wesentlich wird und erfährt, wie man Marokko ungehindert, an der Polizei und an den Wellen der Straße von Gibraltar vorbei, schneller als das Licht, erreichen kann, jenseits von Raum und Zeit. Wenn man das Ende des Strudels erreicht, kann man jeden Ort jederzeit erreichen, weil die entsprechenden Begriffe fehlen. Raum und Zeit sind bloß Fesseln der Materie: Nur wer bereit ist, die Materie abzulegen, kann sich von deren Fesseln befreien, sich einen nicht existierenden Ort vorstellen und in einer nicht existierenden Zeit dahinfliegen. Wozu braucht man eigentlich die Probe? Es ist so einfach, denkbar einfach: Kopf runter, die Endorphine sorgen für einen schmerzfreien Über-

gang, und schon ist man frei, überall zu Hause, immer gegenwärtig, mit jedem auf Tuchfühlung, ineinander gehen, sich gegenseitig verschlingen, seid umschlungen, Millionen! Alpha- und Omegawesen sind nur Punkte, die ständig den Kosmos in Windeseile durchkreuzen, von Alpha bis Omega, die es nicht gibt. Alpha und Omega sind Orte, Orte sind Raum, im Reich der Mütter gibt es keinen Raum, keine Zeit, keine Herrscher und keine Untertanen, der Kosmos ist demokratisch, alle sind gleich, alle sind frei! Egon sah sich im Traum selbst als ein kalter Windstoß, der eine helle Landkarte durchstreifte, der sein Ziel jenseits von Raum und Zeit erreichen wollte, aber die Schwelle nicht fand, den Gang nicht fand, den er jetzt bereitwillig betreten hätte, den aufsteigenden Gang in der U-Ebene der Bayreuther U-Bahn. Die letzten Lemminge winkten ihm freundlich zu, sie waren Winde, so wie er hier auch ein Wind war. Der Wind verdichtete sich, als er die Suche nach der Schwelle aufgab, fing an, seine stoffliche Beschaffenheit wieder anzunehmen, machte die Augen auf, stellte fest, dass er bei offenem Fenster geschlafen hatte, dass das Fenster im Esszimmer auch die ganze Nacht offen geblieben war, dass es zog und dass die Nacht doch kalt gewesen war.

Durch das Fenster erschien Egon ein dunkelblauer Himmel, der Rasen schillerte in den tausend zärtlichen Farben des Frühlings. Es duftete nach Gras und nach Blüten. Die Vögel zwitscherten und flogen von Ast zu Ast mit Grashalmen im Schnabel, fingen an, ihr Nest zu bauen. Egon befand sich wieder in seiner vertrauten Umgebung und ließ den Tag langsam angehen. Er hatte sich vorgenommen, die Ruhe jenes Sonnabends zu genießen, bis er am frühen Nachmittag Bea anrufen würde, um ihr vorzuschlagen, in den Rheingau zu fahren, in den lieblichen Landschaften bei Kiedrich spazieren zu gehen, den Frühling in vollen Zügen zu genießen. Den Ausklang des Tages offen zu lassen. Der Ausklang verlangte einen ausgeruhten, gelassenen, optimistischen Egon. Es war noch nicht ausgeschlossen, dass die erste Nacht doch zur letzten werde.

Wird sie noch schlafen? Strahlt die Sonne heute auch in Frankfurt so hell? Und die Kübel mit Primeln und Stiefmütterchen in Bockenheim, sind die auch so am Blühen wie die im Taunus? Möglicherweise hat Bea noch nichts vom Frühling mitbekommen, es war mit den Bankern spät geworden, sie braucht ihren Schönheitsschlaf. Schlaf, Kindlein, schlaf!
Im Garten konnte man problemlos ohne Mantel in der Sonne sitzen und dem Vogelgesang zuhören. Es machte wirklich Spaß, den erwachten Vögeln nachzupfeifen, das Schlagen ihrer Flügel von Baum zu Baum zu verfolgen, neugierige Blicke aus ihren dunklen Augen zu erwidern. Egon kannte bereits viele seiner gefiederten Nachbarn, hatte gelernt, die Arten voneinander zu unterscheiden, besonders die Drossel konnte er gut imitieren, die Amsel war ihm noch etwas zu schrill, während er bereits seit Jahren wusste, dass der Ruf der Turteltaube nur zu bewerkstelligen war, wenn man Luft durch die gespitzten Lippen einatmete, im Gegensatz zum Verfahren bei allen anderen Vogelarten, wobei man die Luft ausatmen muss, um richtig zu pfeifen.
Die Turteltauben waren zwar monoton, aber dafür berechenbar, kannten die abwechselnde, verspielte Melodie der Drossel nicht, hörten sich aber wie die Hüter des ewigen Odems der Natur an, wie der *cantus firmus* der ewigen Gesetzmäßigkeiten. Diese Sicherheit vermittelte die Drossel nicht: Sie fing mit einer einfachen Melodie an, drei, vier Pfeiftöne, dann ließ sie den anderen kommen. Schlag auf Schlag beantwortete sie die Wiederholungen ihrer eigenen Tonleiter und schmückte sie jedes Mal mit einer neuen Variation aus. Plötzlich, als der Imitator sich schon sicher wähnte, seine Antworten nur minimal ändern zu müssen, überraschte ihn die Drossel mit einer unerhörten Vielfalt an schrillen, dumpfen, wiederholten Pfeiftönen, zog alle Register, vom Brustton zum Falsett. Damit prüfte sie den möglicherweise unbedarften, unbekannten Freund. Na, machst du auch hier mit? Bist du auf meiner Höhe? Bist du überhaupt eine Drossel? Unglaublich, auch Vögeln waren die „Kerngruppen“ nicht fremd, auch Vögel urteilten nach dem Stallgeruch. Dann erst

recht die Säugetiere, die Affen, die Menschenaffen, die Menschen. Darwin ließ in Egons Garten grüßen, bestätigte ihm, dass die Natur sich instinktiv gegen die Gleichmacherei Rosa Luxemburgs wehrte, dass sie auf artspezifische Unterschiede erpicht war. Die Natur kannte auch keine Mildtätigkeit, keinen Sozialstaat, keinen Kündigungsschutz. In der Natur sollten sich nur solche Exemplare kreuzen, die für eine positive Auswahl der Nachkommenschaft, für den Erhalt der Spezies unter den aktuellen Umweltbedingungen infrage kamen. Andersartige, minderwertige, nicht angepasste, keiner „Kerngruppe" zuordenbare Exemplare wurden erbarmungslos ausgesondert, ohne Aufgabe gelassen, von der Herde, von der Schar vertrieben, ihrem Schicksal überlassen, bis sie einsam verendeten. Stand im Widerspruch zur christlichen Lehre der Barmherzigkeit, zum Gesetz der Liebe, zur Gnade Gottes, welche die Menschen befähigte, Träger einer höheren Botschaft zu sein. „Macht euch die Erde untertan" hatte schon der alttestamentarische Gott den ersten Menschen gesagt. Woher wissen wir, dass dieser tradierte Spruch wirklich unserem Herrn entstammt und nicht der Eitelkeit unserer Vorfahren zuzuschreiben ist? Das plakative Beispiel für die Überlegenheit der Menschen sind schon die einschneidenden Veränderungen der Umwelt, die im Laufe der Jahrtausende nur der Mensch in der Lage war zu bewerkstelligen. Affen kennen keine Autobahnen, keine Flugzeuge und keine Sozialhilfe. Sitzen in einer Palme und werfen mit Nüssen. Der Mensch sitzt im Flugzeug und wirft mit Bomben. Der Affe wirft seine Nüsse nach dem Prinzip Zufall, der Mensch weiß schon, warum er seine Bomben auf die eine und nicht auf die andere Stadt abwirft. Der Mensch kann lügen und sich Vorwände suchen, um zu begründen, warum er mit Bomben um sich wirft. Der Affe hofft nur, dass niemand noch größere Nüsse gegen ihn wirft. Der Mensch vertraut, dass seine „Kerngruppe" die Gründe versteht, warum er seine Bomben abwirft, dass sie zumindest begreift, dass er momentan mit Bomben um sich umwerfen muss, und annimmt, es gäbe einen Grund. Dem Affen ist es egal: Er wirft

seine Nüsse einfach aus Spaß und ist niemandem eine Erklärung schuldig.
Mittag hatte schon längst geschlagen und das Telefon war stumm geblieben. Ein erstes Bier, nur die Fassung bewahren, sie wird sich ausgeschlafen haben, nach dem ganzen Prüfungsstress. Die Schatten wurden länger, die Luft prickelnder, ein kühler Wind kam auf und brachte den Duft des Kaminfeuers, an dem fröhliche Familien saßen,die sich nach ihrer Wanderung am Rhein auf ein gemeinsames Abendessen freuten. Egon verzog sich ins Haus, schloss die Glastür zum Garten , machte die zweite Bierflasche auf.
Susanne war gerade mit ihrem Freund angekommen und beide winkten ihm durch das Fenster zu, Arm in Arm. Noch immer Schweigen im Walde beim Telefon.
Mensch, schon acht Uhr und den ganzen Tag nichts gegessen! Egon ging zum Kühlschrank, belegte sich ein Wurstbrot, holte sich eine weitere Flasche Bier, setzte sich vor die Glotze. Stand auf, brachte den Teller und die leere Flasche in die Küche zurück, zappte durch die Kanäle. Stand wieder auf, holte sich eine Zigarre, zündete sie hastig an, sie zog schlecht, bohrte mit einem dünnen Schraubenzieher ein langes Loch in die Zigarre, die darauf hin auseinander fiel. Die Brösel lagen auf Egons antiken Teppich verstreut.
Zehn Uhr, da musste was passiert sein, Egon griff zum Hörer, wählte Beas Nummer, legte gleich auf, wählte erneut., Freiton, Egon lehnte sich zurück, probierte seine Stimme, sie hörte sich gut an. Nach dem sechsten Ton schaltete sich der Anrufbeantworter ein. Hörer wieder auf die Gabel. Noch eine halbe Stunde, wenn Bea so lange geschlafen hat, wird sie auch spätabends lange aufbleiben, schließlich ruft sie selbst noch um Mitternacht an. Mitternacht. Unmöglich, wenn was passiert ist, dann zählt die Uhrzeit nicht mehr, da ist Eile geboten. Wieder Anrufbeantworter.
„Hallo Bea, hier ist der Egon. Ich war den ganzen Tag zu Hause und habe auf deinen Anruf gewartet. Ich mache mir Sorgen, weil du nicht abnimmst. Bitte rufe mich gleich an, um jede Tages- und Nachtzeit, kann sowieso nicht schlafen.“

Die Nacht verging ereignislos, im Morgengrauen war der antike Teppich nicht nur mit Tabaksbröseln übersäht, sondern stellenweise hatte die Asche richtige Löcher gebohrt, acht Bierflaschen lagen um Egons Lieblingssessel, irgendeine Musik lief im Fernsehen, das Licht brannte.
Draußen gab es wieder ein herrliches Frühlingswetter. Fröhliche Familien stiegen mit Kind und Kegel ins Auto und fuhren schon in aller Herrgottsfrüh in Richtung Taunus. Susannes Freund klingelte gegen zehn und fragte Egon, ob er etwas Zucker hätte. Na, klar, jede Menge Zucker. Hey, Zucker gehört zum Kaffee und Egon hatte noch keinen Kaffee getrunken. Sein Brummschädel signalisierte, dass er nun jede Menge Kaffee nötig hatte. Tür zu, Kaffee kochen, ein Pott wie für eine ganze Familie. Egon ging in sein Arbeitszimmer, denn er fühlte sich inmitten der Trümmer seiner auf dem Sessel verbrachten, schlaflosen Nacht unwohl. Es stank dort wie in der Kneipe, abgestandenes Bier und kalter Zigarrenqualm.
Egon schlief ein, hinter seinem Schreibtisch zu Hause, dort, wo er ein paar Tage zuvor mit dem kleinen braunen Bruder zusammen die Tabellen verunstaltet hatte. Der Erschöpfungsschlaf dauerte bis Mittag, als er vom Vogelgezwitscher und von der direkten Sonneneinstrahlung geweckt wurde. Er kontrollierte den Speicher des Telefons, nur Ralf hatte angerufen, von Bea immer noch keine Spur. Er versuchte es nochmals, abermals meldete sich der Anrufbeantworter, wieder hinterließ Egon eine Nachricht, eine längere, mit der Bitte , ihm doch zu glauben, dass er die letzten persönlichen Themen vergessen hatte und sich nur wegen Beas Wohlergehen Sorgen mache. Sie möge ihn bitte beruhigen, zurückrufen, nur ein Lebenszeichen von sich geben.
Unbedingt selbst nachschauen, zu Bea nach Bockenheim fahren! Unser Held merkte nicht, dass es schon Frühling war, dass die ersten richtigen Frühlingstage in sich bereits den Samen des Sommers bargen, zog Pulli und Mantel an und setzte sich bei aufgedrehter Heizung ins Auto. Mist, meinte er, warum schwitze ich so, warum werde ich so

schläfrig, obwohl ich gerade aufgewacht bin! Die B8 und die Autobahn waren alles, was er erkennen konnte. Er bretterte mit Scheuklappen Frankfurts Hochhäusern entgegen, durchkreuzte das menschenleere Westend und landete durchgeschwitzt vor Beas Haus. Und wenn sie aufmacht, mich so sieht, verschwitzt, gehetzt? Wenn es aber ein Notfall ist, dann zählt jede Minute, die Feuerwehr duscht mitten im Einsatz nicht. Tür zu, Egon klingelte bei Bea. Zuerst zögerlich, diskret, dann immer wilder, fester, Sturm! Es tat sich nichts, kein Licht brannte, kein Kaminfeuer warf rote Strahlen an die Decke. Es war hell, Frühling, eigentlich sommerlich warm, die brünstigen Vögel zwitscherten auf den noch kahlen Ästen und Egon suchte die Zeichen, die im Winter die Anwesenheit von Menschen verraten. Er warf einen Blick in Beas Briefkasten und sah ein paar Umschläge und die Benachrichtigung eines Einschreibens. Sie war wahrscheinlich seit Freitag nicht mehr zu Hause gewesen oder hatte sich einfach in ihrer Wohnung verkrochen. Unverrichteter Dinge verließ Egon Bockenheim und raste nach Hause zurück, ging unter die Dusche, aß die Reste aus dem Kühlschrank und ließ sich von Bier und Wild Turkey einlullen, bis er es gerade noch schaffte, sich ins Bett zu legen und einzuschlafen. Die berüchtigte Nacht zum Montag verlor diesmal ihren Schrecken und gestaltete sich wie eine Narkose.

Am Montagmorgen passierte nichts Nennenswertes, bis Egon sein Büro erreichte. Am Kaffeeautomaten dickes Gedränge. Alle halbe Stunden erschien eine der oberen Führungskräfte, meist zwischen fünfundfünfzig und sechzig, ging zum Herrn Naumann, dem Leiter der Personalabteilung, kam mit einem standardisierten Umschlag heraus und schaute glücklich, weniger glücklich oder verärgert in die Landschaft. Auch der Chef ging hinein, kam heraus und machte ein mittelprächtiges Gesicht. Am anderen Ende des Flures hatte sich eine andere Schlange gebildet, die der mittleren und unteren Führungskräfte, wozu Egon selbst und die meisten seiner Kollegen sich zählten. Der Abteilungsleiter, der in letzten Zeiten lediglich eine reine administrative

Funktion ausüben durfte, zitierte telefonisch jeden einzeln in alphabetischer Reihenfolge und stellte ihm oder ihr eine standardisierte Frage, die nur mit „ja“ oder „nein“ zu beantworten war: *„Im Falle einer Verlegung des Bereichs in die USA, sind Sie bereit, dahin umzuziehen?“*.
Wer seine Antwort von besonderen Bedingungen und vom Ausgang von Einzelverhandlungen abhängig machte, wurde als Neinsager eingestuft und bekam einen Termin bei der Personalabteilung, selbstverständlich nicht vor Ende der Woche, da die Umstellung der Akte B zur Akte A einige Zeit in Anspruch nahm. Auf jedem Schreibtisch lag die Info des Betriebsrates, dass ein Sozialplan verabschiedet worden war und jeder Akademiker mit einem Dienstalter von zwischen zehn und zwanzig Jahren im Falle einer betriebsbedingten Kündigung mit einer Abfindung in Höhe von 70.000 D-Mark zu rechnen hatte. Es war eine gut konzertierte Aktion, die sehr wahrscheinlich vom Bekannten Oberen nach seiner Rückkehr von den Staaten inspiriert worden war.
Egon wurde in der nächsten Stunde vor den Abteilungsleiter zitiert und musste die anstehende Standard-Frage beantworten. Da die Alternative über kurz oder lang eine betriebsbedingte Kündigung mit mickrigen 70.000 D-Mark Abfindung gewesen wäre, zögerte Egon nur ganz kurz, dann fragte er den Abteilungsleiter direkt, was er ihm empfehlen würde.
„Viele Möglichkeiten haben Sie nicht: Entweder sind Sie bereit, in die USA zu gehen, dann läuft Ihr Vertrag vorerst weiter, Sie müssen sich hier noch einige Zeiten gedulden, bleiben vorerst an Ihrem Arbeitsplatz, oder Sie wollen nicht, dann wird die Personalabteilung eine menschliche Lösung für Sie erarbeiten. Ich selbst gehe nicht hin, bin schon siebenundfünfzig, ich gehe in die Vorrente.”
In seinem Satz war das Wort „vorerst“ zweimal vorgekommen, beide Male an wichtigen Stellen. Egon sagte „ja“.
In der Mittagspause ging jeder jedem aus dem Weg, keiner wollte über ungelegte Eier reden. Die Beratungsstelle beim Betriebsrat hatte Hochkonjunktur, Illusionen hielten sich hartnäckig.

Egon konnte sich noch nicht mit diesem letzten Akt des Freiheitskampfes beschäftigen, da auf seinem Zeitplan das Private immer noch vor dem Beruflichen stand und das Private noch nicht endgültig abgeschlossen war.
Es gab eine einzige Möglichkeit zu erfahren, was durch Beas Kopf gegangen war: Egon rief ihre Freundin Lilly an, die Bea und Egon bei ihrer Geburtstagfeier miteinander bekannt gemacht hatte. Nicht dass Egon meinte, sie stehe in einer besonderen Verantwortung, aber er kannte sonst niemanden, der bei Bea so einfach hätte klingeln und sie nach ihrem werten Befinden befragen können, ohne Verdacht zu erregen. Lilly verstand auf Anhieb, worum es ging. Am Vorabend hatte sie mit ihrem Mann über die seltsame, gleichzeitige Funkstille aus Bockenheim und Königstein gesprochen, und er hatte gemeint, Bea würde wieder so ein Spielchen treiben, er würde Egon selbst am Montag anrufen, vorsichtig sondieren und ihn eindringlich davor warnen, ernsthafte Pläne für eine Zukunft mit Bea zu schmieden. Am besten ihr gar nichts glauben, die letzte und erste Nacht in aller Seelenruhe genießen, ganz locker auf die Ereignisse warten. Was Bea an einem, dazu noch weinseligen, Abend versprach, war völlig unverbindlich und bedeutungslos. Komisch, dass Egon in den über zwei Jahren der engen Freundschaft mit Bea nicht selbst darauf gekommen war. Eine Beziehung jagte bei Bea die nächste: Wenn ein Schönerer und Reicherer am Horizont erschien, wurde ein Streit mit dem alten Freund vom Zaun gebrochen und am nächsten Tag ab in die Kiste mit dem Neuen. Auf jeden Fall verstand Lilly Egons Wunsch, sich ein für allemal Klarheit zu verschaffen, und ging in der Mittagspause nach Bockenheim zu Bea. Am Abend würden sie wieder telefonieren und dann wüsste Egon, woran er war.
Da er so einen Nachmittag Auszeit hatte, beschloss Egon, sich auch an der Front der Versetzung Klarheit zu verschaffen und erkundigte sich bei Bekannten nach den Namen von guten Anwälten für Arbeitsrecht. Eine Beratung beim Betriebsrat kam nicht in Frage, weil Egon erstens außertariflich

geführt wurde, ihn der Betriebsrat damit nicht vertrat, und Egon zweitens gerade kürzlich aus berufenem Munde gehört hatte, die Betriebsräte steckten mit der Personalabteilung unter einer Decke. Erst mal würde er sich also von einem Fachanwalt beraten lassen, dann könnte er gegebenenfalls immer noch seine Einwilligung zur Versetzung zurückziehen, die Paragraphen würden es möglich machen. Es handelte sich sowieso um eine Art Haustürgeschäft ohne schriftliches Angebot vorab und dabei hatte er eine Woche Bedenkzeit. Soviel Jura beherrschte er schon.
Kurz vor Feierabend schaute Hans noch vorbei, sah den vor sich hin sinnierenden Egon in seinem Büro sitzen, meinte wohl, dieser hätte die wichtigsten Ereignisse des Tages verpasst und erklärte ihm beiläufig: „Na, heute haben wir den Tag der langen Messer erlebt: Die neue Garde steht Gewehr bei Fuß und will so schnell wie möglich die alte ablösen! Bei mir müssen sie sich aber noch ein knappes Jahr gedulden, morgen kommt der Ismail zu uns kurz rüber und bringt mir ein War Game bei. Dann schieße ich die Kerle tot, mausetot, das sage ich Ihnen!“ Egon nickte geistesabwesend.
Wie im Traum verbrachte er die Zeit, bis er nach Hause konnte, er ging einkaufen, nahm kaum wahr, was er in die Tüte steckte, packte sie in der Küche aus, aß irgendwelche schinkenähnlichen Scheiben und wartete auf den angekündigten Anruf. Lillys Mann, Otto, ließ ihn nicht lange warten: „Egon, die Schranze kannste echt abhaken. Lilly war mittags bei ihr, sie war schon halb besoffen, schwebte auf Wolke sieben, schwärmte vom schönen Wochenende. Sie hat sich am Freitagabend mit einem dieser Typen angefreundet und, was denkste, ist gleich mit dem ins Bett geschlüpft! Am nächsten Morgen sind die in den Wald gegangen, so, kurze Wanderung, dann hat sie die Jeans auf einem Hochsitz runtergelassen . Fand sie obergeil! Sei nur froh, dass du jetzt mit der nichts mehr am Hut hast! Sie sprach dauernd von dir wie von einem Spinner, der sich einbildete, sie würde ihn lieben, und nicht verstanden hatte, dass sie mit einunddreißig noch viel zu jung für eine ernsthafte Bindung sei. Und wenn

schon, dann sollte er sehr vermögend, erfolgreich und auf dem Weg zu irgendeinem Vorstandsposten sein."
Egon hatte mit einer solchen Geschichte inzwischen schon gerechnet, nicht aber mit der Tatsache, dass ihn Bea als Spinner betrachtete, das war verletzend und würde für lange Zeit tiefe Spuren hinterlassen.
„Dann, in Gottes Namen, warum wollte sie ständig mit mir ausgehen, sich überall mit mir zusammen zeigen, hat mich am Donnerstag regelrecht verführt? Nichts hat sie unter der durchsichtigen Bluse angehabt, war absolut topp frisiert und geschminkt!"
„Verstehst du das nicht? Du warst ihr bürgerliches Alibi, der Mann, mit dem sie ohne materielle Interessen ausging, der Vorführ-Liebhaber! Sie brauchte einfach eine solche Geschichte. Du hättest sie jedes Mal durchficken können, aber du nicht, du edler Ritter, du wolltest sie mit dem ersten und letzten Fick nicht verlieren, wolltest sie heiraten! Das war genau das, was sie nicht wollte, sie suchte entweder den absoluten Traumprinzen sofort oder wollte so lange allein bleiben, bis sie ihn tatsächlich findet. Ich habe es dir noch nicht erzählt, aber mit mir, gut, es war vor deiner Zeit, hat sie es auch versucht. Ich war bei ihr in der Wohnung und verlegte für sie Fliesen im Bad. Plötzlich kommt sie rein, nur einen String-Tanga an, fasst sich an den Busen, stöhnt und macht die Beine breit. Ich bin doch nicht so dämlich, dass ich auf so eine plumpe Anmache reinfalle. Solche Frauen sind nicht mein Fall, außerdem hat sie wie eine Kneipe gerochen. Ich sage es dir nochmals, du hast nur einen dicken Fehler gemacht: Du hast sie nicht hinten und vorne durchgefickt, was das Zeug hält. So oder so wäre sie weg gewesen, verstehste jetzt?"
Egon verstand viel zu gut, was er schon heimlich vermutet, jedoch nicht den Mut gehabt hatte, es sich selbst einzugestehen. Bea war für ihn zum allerletzten Rest des letzten morschen Holzbrettes geworden. Zu Beginn die prickelnde Abwechslung von einer sich verschleißenden Ehe, dann die Frau im Hintergrund, schön in der Garagenbox geparkt, stän-

dig gewaschen, poliert, gepflegt, alles für den Tag bereit, an dem er einseitig beschließen würde, sie kurzerhand zu heiraten. Ihr Einverständnis setzte er einfach voraus. Dass sie ein Lotterleben führte, interessierte ihn kaum, er war selbst letztendlich kaum einen Deut besser. Während seiner schlaflosen Nächte war Egon zur Erkenntnis gekommen, es mache Sinn, mit der ersten Nacht solange zu warten, bis er mit Recht annehmen konnte, Bea sei für seine Heiratspläne reif. Er wollte nicht Gefahr laufen, selbst eine Eintagsfliege zu sein, so wie die meisten, die in ihr Bett hüpften. Weiterhin dachte er, wenn sich beide vor der Heirat gehörig austobten, dann hätten sie danach keine Versäumnisse zu beklagen und die Treue fiele ihnen nicht zu schwer. Hatte Egon sich alles im stillen Kämmerlein beim kleinen braunen Bruder gedacht. Hatte er aber auch im Ernst daran geglaubt?
Sabine und das ewige Warten auf die Gelegenheit, ihr unerwartet zum Geburtstag zu gratulieren.
Otto und Egon verblieben so, dass sie sich mit Ralf zusammen in der kommenden Woche zu einem Männerabend in Kronberg treffen würden. Um die entschärfte Sprengladung zu begießen. Otto wusste nicht, dass Ralfs Situation im Büro eine gleichwertige Sprengladung war. Hätte ihn auch nicht besonders interessiert, Weibergeschichten fand er lustiger.
Egon war irgendwie beruhigt. Die letzten Hoffnungen zerschlugen sich in atemberaubendem Tempo, nichts, was zum rettenden Holzbrett gehörte, war noch erhalten geblieben. Ruhe war in seine Glieder eingekehrt: Nach Monaten der Rastlosigkeit genoss er den Duft der Zigarre, ein gepflegtes Pils mit Schaumkrone, Mahlers Lied der Erde wieder. Er hängte zwei Bilder von der Wand ab, legte sich in seinen Ledersessel hin, Gesicht zur Wand in zwei Meter Abstand und fixierte das blanke Nichts. Nicht die kleinen Risse, die Nägel, den kleinen Rotweinspritzer. Die Wand war nur weiß und leer. Sie nahm seine Gedanken in sich auf, ließ sie in ihrer Unendlichkeit entschwinden, verbarg sie vor Egon geistigen Augen. Lupenrein klärte sich seine mit allerlei Müll überfrachtete Gedankenwelt. Ein langsames, aber stetes

Tropfen ergoss sich unmerklich von Egons Gehirn und wurde von der weißen Wand aufgesaugt, mit jedem Tropfen sonderte er eine Sorge, einen Kummer, eine Demütigung aus. Der erste Tropfen war so trüb wie damals der Main bei Höchst, der letzte so klar wie eine Bergquelle in den Alpen. An jenem Abend trank Egon vor dem Schlafengehen nur ein einziges Bier, legte sich ins Bett und schief friedlich wie ein unschuldiges Kind ein.
Träume sind dafür bekannt, dass sie oft die zu verarbeitenden Themen dem Träumenden unter geändertem Vorzeichen erscheinen lassen. Wer im Traume stirbt, dem steht eine einschneidende Neuigkeit ins Haus, zuweilen ein Neuanfang. Aus den Komplementärfarben werden die Komplementärgeschichten, um das Ganze zu verstehen, müssen auch die dunklen Seiten des Universums studiert und erfahren werden, selbst Christus fuhr vor Seiner Auferstehung zur Hölle.
Egon studierte in Traum Landkarten. Er wollte flüchten, wusste aber nicht wohin. Sein Zeigefinger fuhr auf der Karte über eine monotone Autobahn, die mit jeder Fortbewegung des Fingers breiter, länger, eintöniger wurde. Der Finger beeilte sich, die Karte verwandelte sich in eine historische Landkarte, wie die Karten, die auf dem Antikmarkt angeboten werden und an Egons Hauswänden hingen. Die bunten Grenzen der alten Staaten, die vergilbten, fast unleserlichen Buchstaben vergangener Zeiten, alles hübsch in Altschrift. Egon wollte nichts lesen, wollte nur ankommen, sein Finger raste auf der Karte und die Karte dehnte sich, die Straßen verlängerten sich ins Unendliche. Egons Muskulatur schmerzte, selbst im Schlaf erkannte er das beginnende Anspannen des Zwerchfells, merkte, wie er sich auf die letzte Verkrampfung vorbereitete, auf den Versuch, nach Hilfe zu suchen, auf den Schrei, der ihm stets im Hals stecken blieb und den er nie über die Lippen bringen konnte. Wie ein Blitz erschien ihm eine Schrift und gleichzeitig ertönte ein Satz im luftleeren Raum. „Jenseits von Raum und Zeit“. Unmissverständlich, deutlich ausgesprochen, deutlich geschrieben. Er wiederholte den Satz, der Film im Fernsehen fiel ihm nicht

ein, sehr wohl aber sein Traum, in dem „Jenseits von Raum und Zeit“ eine schicksalhafte Rolle spielte. Das blonde Mädchen aus dem Bayreuther U-Bahn-Schacht stand vor ihm wie damals, nahm ihn an die Hand und führte ihn durch eine einsame Berggegend. Es wurde Abend, sie konnten den Pfad nicht mehr richtig erkennen. Die Nacht färbte sich dunkelblau, auf der rechten Seite stand das Häuschen der Zöllner. Hier blieb das Mädchen stehen, schaute Egon in die Augen, zeigte ihm ein Fenster an der Wand des dunklen Zollhauses. Drinnen saß eine der Egon gut bekannten kroatischen Polizeibeamtinnen, die bei der Einreise die Pässe kontrollierten. Egon zückte seinen Pass, der eingezogen wurde. Er durfte weiter, aber ohne Pass. Das Mädchen wartete in seiner Nähe und gab ihm zu verstehen, dass es so normal war, dass er sich nicht zu wundern brauchte. Auch die Beamtin schaute ihn freundlich an, ihre Gestik war eindeutig, alles in Ordnung, alles nach Plan. Egon fing an zu verstehen, an welcher Grenzstation er sich gerade befand. Ein bekanntes Gefühl erzeugte eine bekannte Abwehr. Er wollte zurück und fragte die Beamtin, ob dies noch möglich sei. Diese richtete diese Frage an das Mädchen, das Egon bis zur Schwelle begleitet hatte, sie besprachen es kurz miteinander. Die Uniformierte bestätigte ihm schließlich, dass es im Prinzip noch möglich war.

„Im Prinzip schon? Gut, dann geben Sie mir den Pass zurück und ich kehre gleich um!“

Die Begleiterin hatte sich schon entfernt, Egon hätte den Rückweg allein antreten müssen. Die Beamtin riet ihm davon ab, man merkte an ihrem Gesichtsausdruck und an ihrem Ton, dass sie um ihn besorgt war, dass sie ihn vor einem schlimmen Fehler bewahren wollte. „Ja, jetzt wollen Sie zurück, das geht noch. Sind sie aber so sicher, dass Sie das wollen? Zurück, aber ohne alles? Sie können auf Ihrem Rückweg nichts mitnehmen, Sie werden an Ihrem Bestimmungsort nichts wieder finden. Es ist alles weg, unwiederbringlich weg!“

„Dann hätte ich auch auf dem weiteren Weg in Ihr Land

nichts? Ist alles weg, ist alles futsch!“
Jetzt sprach die Beamtin zu ihm, als ob sie einen widerspenstigen Schüler vom Anzünden der ersten Zigarette in seinem Leben abbringen wollte. Fast mit Tränen in den Augen und in einem Ton, der die eigene innere Überzeugung und zugleich die Verzweiflung, nicht verstanden zu werden, ausdrückte: „Bei uns brauchen Sie die Sachen nicht, nichts brauchen Sie, Sie sind jenseits von Raum und Zeit!“
Egon dachte, dass es immer noch besser war, dort als Bettler zu leben, wo alle Bettler waren und es gleich an der Grenze gesagt bekommen hatten, statt dahin zurückzukehren, wo sich die Bettler weigerten, ihr Bettler-Sein zu akzeptieren. Nicht beneidet werden und selbst nicht neidisch sein. Das war es!
Er machte sich schweigend auf den Weg ins neue Land. Der Weg wurde breiter, die Landschaft bestand aus glatten, leuchtenden Wiesen, zuerst violett, später färbte sich die Landschaft hinter einer sanften Kurve in Fuchsia, später noch in Marsrot. Absolute Stille, absolute Einsamkeit. Weit entfernt ein kaltes Licht. Egon dachte an das Licht und war gleich dort. Egon dachte an eine grüne Fläche und war gleich dort. Egon dachte an sein Bett und war gleich dort.

13
Manege frei!

Es war Egon endlich klar, dass ein Verbleiben bei der Firma nur Nachteile mit sich bringen würde. Sogar sein Arzt, der solche Geschichten am laufenden Band von seinen Patienten hörte und sich bald eine Rüge der Krankenversicherung einhandeln würde, weil er sein Psychofarmaka-Budget überzog, hatte ihm berichtet, dass man anfangs gute Angebote machte, sich aber die Abschlüsse eher an den Betriebsvereinbarungen orientierten, sobald die Möglichkeit einer betriebsbedingten Kündigung näher rückte. Im konkreten Fall ginge es um 70.000 D-Mark, die für Egon völlig indiskutabel waren.
Er hatte sich gefragt, was er nun nach einer Trennung von der Firma tun würde. Er hatte keine Lust mehr, sich den Launen einer wie auch immer gearteten „Kerngruppe“ auszusetzen, von selbst ernannten Prüfern taxiert zu werden, sich „politisch richtig“ auf einem Firmenparkett mit eigenen Gesetzmäßigkeiten bewegen zu müssen. Obwohl Egon keine hohe Meinung von der freien Marktwirtschaft hatte, wollte er einfach Leistung und Erfolge vorweisen, ohne dass irgendwelche Leutchen diese schmälern würden, nur weil er den erforderlichen Stallgeruch nicht besaß. Der einzige Weg, der damit praktikabel erschien, war die Selbstständigkeit. Als was?
Er konnte nur auf ihm bekannten Fachgebieten erfolgreich sein. Es hätte ihm bestimmt mehr Spaß gemacht, sein Glück in der Politik oder als Quereinsteiger in der Literaturszene zu versuchen, aber seine finanziellen Mittel waren zu bescheiden, um sich eine möglicherweise jahrelange Anlaufzeit zu leisten, auf die Gefahr hin, am Ende doch Schiffbruch zu erleiden und von der Arbeitslosenhilfe leben zu müssen. Das war nicht seine Welt.
Egon hatte in seinem bisherigen Berufsleben viele Abenteurer (damals nannte er sie so) kennen gelernt, die einfach ihre Beziehungen zu Pharma-Firmen verkauften, um satte Tantiemen auf Lizenzgeschäfte zu kassieren. Wenn ein Herr Nie-

mand bei einer renommierten Firma anklopfte, dann wurde sein Vorschlag bestenfalls diagonal gelesen, nur um eine vernünftige Begründung für die Absage zu haben. Wenn ein bekannter Vermittler, im Idealfall ein ehemaliger Kollege, das Projekt des Herrn Niemand vorstellte, dann beschäftigte man sich jedoch eingehend mit dem Material, trommelte eine Besprechung zusammen, lud man den Erfinder ins Werk ein. Der Vermittler wusste genau, welchem der ehemaligen Kollegen er etwas Geld zustecken oder eine Gewinnbeteiligung in Aussicht stellen konnte. Wenn das Produkt noch nicht durch und durch patentgeschützt war, konnte man den gefälligen ehemaligen Kollegen noch in die Patentschrift eintragen lassen, was den angenehmen Nebeneffekt hatte, ihm zusätzlich zu den Tantiemen, auch einen Schub in Richtung akademischer Ehren zukommen zu lassen. Wieder zur Freude aller, die immer noch glauben, die pharmazeutische Industrie würde sich nur um das Wohlergehen der Patienten kümmern.
Da Egon sich situationsbedingt in einer eher zynischen Phase befand, erschien ihm ein solches Handeln nicht verwerflich. Die Zehn Gebote verlangten nur, dass man nicht töte und dass man kein falsches Zeugnis abgebe. Wenn allerorts die Korruption grassierte, war man blöd, wann man sich nicht daran beteiligte. Ja, natürlich, Zyankali und Dioxin würde er niemals vermitteln, aber niemand hätte ihm moralisch oder juristisch etwas vorwerfen können, wenn er ein Mittelchen an den Mann brachte, das lediglich „etwas gleicher“ als die anderen, als die Standardpräparate war. Zum Beispiel, würde es sich um eine Filmtablette mit Bruchrille handeln, während die Tablette der Konkurrenz keine Bruchrille hatte. Wenn die Bruchrille uninteressant war, weil erst die ganze Filmtablette die kleinste wirksame Dosierung enthielt, dann war doch nichts dabei, wenn der angepriesene Vorteil in Wirklichkeit nichts bedeutete, Hauptsache, man konnte die neue Tablette gut vermarkten. Symposium mit Meinungsbildnern auf Korfu oder Gran Canaria, Veröffentlichung der Proceedings, hübsche Inserate in der „Selecta“,

eine Extrarunde des Außendienstes mit einem schönen Abendessen als Krönung, und auf geht's! Es handelte sich nicht um Mord, weil niemand bei einer solchen Umstellung ums Leben kommen konnte, um falsches Zeugnis auch nicht, weil man nicht sagte, die Bruchrille sei nützlich.
Egon wollte Vermittler werden und würde sich, den Usancen entsprechend, „Unternehmensberater" nennen. War und ist immer noch eine Verlegenheitslösung. Der katholische Glaube wurzelte immer noch tief in Egons moralischer Gedankenwelt, der Begriff der ganzheitlichen Hingabe an die kosmische, gottgewollte Weltordnung hatte sein Bewusstsein noch nicht erreicht. Er verharrte immer noch in der bedingungslosen Ablehnung von Kants Sittengesetz und weigerte sich, den sich aus dem dogmatischen Anspruch der katholischen Kirche entstandenen Sophismen Einhalt zu gebieten. Er interpretierte die Gesetze Gottes immer noch aus dem Standpunkt heraus, man bräuchte nur eine entsprechende Deutung glaubhaft zu untermauern, um das Ewige Leben nicht zu gefährden. Wenn Egon sich diesen kleinkrämerischen Gedanken hingab, dann vergaß er alle Botschaften, die ihm eine Höhere Intelligenz über Träume und Visionen eingeflößt hatte. Dass wir auf Erden nur Bettler sind, interessierte ihn nicht, wenn er verzweifelt versuchte, sich eine berufliche Zukunft zusammenzubasteln.
Selbst die Gestaltung seiner „Weibergeschichten" hatte ihn nur dahin gebracht, wo seine Neigung nach einem geordneten Leben ihn hin haben wollte. Die Bestimmung schaute aber tiefer in Egons Gedankenwelt und verweigerte ihm solange die Erfüllung seines Wunsches, bis er einsichtiger geworden wäre. Allzu oft hatten viele Frauen im letzten Jahr gespürt, dass sie für Egon im Grunde genommen austauschbar waren. Das Rennen hätte nur diejenige gemacht, die sich bereit erklärt hätte, mit ihm für alle Ewigkeiten durch Dick und Dünn zu gehen. Und das vom ersten Tag an.
Auch auf der Arbeit stellte Egon keine geringeren Forderungen: Er wollte in einer Firma arbeiten, die sich mittels Arbeitsvertrag verpflichten würde, ihn bis zum Eintritt des

Rentenalters zu bezahlen - die Höhe der Bezahlung war zweitrangig - und seine Leistungen auch zu würdigen.
Egons Leistungen waren im Laufe der Jahre wahrlich nicht schlecht gewesen, nur nachdem ihn seine erste Frau verlassen hatte, war er vorerst in ein tiefes Loch gefallen und die Leistung hatte spürbar darunter gelitten. Genau dort fing der Strudel an. Wenn jemand einen Tiefpunkt hatte, dann bekam er in der Regel keine Unterstützung, um ihn aus dem Tief herauszuholen, sondern wurde gleich zum Gegenstand der besonderen Beobachtung, um genau festzustellen, in welchen Bereichen sich seine Ausfälle häuften.
Und genau dort setzt Mobbing an, rekapitulierte Egon. Es ist dem Mobber meistens nicht wichtig, dass er mit seinem Verhalten eigentlich der Firma schadet, weil der Gemobbte eine Zeit lang bezahlt wird, um nichts Nützliches zu tun. Dass er selbst, der Mobber, der Firma unrechtmäßig Geld entwendet, indem er während der Arbeitszeit nicht produktiv arbeitet, sondern nur Fallstricke aus „Spinnweben" für Kollegen spinnt, interessiert ihn ebenfalls nicht - der Spaß an der Folter, die Genugtuung, sich als Angehöriger der besseren „Kerngruppe" auszuweisen, der Stolz, in der Kantine als Alphatier erkannt und entsprechend geachtet zu werden, das erfüllt sein Leben mit Freude. Wenn eine Firma gerade vor dem Ausverkauf steht, dann wird Mobbing sogar von oben verordnet, damit die Gemobbten selbst kündigen und die Firma sich die Zahlung von Abfindungen erspart.
Eine Großfirma versucht immer, auf Massenentlassungen zu verzichten, damit dieses Thema von der sensationslüsternen Presse nicht sofort aufgegriffen wird, Boykott-Aktionen den Weg ebnet und ein schlechtes Firmenimage entstehen lässt, das meistens auch nachhaltig auf die Produkte übertragen wird. Nein, individuelles Mobbing ist bei weniger „Nebenwirkungen" effektiver, oft genug dauert es auch nicht lange, bis der Gemobbte seiner jämmerlichen Existenz ein Ende setzt, mehr oder minder freiwillig, und damit der Volksgemeinschaft nicht mehr zu Last fällt. Ein Gemobbter - so sinnierte Egon weiter - zeugt auch selten Nachwuchs, der logi-

scherweise so minderwertig wäre wie er selbst. Erstens ist es unwahrscheinlich, dass er nach einem ganzen Tag Mobbing abends „einen hoch kriegt", zweitens ist nicht auszuschließen, dass er für das weibliche Publikum derart unattraktiv wird, dass er keine Frau findet, der er seine Potenz und seine Fruchtbarkeit beweisen könnte, drittens, wenn er bereits Frau und Kinder hat, wird sich die Frau von einem erfolglosen, ständig gehetzten, minderwertigen Mann schleunigst trennen wollen und die Kinder werden so in einem anderen, besseren, angepassteren Milieu aufwachsen, das ihnen im Laufe der Jahre den richtigen Stallgeruch verleihen wird. Bei zu mobbenden Frauen ist alles noch einfacher: Diese ziehen sich aus dem Arbeitsleben zurück, gebären schöne, gesunde Kinder, kochen ausgezeichnet zur Freude ihrer erfolgreichen Ehemänner, gehen in die Kirche und kommen damit auf keine dummen Gedanken.

Die Firma lauerte genau dort, wo sie bei den Mitarbeitern ohne Stallgeruch Schwachstellen spürte. Sie beauftragte ihre I.M, ihre „Informellen Mitarbeiter", oft selbst erpressbare Intriganten, genau dort zuzuschlagen, wo die wunden Punkte waren, sie behauptete sich in ihrer Rolle als ausführende Hand von Unbekannten Oberen. Der weltliche Arm der erpressbaren Unternehmensleitung war die Personalabteilung.

Als die ersten Zeichen einer durchgreifenden Änderung sich ankündigten, wurden die Personaller angewiesen, dafür zu sorgen, dass jeder gegen jeden kämpfte, um zuerst die schwächeren Naturen zum Ausscheiden aus der Firma zu bewegen. Es wurde verschwiegen, dass es langfristig um die Aufgabe des Standorts Frankfurt ging.

Als der Bekannte Obere, der Lange mit dem Scheitel, aus seiner Sitzung in Houston, Texas, zurückkam, konnte das Endziel nicht mehr verheimlicht werden. Bestimmte Bereiche, darunter auch „Pharma", würde man in die USA verlagern, dort gab es keinen Kündigungsschutz, die dahin versetzten Mitarbeiter konnte man ohne Angabe von Gründen entlassen, an ihrer Stelle würde man frischgebackene Betriebswirte, dort hießen sie „Masters", Absolventen einer Elite-Universität an Amerikas Ostküste, einstellen. Diese würden zwar von den pharmazeutischen Produkten nichts verstehen, aber problemlos eine gefällige Gewinn- und Verlust-Rechnung liefern, die für eine Erhöhung der Dividende sorgen würde. Höhere Dividenden bedeuteten meistens eine höhere Börsennotierung und diese kam gerade den Top-Managern zugute, die als Aufstockung des Gehaltes Aktien-Optionen zugewiesen bekamen. Nebenbei führte auch jede Ankündigung von massivem Personalabbau erfahrungsgemäß zu einem Kursanstieg der Aktie des entsprechenden Unternehmens. Die Finanz beherrschte die Wirtschaft und die Wirtschaft beherrschte die Politik.

Egon rief schon frühmorgens den Anwalt an, den man ihm empfohlen hatte. Es hieß, der Mann habe beste Verbindungen zu hohen Tieren in der Personalabteilung und wüsste schon, wie man sie richtig packte, um das Maximale für seinen Mandanten zu heraus zu holen. Unser Held wollte nicht zu genau wissen, wie der Anwalt solche heimlichen Absprachen führte, ihm kam es nur auf das Ergebnis in Heller und Pfennig an. Nach der Arbeit fuhr er durch das Blütenmeer des Alleenringes nach Alt-Bornheim, wo die Kanzlei des Anwalts lag. Die längliche Fußgängerzone brodelte schon von einem fröhlichen Völkchen, das sich diebisch über die Sonne, die milde Temperaturen und die nahen Osterfeiertage freute. War der Einkauf getätigt, gingen vor allem die Männer in die alten Frankfurter Kneipen Bornheims und prosteten sich mit einem hoch gefüllten Bembel „Gesundheit“ zu. Es fiel Egon ein, dass auch Hans in jener Gegend wohnte und dem Schlummertrunk in einer Altstadtwirtschaft sicher nicht abgeneigt war. Mal sehen, dachte Egon, vielleicht schaue ich nach der Besprechung in ein Lokal hinein.

Die Anwaltskanzlei, über die angeblich die Fäden der Liquidierung der Farbwerke gezogen wurden, sah gar nicht danach aus. Der Eingang war in einem Hinterhof, das Schild an der Tür mickrig, im Treppenhaus roch es nach Blumenkohl: Zur kleinbürgerlichen Idylle fehlte nur noch Zilles Fahrrad an der Wand. Der Anwalt, Ende fünfzig, öffnete selbst die Tür.Er trug einen Dreitagesbart, bestimmt nicht, weil der Zeitgeist es verlangte, sondern viel eher, weil er zu faul war, um sich jeden Tag zu rasieren. Der Verlauf der Besprechung bestätigte den anfänglichen Eindruck von Kleinbürgertum und Trägheit. Egon sprach viel, machte selbst Vorschläge, reichte dem Anwalt handgeschriebene Zettel mit möglichen Formulierungen über den Schreibtisch. Sein Gegenüber antwortete wortkarg, resigniert, hatte nie einen eigenen Geistesblitz.

Er stützte seine Ellenbogen auf den Schreibtisch, spielte mit den Blättern, die Egon mitgebracht hatte, ohne sie wirklich zu lesen, und sagte unverblümt seine Meinung: „Säje Se, mer hawwe e schlimme Zeit, Personalärwet is Massenware. Die müsse ganze Masse abfertige. Die wisse genau, dass Se nedd klage werre, weil die Gerischte überlastet sinn unn Se erschd in zwaa Jahrn mit einem Urteil reschne könnte. Außerdem, wenn mer sisch nedd bald einigt, dann verschwende die kaa Zeit: Betreibsbedingte Kündischung, DM 70.000, unn dann hawwe Se des Nachsäje. S is veel besser, dass mer sisch horddisch entgegenkummt! Glauwe Se mir!“

Nach Meinung des Anwalts war nur wichtig, wie viel Geld Egon unbedingt brauchte, seine absolute Untergrenze. Es spielte für ihn überhaupt keine Rolle, ob man etwas mehr heraus holen konnte. Es musste nur „horddisch und friedlisch“ gehen. Streit, Drohungen, Feilschen wie auf dem Marktplatz, das würde alles nur Unruhe bringen. Sich nur friedlich und artig verhalten, nur darauf kam es seiner Ansicht nach an.

„So bekumme Se aach ein ordentlischs Arbeitszeugnis, des is heutzudaach Gold wert.“

Was konnte jemand mit einem ordentlichen Arbeitszeugnis anfangen, der vorhatte sich gleich selbstständig zu machen? Der Anwalt unterbrach ihn mitten im Satz, schaute ihn mit Unverständnis an. „Wie dem aach sei, ordentlich Papiere sinn des Allererschde. Ein gudes Zeugnis is die beschde Visitenkardd. Junge Mann, blous Godd waas, wie oft Se sisch noch bewerbe werre!“

Egon bedankte sich und verließ die Kanzlei, Wenn der Anwalt dort eine Art Geheimagent, sogar Doppelagent war, in welchen Kreisen verkehrten denn die „Personalmenschen"? Im Hof vertrieb Egon eine fette Katze von ihrem Katzenklo, trat auf die Straße und verschwand in der erstbesten Kneipe Alt Bornheims. Er hatte es sich redlich verdient.
O Wunder, Hans stand an der Theke und hätte nicht im Traum erwartet, Egon würde ihn bis in seine Lieblingskneipe verfolgen.
„Herr Kollege! Wollen Sie mich ausspionieren? Was treibt Sie vom Taunus ins billige Ende Frankfurts?"
Als ihm Egon sagte, dass er beim Anwalt gewesen war und Hans fragte, ob er ihn kannte, fing der aus vollem Herzen an zu lachen. Ohne Ende.
„Schau mal den da! Den ganzen Tag grübelt er über Arbeit, eigentlich über die nicht vorhandene Arbeit, quält sich mit seinen Mobbing-Geschichten herum, und was macht er nach Feierabend? Sucht sich einen Winkeladvokaten hier in Bornheim, fährt dreißig Kilometer hin und dreißig zurück und dann? Kommen Sie, ich kenne den Mann nicht, was hat er Ihnen für ein phänomenales Rezept gegeben?"
Es war nicht einfach, Hans zu verklickern, dass der Anwalt in Wirklichkeit ein Geheimagent der Firma war, nur wissen wollte, welches Egons absolutes Minimum für eine Abfindung war, und letztlich nicht müde wurde, die Wichtigkeit einer friedlichen Verhandlung und eines ordentlichen Zeugnisses zu unterstreichen.
„Er hat mich ausführlich beraten, mir Antworten auf wichtige Fragen suggeriert, morgen wird er mir eine verklausulierte Notiz ins Büro faxen, damit ich auf jede Situation vorbereitet bin", log Egon. Hans begriff, dass Egon ihm nichts Näheres sagen durfte und hatte dafür Verständnis. Drei, vier Glas Ebbelwoi löschten zwar den Durst, lockerten aber auch Egons Zunge nicht. Nach einem Handkäs und einem Paar Würstchen schickte Hans den Egon nach Hause, weil dieser schon Anstalten machte, sich weitere Gläser Stöffsche zu bestellen und die Spatzen pfiffen es von den Dächern, dass

abends in der Zeppelinallee fleißig geblitzt und ins Röhrchen gepustet wurde. Egon fühlte sich wohl in jener seltsam erreichten Freiheit, nachdem sich auch die allerletzten Splitter der letzten morschen Holzbretter zerschlagen hatten, in einem merkwürdigen Zustand der Seligkeit, jenseits von Raum und Zeit.
Egon verzichtete an dem Abend auf ein richtiges Essen: Die Käsebrote und der Ebbelwoi in Bornheim hatten seinen kleinen Hunger gestillt. Am nächsten Tag würde er Herrn Naumann, den Leiter der Personalabteilung, um ein Gespräch bitten. Selbst die Bitte um einen Termin machte ihn nervös. Tablette, Bier, noch eine Scheibe Käse und ab ins Bett!
Gleich um neun am nächsten Tag rief Egon Naumann an und bat um einen Termin.
„Aber sicher! Sie können sofort bei mir vorbei kommen, wir müssen gleich sehen, wo der Schuh drückt!"
Genau damit hatte unser Held nicht gerechnet. Vielleicht roch sein Atem noch nach dem Restalkohol des Abends, er hatte sich nicht so sorgfältig rasiert, wie es sich gehörte, wenn wichtigste Termine anstehen, auch die Vorbereitung auf das Gespräch war mehr als dürftig, aber er konnte nicht absagen, nachdem der Wunsch, Naumann zu sprechen, von ihm selbst ausgegangen war. Eine Tasse Kaffee, kein Sterbenswörtchen zu den Kollegen, im angetäuschten „Seitenschritt" in Naumanns Zimmer. Die Sekretärin ließ ihn sofort durch, schaute ihn sogar kokett an. Herr Naumann gab sich von seiner Schokoladenseite, drückte ihm fest die Hand, freute sich über sein spontanes Kommen.
Vorsicht, Falle! Egon hatte sich ins Arbeitsrecht eingelesen und wusste, dass die Fragen nach der Höhe der Abfindung bereits als Eigenkündigung ausgelegt werden konnte, weil man damit bekundete „kein Interesse am Erhalt des Arbeitsplatzes zu haben". Weil Abfindungen jeder gesetzlichen Grundlage entbehrten, bezweckten Kündigungsklagen offiziell nur die Rückführung an den früheren Arbeitsplatz, und dafür musste ein Interesse nachweislich vorhanden sein.
„Wissen Sie, Herr Naumann, mir geht es hier gesundheitlich

gar nicht gut, ich brauche Ihnen nicht zu erzählen, dass mir der Chef das Leben zur Hölle macht, dass er mich raus haben will. Das Fach mit der Sonderpost wird bestimmt auch Ihnen aufgefallen sein, und sagen Sie bloß nicht, dass Sie nicht wissen, worauf er damit hinaus will ...“

Naumann hatte genau diese Performance erwartet. Seine informellen Mitarbeiter hatten ihm berichtet, dass Egon sich in letzten Zeiten verdächtig oft mit arbeitsrechtlicher Literatur befasste, und da er schon wusste, dass Egon nicht auf den Kopf gefallen war, erwartete er von dessen Seite auch keinen *faux pas*.

„Sie brauchen mir nichts zu sagen. Ich bin sicher, dass Sie ihm liebend gerne auf die Fresse hauen würden. Klar, das dürfen Sie zwar nicht, aber davon zu träumen ist bestimmt nicht verboten.“

Wenn der Personalleiter wusste, dass der Chef so ein falscher Fuffziger war, warum glaubte er stets unbesehen dessen Mist? Warum standen in Egons Akte B so viele handschriftliche Notizen vom Chef, die nur Unwahrheiten enthielten?

„Herr ... Herr Naumann, ich bin nicht hier, um über den Chef herzuziehen. Jeder weiß hier, dass die Abteilung, wenn nicht sogar die ganze Firma, aufgelöst werden soll und nicht jeder hat Lust, sich in die Staaten versetzen zu lassen.“

Naumann suchte eine bestimmte handschriftliche Notiz, nämlich die des Abteilungsleiters, der jedem die Frage nach der Bereitschaft zur Versetzung gestellt hatte. Aha, Egon hatte die Frage bejaht! Und die Sache mit dem „Herr ...“ war ihm auch nicht entgangen. Hatte man ihm auf einem Mobbing-Seminar beigebracht und er hatte das neu erworbene Wissen prompt an seine Vertrauten weitergegeben.

„Sie haben wohl erklärt, dass Sie bereit sind, nach den USA umzuziehen, wie soll ich jetzt Ihre Zweifel verstehen?“

„Es geht hier nicht speziell um mich. Ich habe von einem Kollegen gehört, dass die Firma bereit ist, denjenigen entgegen zu kommen, die keine Planstelle in den Staaten in Anspruch nehmen werden, Sie wissen, dort gibt es so viele hervorragende Hochschulabsolventen, er wäre schade, solche Talente einfach verkümmern zu lassen. Der Kollege hat gedacht, dass er auf eine amerikanische Planstelle verzichten könnte, wenn man ihm das Existenzminimum hier zusichern würde. Wissen Sie, ich darf keinen Namen nennen, aber der Kollege möchte sich als Unternehmensberater selbstständig machen und es kann heutzutage lange dauern, bis er die Anfangskosten gedeckt hat und die ersten guten Aufträge kommen."

Naumann nahm ihm die Pantomime gar nicht übel, wunderte sich aber anscheinend so langsam, warum man ausgerechnet einen solchen hervorragenden Blender auf die vorderen Plätze der Abschussliste gesetzt hatte. Naumann war nie um eine Antwort verlegen, sonst wäre er in jenem Metier nicht so weit gekommen.

„Wenn jemand nicht hin will, dann gibt es immer noch die Betriebsvereinbarung. Wie lange ist Ihr Kollege bei der Firma, wenn Sie das wissen?"

„Sechzehn Jahre und fünf Monate."

Das Gesicht musste unbedingt noch gewahrt werden.

„Und ist er noch keine fünfundfünfzig, so dass die Regelung der Frühverrentung für ihn nicht infrage kommt?"

„Nein, er ist erst Mitte vierzig."

Naumann griff zum Taschenrechner, machte den ersten Fehler, erkundigte sich nämlich nicht nach dem Gehalt des betreffenden Kollegen, konnte daher konkret gar nichts ausrechnen, ließ damit durchblicken, dass er wusste, dass Egon sich selbst meinte.

„Also, wenn wir die Betriebsvereinbarung auf ihn anwenden, dann geht es um ein Jahresgehalt, nach fünfzehn Jahren hat er nämlich ein Jahr Kündigungsfrist, plus 66.000 D-Mark aus dem Abschluss. Rund 186.000 D-Mark. Nicht schlecht für ihn, er kann das Darlehen der Pensionskasse für das Haus zurückbezahlen und es bleiben ihm noch ein paar Monatsgehälter übrig für die ersten Investitionen. Die kann er aber steuerlich geltend machen, dann ist es nur halb so wild!"

„Ich glaube nicht, dass er sich über eine so mickrige Summe freuen würde, wissen Sie, wenn am Anfang kein Geld fließt, dann kann man auch keine Werbungskosten geltend machen. Ist eine Milchmädchenrechnung, mit Verlaub gesagt."
Es wäre viel zu schön gewesen, wenn Egon sich mit dem ersten Angebot zufrieden gegeben hätte, dachte Naumann, der jetzt vor einer echten Chance stand, sein Verhandlungsgeschick zu beweisen. Nach erfolgreich durchgeführter Rausschmeiß-Aktion würde man ihn selbst mit einem goldenen Handschlag in die Frührente schicken, das hatte man ihm versprochen, darauf wollte er nicht verzichten.
„Ich verstehe, die Zeiten haben sich geändert, die Industrie schmeißt nicht mehr so mit Geld für Beratung und Vermittlung um sich, Ihr Kollege wird wohl doch etwas mehr brauchen."
Drei Stunden lang wurde über den Fall des armen Kollegen verhandelt, der seine ursprüngliche Zusage, in die Staaten zu ziehen, bereut hatte und sich jetzt als Unternehmensberater selbstständig machen wollte. Zum Schluss, als beide merkten, dass man eine Summe genannt hatte, die dem vom Anwalt angepeilten absoluten Minimum fast entsprach, entspannte sich die Verhandlung. Naumann fing an, über Egons Verdienste zu reden, ihm täte es aufrichtig Leid, wenn unwürdige Leute ihn gepiesackt, wenn Neid und Missgunst seiner Karriere ein jähes Ende gesetzt hätten. Aber Egon, genauso wie sein Kollege, sei noch jung, mit seiner Intelligenz und mit seiner Kreativität würde er bestimmt noch die große Karriere machen, er möge sich nur solche Kunden aussuchen, die sich nicht gerade im Auflösungsprozess befanden. Fast hätte Naumann Egon umarmt und ihn an seine Brust gedrückt. Egon ließ sich von der gut gespielten Szene nicht beeindrucken.
„Also, Herr Naumann, meinerseits möchte ich sagen, ich bedaure es, dass wir uns erst unter solchen Umständen näher gekommen sind. Wenn es Ihnen recht ist, dann benutze ich die Ostertage, um mir das Ganze durch den Kopf gehen zu lassen und in zwei Wochen sage ich Ihnen Bescheid! Einen

schönen Tag und frohe Ostern wünsche ich Ihnen! Ach, ja, der Kollege wird mich über die Feiertage zu sich und seiner Familie einladen, dann können wir alles besprechen."
Naumann kniff. So nah dran gekommen, und der Kerl will plötzlich eine Bedenkzeit. Man kann es heutzutage keinem recht machen, wirklich wahr!
Egon beantragte drei Tage Urlaub, dann würden sich die Osterferien daran anschließen. Den Urlaub genehmigte Naumann höchstpersönlich, es war nicht mehr nötig, den Chef darum zu bitten, so wie es sich auch erübrigte, im Postfach für die Sonderpost herum zu wühlen und auf eine Antwort der Autorin der Tabellen zu warten.
Egon stieg in ein Flugzeug nach Wien und verbrachte dort erholsame und gesellige Ferien. Er hatte dort einige Semester studiert und die Beziehungen zu seinen ehemaligen Studienkameraden war nie abgebrochen. Wien ist im Frühling immer ein Erlebnis, wenn der Frühling schon in Sievering blüht und niemand sieht es, spürt es, hat es gemerkt. Wenn die Sonne nach den ersten Gewittern auf einer blühenden Wiese im Gegenlicht erscheint und die klare Luft den Duft des nassen Flieders noch intensiver riechen lässt, die Parks und Gärten sind ein Konzentrat aus Gras und Feldblumen, die Hofburg strahlt nach dem Regen im Abendsonnenschein wie König Laurins Burg im Rosengarten und der Rasen am Burgring verbreitet bereits den Duft der satten Almwiesen. Abends zieht man wieder den Mantel an und fährt mit einer fröhlichen Clique zum Heurigen. Nach Nussdorf fährt die Straßenbahn, man braucht kein Auto und keine Taxe. Wenn es ausnahmsweise regnet, gibt es immer noch den Esterhazy-Keller mit seinen süffigen Weinen, und das waghalsige Abenteuer des Bermuda-Dreiecks, wo in den Bars am Judenplatz eine angenehme Überraschung selten ausbleibt. Egon kostete die sonderbare Atmosphäre, das Kulturleben, die Heurigen, die Weine bei Esterhazy und die Schönen des Bermuda-Dreiecks aus, dachte keine Minute an den sich anbahnenden Auflösungsvertrag, fühlte sich mitten im blühenden Leben, diesseits von Raum und Zeit.

Nach den Osterferien, als sein Flugzeug Rhein-Main wieder anflog, hatte Egon einen gewaltigen inneren Sprung gemacht. Er hatte nichts mehr zu verlieren, war frei, den neuen Lebensabschnitt würden keine Schlacken aus vergangenen Zeiten, aus vergangenen Demütigungen belasten. Der Neuanfang, der sich diesmal sowohl beruflich als auch privat anbahnte, machte ihn neugierig und hoffnungsvoll.
Er ging am nächsten Tag wieder ins Büro, betrat sein Zimmer und traf wie erwartet Hans, der sich inzwischen zum Weltmeister bei den War Games gemausert hatte. Hans brachte Egon mit einer Geste zum Schweigen, bevor er den Mund überhaupt aufmachen konnte.
„Moment, ich bin gerade in einer entscheidenden Phase. Still, bitte, ich muss zusehen, wie ich den gegnerischen Bombern entkomme!"
Bomber? Lächerliches Zeug! Die waren bereits im Anflug und Hans verlustierte sich mit den jämmerlichen Bombern von Microsoft. Herr Kollege, keine Ahnung, dachte Egon, sagte aber kein Wort, respektierte das Bedürfnis seinen Kollegen nach Konzentration. Hätte er damals auch so ein hervorragendes Spielzeug gehabt, um seine Frustrationen abzureagieren, dann hätte er bestimmt jeden gehasst, der ihm dabei in die Quere gekommen wäre. Er ging ins Nebenzimmer zu Ismail und Hoppe. Ismail war gerade am Dozieren und erklärte Hoppe die einfachsten Grundlagen der Biochemie. Hoppe verstand nur Bahnhof, obwohl er Diplom-Chemiker war. Wenn man zwei Jahrzehnte nur mit Synthese ausfüllt, dann ist es kein Wunder, dass man nicht mehr weiß, wozu die Substanzen gut sind, deren Synthesewege man gerade mühsam erfunden hat. Und so ein Kerl saß im Marketing und war sogar ein Vertrauter des Chefs! Er hatte aber eine Beziehung zu einer Dame, die wahrscheinlich selbst in „Kerngruppen" in den Staaten verkehrte und gute Kontakte zu den Kameraden mit Stallgeruch pflegte. Hoppe hatte sehr bereitwillig geantwortet, dass er mit einer Versetzung in die Staaten einverstanden war.
Als Egon das traute Gespräch unterbrach, fragte ihn Ismail

ganz unverblümt, ob er wisse, wie seine berufliche Zukunft aussah. Es war nun allen klar, dass man Frankfurt als Standort aufgeben würde. Ismail selbst hatte keine Sorgen: Man hatte ihm „zu verstehen gegeben", dass er Direktor bei der ägyptischen Niederlassung werden würde, und das noch bei einem deutschen Gehalt. Irgendwie hatte es Ismail verdient: Er war nicht nur der Schleimer, der seinem - ebenfalls ägyptischen - Chef durch Dick und Dünn beistand, sondern hatte eine echte wissenschaftliche Begabung, die ihm verhalf, selbst komplizierteste Sachverhalte blitzschnell zu verstehen und in Marketing-Materialien umzusetzen. Der Chef selbst lernte nur den Stoff auswendig und verstand ihn nicht. Darüber hinaus war Ismail dabei, sich gewisse Fertigkeiten im kaufmännischen Bereich anzueignen, die ihn, zusammen mit seinem Verstand für die Wissenschaft, gerade dafür prädestinierten, eine führende Rolle bei einer beliebigen pharmazeutischen Firma zu übernehmen.
Egon wollte keine direkte Frage beantworten, er war sich einigermaßen sicher, dass Naumann einlenken würde und wollte daher nichts gefährden. Die Antwort auf Ismails Fragen war eine sehr allgemeine, die nur allgemeine Zufriedenheit mit der aktuellen Situation zum Ausdruck brachte. Ismail gab sich damit nicht zufrieden und versuchte Egon über die Schiene der Weibergeschichten den echten Stand der Verhandlungen zu entlocken. Egon sagte, dass es noch sehr verfrüht war, um über sich neu anbahnende Verhältnisse zu reden. Dass er im Moment andere Sorgen hatte. Damit nahm er Ismail den Wind aus den Segeln und die weitere Konversation betraf nur die Tagesthemen in der Zeitung. Nicht, dass diese uninteressant gewesen wären, es handelte sich um nichts Geringeres als um die mögliche Strafverfolgung des Erich Honecker.
Dazu Ismail: „So einer gehört vor ein Exekutionskommando, mit oder ohne Leberkrebs. Hat damals jemand gefragt, ob Ceausescu Leberkrebs hatte? Nein, richtig? Wenn ein Schwerverbrecher endlich überführt wird, dann geht es nicht mehr um die normale Strafprozessordnung. Die ist einfach

hinfällig, man muss Exempel statuieren, wie es damals die Amerikaner in Nürnberg taten. Deutschland ist genau deswegen nazifrei, es soll auch genauso kommunistenfrei werden. Die sind noch viel schlimmer, glauben Sie mir!“

Egon glaubte ihm nicht. Es leuchtete ihm schon ein, dass die DDR versagt hatte, dass sie kein Modell für die Zukunft sein konnte, aber Massenmord und Aggressionskrieg hatte sie nun doch nicht betrieben. Außerdem war sie aus dem eigenen Unvermögen untergegangen, ihr System bis zur letzten Konsequenz anzuwenden. Wenn jemand heute noch der DDR nachtrauerte, dem war zwar nicht mehr zu helfen, der war aber kein Verbrecher. Egon schwieg beredsam und ließ sich seine Zweifel durch den Gesichtsausdruck anmerken.

Ismail reagierte darauf rabiat: „Wollen Sie diesen Verbrecher noch schützen, einen, der sich so gegen die Marktwirtschaft, gegen die Globalisierung, gegen die Öffnung der Grenzen ausgesprochen hat? Sind Sie nicht froh, dass der ganze Spuk vorbei ist?“

„War Honecker frei in seinen Entscheidungen? Hätte er eine Wende einläuten können, ohne sich den Repressalien der Sowjetunion auszusetzen? Denken Sie an den Prager Frühling!“

Ismail war nicht aus der Fassung zu bringen, schüttelte den Kopf vor Unverständnis, deutete ein Vogelzeichen an, ohne es jedoch auszuführen:

„Jeder, der die Feinde des Kapitalismus knechten und unseren amerikanischen Freunden helfen und der Globalisierung unter liberalen Vorzeichen zum Erfolg verhelfen will, kämpft für eine gerechte Sache. Es geht um unsere Zukunft, es geht um das Auswurzeln jeder Spur vom Kommunismus!“

Egon kannte diese Einstellung, wusste, dass Ismail die Wiedervereinigung auf einen Schlag bejubelt hatte und dass er die neuen Bundesländer als Entwicklungsland ansah. Vielleicht glaubte er sogar an Schneewittchen, an den Weihnachtsmann, an Onkel Dagoberts Geldspeicher, an die blühenden Landschaften.

„Und das, was wir zur Zeit erleben, die Wiederkehr des

Dschungelgesetzes, das Verschwinden der Mittelschicht, die Bildung von selbst ernannten Eliten, die außen Stehende als Untermenschen betrachten, genauso wie die Nazis früher die Juden, das ist für Sie alles in Ordnung?“

Ismail atmete tief ein. Insgeheim würde er Egon beipflichten, es hatte echt keinen Sinn, auf eine Gesellschaft hinzuarbeiten, die nur auf Beziehungen aufgebaut war, die den Wert des Einzelnen nach dessen Erscheinungsbild in den Medien bezifferte, Leistung nur anhand von Dreimonatsergebnissen anerkannte. Er war aber selbst ein Kind jener Gesellschaft, hatte ihr alles zu verdanken, was er in seinem Leben erreicht hatte. Für ihn, als Bürger eines Entwicklungslandes, ging es ohnehin um Ober- oder Unterklasse, die Mittelklasse kannte er nicht und deren potentielle Angehörige waren ihm im höchsten Grade suspekt. Alles Revoluzzer! Sein Verständnis der Oktober-Revolution war bei der weißen Regierung Kerenskis stehen geblieben, bei den Leuten, die ihre Bürgerlichkeit mit der Waffe verteidigt hatten. Und dann hatte ein gewisser Herr ... Herr ... Lenin das Rennen gemacht und alle Dissidenten erschießen lassen. Er verabscheute den Kommunismus, verabscheute Lenin, aber die Methode war doch richtig gewesen. Gegner erschießt man, man versucht nicht, sich mit ihnen zu arrangieren. So wäre es goldrichtig gewesen, den saarländischen Dachdecker gleich aus der Welt zu schaffen, damit man seinen möglichen Verehrern das Wasser abgrabe.

Ismail hatte noch nie etwas von der Anziehungskraft von Märtyrern gehört: Der Kreuztod Christi, der Feuertod Brunos, das Opfer Pater Maximilian Kolbes, all das war an ihm vorbei gegangen. Es war befremdend, wie sehr er selbstherrlichen Symbolen anhaftete und sich keine Gedanken über deren Wirkung in der Gesellschaft machte.

Das Gespräch war bald zu Ende, jeder hatte seine ursprüngliche Überzeugung behalten und den anderen als blöd oder korrupt eingestuft. Es war genau das Ergebnis, das die „Kerngruppe“ erzielen wollte: *divide et impera*.

Am Nachmittag ging Egon wieder zu Naumann, er wusste,

dass er keinen Termin mehr brauchte, dass er dort jederzeit ein willkommener Gast war. Naumann ließ ihn gleich eintreten, schob irgendwelche Papiere von der einen zur anderen Seite seines Schreibtisches, wartete auf Egons Vortrag. Da die Firma selbst Zahlen für eine Abfindung genannt hatte, konnte der fiktive Kollege aus dem Spiel bleiben, Egon verhandelte in eigener Sache.

„Herr Naumann, ich habe mir die Sache gründlich durch den Kopf gehen lassen, habe mit meinem Steuerberater, mit der Bank sogar gesprochen, und bin zur Erkenntnis gekommen, dass ich noch mindestens 80.000 D-Mark zusätzlich brauche, sonst läuft nichts!"

Naumann hatte schon Lunte gerochen, als Egon ohne unterschriebenen Auflösungsvertrag erschienen war. Er wäre schon gewillt gewesen, ihm die Abfindung aufzustocken, war aber selbst in seinen Entscheidungen nicht frei. So wie er vom Bekannten Oberen abhängig war, war der Bekannte von den Unbekannten Oberen abhängig. Die von Egon zum Schluss vorgeschlagene Summe würde die Grenze zwischen den mittleren und den oberen Leitenden sprengen, und ihn damit in eine „Kerngruppe" befördern, die nicht seine eigene war. Musste mit aller Kraft unterbunden werden. Die „Kerngruppen" waren genauso heilig wie die indischen Kasten und durften von Unwürdigen genauso wenig unterwandert werden.

„Ausgeschlossen! Damit würden wir in die Größenordnung der Gruppe der oberen Führungskräfte kommen und das würde das Gefüge auseinander bringen. Wenn Sie unbedingt mehr brauchen, dann müssen Sie mir Gründe liefern. Ich habe bestimmte Richtlinien. Geben Sie mir stichhaltige Gründe, und dann kann ich Ihnen schon entgegenkommen!"

Warum hatte ihn der Anwalt nicht vorgewarnt? Wenn er sich doch täglich mir den Personalmenschen traf, dann hätte er doch wissen müssen, nach welchen Grundsätzen diese operierten. Aber nein, der Kerl hatte nur das Zeugnis vor Augen! Kein Argument, keine Verhandlungstaktik! Egon dachte in Sekundenschnelle, dass er selbst besser als jeder Anwalt war.

Wenn es brenzlig zu werden drohte, nahm er stets sein Schicksal selbst in die Hand.
„Eihorschamol, Herr Naumann! Sie haben mir selbst gesagt, dass der 'Chef' mich nach Strich und Faden gemobbt hat. Dazu gehören auch viele kleinere Gehaltserhöhungen, die mir unter normalen Umständen zugestanden hätten, nicht wahr? Dann setzen Sie sechs Prozent pro Jahr dazu und dann kommen wir uns näher."
Ohne die Miene zu verziehen griff Naumann zum Rechner und sagte, dass er somit auf zusätzliche 30.000 D-Mark kam und das wäre dann das Höchste der Gefühle. Friss Vogel, oder stirb!
„Schon in Ordnung, aber dann denken Sie noch an meine Beiträge zur Pensionskasse, die sich zwar auf eine lange Lebensarbeitszeit auswirken, aber nach nur sechzehn Jahren eine einfach lächerliche Zusatzrente bringen. Ich möchte, dass mir mindestens sechzig Prozent davon bar ausbezahlt werden."
Naumann rechnete wieder, schrieb sich die Summe auf, drückte seine Zigarette in den Aschenbecher und meldete Egon, dass er damit auf weitere 12.000 D-Mark kam.
War immer noch zu wenig. Unser Held zog die allerletzte Karte.
„Schauen Sie mal, ich bin schwerbehindert, was ist Ihnen diese Bescheinigung wert?"
Es war jetzt ziemlich das Letzte, womit Naumann gerechnet hatte. Er schaute einen Augenblick verdutzt, sammelte seine Gedanken zusammen, dachte an seine Seminare, die sich mit der Frage des Hinausekelns von Schwerbehinderten wahrscheinlich nicht befasst hatten, machte ein ernstes Gesicht und antwortete:
„Herr ..., das würde uns eine Trennung von Ihnen erschweren, wenn dem so ist, dann legen wir alles auf Eis. Sie bekommen eine neue Stelle und wir haben dann Zeit, eine Situation zu konstruieren, die uns ermöglicht, eine personenbedingte Kündigung gegen Sie auszusprechen!"
Wenn Personalmenschen so deutlich werden, ihre wahren

Absichten so ohne jede Scheu verraten, dann heißt es, dass der Mitarbeiter kaum Chancen hat: Er wird eingekreist, bekommt nur solche Arbeiten zugewiesen, bei denen er zum Scheitern verurteilt ist, wird gesundheitlich geschunden, erhält dann bei der von der Sterbekasse bezahlten Beerdigung einen ansehnlichen Blumenschmuck von der Firma und ein Prokurist von Dienst steht mit Tränen in den Augen vor der aufgebahrten Leiche des Gemobbten.
Nein, das wollte sich Egon nicht antun!
„Herr Naumann, ich warne Sie! Sie drohen hier mit Mord! Auf meinem Recorder in der Hosentasche ist das ganze Gespräch festgehalten. Also, noch 20.000 D-Mark oder mein Anwalt geht damit zum Staatsanwalt, gut so? Verklagen Sie mich jetzt ruhig wegen eines Verstoßes gegen den Datenschutz!“
Naumann bat um eine kurze Pause, er müsse unbedingt „dahin“. Es war kein Geheimnis, dass er nun das „ZK“ einschalten musste. Auf dem Männerklo war er wider Erwarten allein. Er schloss sich in eine der Zellen ein, holte seinen Flachmann mit seinem eigenen kleinen braunen Bruder aus der Tasche, trank sich zünftig Mut an, spülte den Schnaps hinunter und war gleich wieder in seinem Zimmer.
„Sie sind ein guter Verhandlungspartner, ich weiß es sehr zu schätzen. Ich streiche die ursprüngliche Summe durch und erhöhe sie um DM 25.000. Können wir dann so verbleiben?“
Egon, der in seiner Hosentasche nur ein Brillenetui hatte, wollte die Gunst der Stunde noch ausreizen.
„Im Prinzip bin ich einverstanden, wissen Sie, ich möchte nicht noch länger von diesen gekauften Idioten, von den Kameraden da, belästigt werden. Sie hören dann in den nächsten Tagen von mir. Ich habe aber einen wichtigen Punkt vergessen: Jetzt muss ich meine Wohnung verkaufen, wie Sie selbst geschrieben haben, ist der Wohnungsmarkt im Rhein-Main-Gebiet derzeit schwierig. Ich brauche mindestens drei Monate bezahlter Freistellung, um mich um den Verkauf der Wohnung zu kümmern“.
Naumann verstand die Welt nicht mehr. Egon wollte sich als

Unternehmensberater in der ihm vertrauten Pharmabranche selbstständig machen, hatte vor allem Kontakte im Ausland und wollte ausgerechnet aus dem Nabel der pharmazeutischen Welt, aus Frankfurt, flüchten? Auf die Vorteile eines interkontinentalen Flughafens wie Rhein-Main verzichten? Auf den Seminaren hatte man ihm jedoch beigebracht, es sei unklug, den Ausgang einer Verhandlung zu gefährden, wenn man sich bereits über das Grundsätzliche geeinigt hatte.
„Also, dann will ich Sie nicht unter Druck setzen, ich darf hoffen, dass Sie noch im Laufe dieser Woche auf mich zukommen. Glauben Sie mir, Sie sind ein hervorragender Mann, Sie gewinnen merklich im Gespräch!"
„Bis dann, Herr Naumann, und, da wir gerade mitten drin in den Verhandlungen sind, erwarte ich noch Ihren Vorschlag zum Zeugnis! Wenn es mit der Selbstständigkeit nicht so richtig läuft, muss ich mich doch bewerben."
Am Kaffeeautomaten war die heiße Phase der Verhandlungen zwischen Egon und Naumann nicht unbemerkt geblieben. Ohlig wollte unbedingt einen Kaffee mit ihm trinken, Helga war im Anmarsch am Ende des Flures. Es hatte sich gleich herumgesprochen, dass die Million vor drei Wochen eine Ente war, jetzt war es aber für jeden greifbar, dass die Sache mit Egons Abfindung jeden Tag konkreter wurde.
Egon durfte nichts verraten: Hätte er auch nur die Größenordnung der Summe genannt, über die man sich fast geeinigt hatte, dann hätte er mit empfindlichen Vergeltungsmaßnahmen rechnen müssen, denn die Firma konnte sich dem Risiko eines Hochschaukelns der Abfindungssummen nicht aussetzen. Es durfte auch auf keinen Fall offenkundig werden, dass man aus der Zusage zur Versetzung in die Staaten glimpflich aussteigen konnte. Da der letzte Punkt für Helga von existentieller Bedeutung war, konnte Egon ihr mindestens eine Andeutung auf die Entschärfung der Lage nicht vorenthalten. Der kleine und schmächtige Ohlig wollte dagegen nur wissen, ob die Abteilung „Verkauf Inland", bei der er bereits seit einer Woche tätig war, die Standortaufgabe überleben würde. Egon hatte immer gewusst, dass Ohlig

zwar ein vernünftiger Taktiker, aber im Grunde genommen strohdumm war. Ein Kind verstand, dass es eine Abteilung zur Steuerung von Verkauf und Marketing in jedem wichtigen Land geben musste, sonst konnte man nichts verkaufen, bewerben, auf Lager halten, ausliefern. Deutschland würde zwar nach der Umsiedlung nicht mehr der wichtigste Absatzmarkt sein, aber immerhin wichtig genug, um die Präsenz einer Verkaufsabteilung zu rechtfertigen.
„Ja, ja, Herr Ohlig, demnächst werden alle Außendienstler mit einem Bauchladen durch die Gegend flitzen! Sie sind selbst im Inland tätig, haben beide Hände voll zu tun, und stellen die Daseinsberechtigung Ihrer Abteilung noch in Frage? Wir sind hier am Verschwinden und das erste, was darauf hinweist, ist das Fehlen von Arbeit. Wenn Sie viel Arbeit haben, dann ist es ein gutes Zeichen! Sie haben sich nicht umsonst monatelang die blöden Witze des Chefs in der Kantine angehört, wa?“
Egon hatte jetzt die Lacher auf seiner Seite. Er befand sich auf einer derart hohen Wissensstufe, dass er mit einem Satz alle „Kerngruppen“ überholt hatte und jetzt in luftigen Höhen schwebte. Ohlig errötete, während er seinen Kaffee im Pappbecher mit erprobtem Fleiß rührte. Er stellte jetzt voll auf Empfang.
Nun war Helga an der Reihe. Egon konnte auf keinen Fall verraten, dass die Sache mit dem Ausstieg aus der Versetzung nicht gänzlich unmöglich war, konnte ihr aber auch keine Hoffnungen machen. Naumann könnte zwar die Versetzungsbereitschaft rückgängig machen, aber nur für den Fall, dass man gleichzeitig über einen Auflösungsvertrag verhandelte. Mit einer vernünftigen Abfindung hätte jedoch Helga die Durststrecke bis zu einem neuen Arbeitsvertrag überbrücken können und Naumann wäre nie auf die Idee gekommen, sie noch regresspflichtig wegen Nichteinhaltung der Kündigungsfrist zu machen. Er signalisierte ihr vorsichtig, dass der Weg in den Auflösungsvertrag doch einfacher war, als ursprünglich angekommen.
Am selben Nachmittag lag auf Egons Schreibtisch ein Cou-

vert mit dem qualifizierten Zeugnis. Es war klar, dass in der Kürze der Zeit nur Flickwerk geleistet worden war. Vermutlich war eine der jungen Damen am Werk gewesen, die keinen blassen Schimmer vom Arbeitsablauf in einer pharmazeutischen Firma hatte und nur ein Patchwork aus Sätzen aus Arbeitsvertrag, Organigrammen und ersten Seiten der betrieblichen Beurteilungen hatte entstehen lassen. Egon brachte gleich Ordnung in jenes merkwürdige Schriftstück, ließ es sich dabei nicht nehmen, die „richtigen" Wörter mit Signalwirkung einfließen zu lassen. Selbstverständlich hatte er die ihm übertragenen Aufgaben „zur vollsten Zufriedenheit" der Firma ausgeführt, die sein Ausscheiden sehr bedauerte und ihm „alles Gute auf seinem weiteren Berufsweg" wünschte. Korrigiert, eingetütet und postwendend an Naumann zurück.

An jenem Abend, als Egon gerade von der Pumpe zurück war, wo er der Petra damals zwar erzählt hatte, dass er in Kürze die Firma verlassen würde, die er aber im Unklaren über die Weiterentwicklung der Affäre mit „der Blonden" gelassen hatte, klingelte Egons Telefon. In der festen Überzeugung, Ralf würde sich melden, um sich in der Mittagspause in der „Stadt Höchst" zu verabreden, ging er an den Apparat und meldete sich mit leicht feuchtfröhlicher Stimme. Am anderen Ende der Leitung hieß es:

„Guten Abend, Naumann hier. Störe ich Sie gerade?"

„Guten Abend, Herr Naumann, was kann ich noch zu dieser späten Stunde für Sie tun?"

Es ist nie verkehrt, sich locker zu geben.

„Ich habe gerade vor einer Stunde Ihre Version des Zeugnisses gelesen. Gut, damit bin ich einverstanden. Jetzt, wenn ich mich nicht irre, haben wir alle Unklarheiten beseitigt. Was halten Sie davon, wenn ich in einer halben Stunde bei Ihnen vorbeischaue und dann begießen wir unsere einvernehmliche Scheidung?"

Bis vor wenigen Tagen wäre für Egon ein Hausbesuch Naumanns nach drei Bieren in der Kneipe, mit einer Menge Brösel auf der Tischdecke und noch mehr davon auf dem Tep-

pich, mit einem ganzen Haufen Bierflaschen im Flur und einer aufgerissenen Großpackung Klopapier im Bad die reinste Horrorvorstellung gewesen. Aber jetzt? Wäre er auch besoffen gewesen, hätte er eine nackte Frau auf dem Schoß gehalten, würde ein Stapel von „Neues Deutschland“ auf dem Flur liegen, was konnte ihm Naumann noch antun?
„Aber gerne, Herr Naumann, ich warte auf Sie!“
Naumann klingelte genau eine halbe Stunde später. Er hatte Jeans und ein kariertes Hemd an, hielt zwei Kopien des Auflösungsvertrages und zwei des Zeugnisses in der Hand. Er hatte er auch eine Schachtel Pralinen mitgebracht.
Egon trug Cordhose und Sweater. Eine Flasche Fürst von Metternich wartete in seinem Kühlschrank . Sie nahmen am Esstisch Platz, Naumann half Egon, die Brösel in eine Plastiktüte zu schütteln, der Sektkorken knallte, vier Unterschriften wurden geleistet, Naumann holte einen Firmenstempel aus der Hosentasche und besiegelte damit die feierliche Angelegenheit.

Über den Autor

Julius Franzot, 1956 in Triest/ Italien als Kind einer deutsch-friaulischen Familie geboren, wuchs zweisprachig auf. Nach dem Studium der Pharmazie arbeitete er im Marketing der Hoechst AG in Frankfurt, deren Zerschlagung im Jahr 1986 ihn und viele andere Mitarbeiter den Arbeitsplatz kostete. Er wechselte als Exportleiter zu einem süditalienischen Pharma-Unternehmen. Parallel dazu begann er, ursprünglich für die Schublade Geschriebenes zu redigieren und zu veröffentlichen. Heute lebt Julius Franzot abwechselnd in Guntersblum am Rhein und in Triest und ist hauptberuflich als Autor und Übersetzer tätig, außerdem als Redakteur bei Online-Zeitungen. Er ist Mitglied des P.E.N.-Club und des Freien Deutschen Autorenverbands FDA. In Italien setzt er sich für den Erhalt der kulturellen Unabhängigkeit deutschsprachiger Minderheiten ein.

Von Julius Franzot bisher erschienen:

Gefesselte Freiheit (Roman); *Im Wald und vor der Sonne* (Lyrik); *Der Herold und die Trommlerin* (Roman); *Kontinent Amerika, Marokko, zwischen Atlas und Atlantik* und *Aktenkoffer und Seidenstrümpfe* (Reiseerzählungen); *Auf den Wegen des Islams* (Sachbuch), außerdem zahlreiche Beiträge in Zeitungen, Zeitschriften und Anthologien.